과외활동

황금가지

차례

"네가 죽인 거야?"

학교에서, 어쩌면 전국의 또래 중에서 제일 예쁘다는 김세연이 나에게 말을 거는 건 놀라운 일이지만 질문의 내용이 좀 마음에 안 든다. 반 애들 말로는 김세연은 무슨 소속사에 들어간 애들보다 훨씬 예쁘다고 한다. TV를 보지 않아서 그건 잘 모르겠다.

사실 김세연이 특출난 건 외모뿐만이 아니다. 야자도 안 하고, 학원도 안 다니고, 수업 시간엔 보란 듯이 다른 책 펴 놓고 보고 있고, 그렇다고 딱히 공부하는 것 같지도 않은데 언제나 전교 1등은 김세연의 차지다.

얼굴 이쁘고 공부도 잘하니 인기가 많을 법도 하지만, 선생님도 아이들도 김세연을 무서워한다. 딱히 김세연이 무섭다고 말하고 다니는 사람은 없다.

하지만 내 눈에는 또렷이 보인다. 아무도 김세연에게는 말을 걸지 않는다. 김세연도 누구에게도 말을 걸지 않는다. 애들이 김세연을 따돌리는 건 아니다. 정확히 말하자면 김세연이 학교의 모든 학생과 선생님들을 따돌리는 분위기라고 할까?

반면에 나는? 외모도 평범하고(뭐, 내가 보기에 제법 괜찮게 생긴 것 같기는 하다.) 키도 딱 평균 키에, 성적은 김세연의 정확히 반대쪽에서 1등, 별다른 특기도 의욕도 없는 그런 학생이다.

김세연과 나의 공통점을 굳이 찾아보자면 우리 둘 다 학교의 누구와도 어울리지 않는다는 정도일 거다.

물론 김세연과 달리 나는 진짜로 왕따를 당하고 있는 것일 수도 있다. 사실 관심이 없어서 정확히는 잘 모르겠다. 그렇다고 딱히 누가 나를 괴롭힌다는 뜻은 아니다. 그런 시도가 있었다 한들 내가 괴로움을 못 느끼는 것일 수도 있고.

그래도 내게 싸움을 걸어오는 애들은 매주 (어떨 때는 매일) 꾸준히 있다. 대단한 자랑거리는 아니지만 보기와는 달리 나는 싸움을 못하지는 않는다. 그렇다고 싸움 실력을 장점으로 내세울 만큼은 또 아니지만. 그래도 반에서 약한 애들만 골라 괴롭히는 애들이 나를 우습게 보고 손쉽게 일방적인 폭력을 가할 수 있을 거라 생각한다면 대단히 큰 착각 한 거라고 말해 줄 수 있는 수준은 된다.

싸움을 즐기지도 않는 내가 끊임없이 싸움에 휘말리는 데는 나의 평범해 보이는 외모도 큰 영향을 주었을 거다. 내가 무섭게 생겼더라면, 싸움 실력에 걸맞은 외모를 가지고 있었더라면, 뭔가 험악한 존재감을 스스로 뿜어낼 수 있었더라면 좋았을 거다. 적어도 고등학교 2학년이나 되어서 점심시간과 방과 후마다 주먹질을 해야 하는 불상사는 없었을 테니까.

뭐 내가 어찌 해 볼 수도 없는 일이다.

사실 싸움을 싫어하지는 않는다. 얻어맞아 얼얼해진 얼굴이나 신나게 때리다 퉁퉁 부어오른 주먹의 통증 같은 걸 즐긴다는 건 아니고. 게임도 티브이도 책도 운동도 별 흥미를 못 느끼지만 싸움을 하러 가기 전에는 '상대방을 이길 수 있을까?' 하는 기대나 '비참하게 얻어맞기만 하는 게 아닐까?' 하는 두려움 같은 감정들에 심장이 두근거린다.

등굣길 아파트 담벼락에 쓰레기봉투와 나란히 여자애 시체가(교복을 보니 우리 학교 학생 같다.) 누워 있다는 충격이 가라앉으니, 지금 이 장면을 김세연과 나란히 보고 있다는 것이, 김세연이 내게 말을 거는 것이, 싸움을 앞두었을 때와 비슷한 정도로, 아니 그보다 몇 배는 심장을 두근거리게 한다. 상황에 어울리지 않게 뭐라도 멋진 말로 대답해서 김세연에게 좋은 인상을 주고 싶다.

"아니. 내가 안 죽였는데?"

그래……. 한참을 고민해서 고른 대답이 기껏 이 모양이다.

"그래? 그럼 먼저 발견했으니 시체는 네가 경찰에 신고해. 난 학교 간다."

김세연의 말에는 내가 자기 말을 당연히 따를 거라는 확신이 가득하다.

"미안한데 네가 신고하면 안 될까? 나는 좀 곤란한데."

단호한 말투를 떠나서도 기묘할 정도로 위압감이 있는 김세연을 거역하는 건 쉽지 않은 일이다. 하지만 이미 '부모 죽인 패륜아'라는 거창한 타이틀을 가지고 있는 나다. 거기에 '여고생 시체 발견자(혹은 살인범)'이라는 타이틀까지 추가해서 2관왕이 되고 싶은 마음은 절대 없다.

"내가? 귀찮은데? 그럼 둘 다 하지 말까? 골목길이라 해도 우리 학교 애들 많이 다니는 길이니 다른 누가 발견하겠지."

"오는 길에 CCTV 있는 거 다 봤잖아? 우리가 시체 보고서도 신고 안 한 거 어떻게든 사람들은 알아내서 수군댈걸?"

"그럼 둘 중의 한 명은 꼭 해야 한단 이야기네. 그렇지만 너는 신고하기 싫은 거고?"

"싫은 게 아니라 하면 안 되는 이유가 있어. 넌 하면 안 되는 이유 있어? 귀찮은 거 말고?"

김세연이 나를 똑바로 바라본다. 예쁘기는 참 예쁜데 얼굴에 감정을 드러내지 않고 사람을 잡아먹을 듯이 쏘아보는 눈빛이 무섭기도 정말 무섭다.

"그래, 네 말대로라면 내가 하는 게 맞겠다. 신고하면 경찰 오겠지? 그때까지 같이 있을 거야?"

경찰이 올 때까지 김세연과 나란히 서 있을 수 있다면 그게 시체 옆이라도 상관없을 것 같다. 그걸 위해 세상 모든 걸 다 포기할 수 있을 것 같은 기분마저 든다. 하지만 세상엔 절대 포기할 수 없는 것도 있는 법이다.

"그것도 곤란할 거 같아. 난 어떤 식으로든 경찰들이랑 얽히면 좀 많이 곤란하거든."

"어차피 최초 목격자라 너도 불려갈 거야. 결국엔 얽히게 될 텐데."

"네가 좀 적당히 둘러대 주면 안 될까? 혼자서 봤다고 한다든가."

"내가 왜 그래야 하는데?"

"네가 꼭 그래야 하는 이유는 없어. 혹시 있니?"

"아니, 없어."

"그럼 할 수 없고. 아무튼 난 나중이야 어떻게 되든 당장은 얽히면 안 될 거 같아서 이만 가 볼게. 그래도 내 부탁 한 번은 생각해 봐."

"시체 옆에 혼자서 경찰 올 때까지 있으라고? ……그래, 생각은 해 볼게."

김세연과 시체를 내버려 두고 뒤돌아 걷는데 뒤통수 쪽이 근질근질하다. 생각해 보니 김세연이 내 이름을 물어보지 않았다. 같은 반이라 내 얼굴을 알고 있는 걸까? 하지만 김세연 같은 애가 반 애들의 존재를 머릿속에 새겨 뒀을 거란 생각은 들지 않는다.

사실 나도 나한테 맞았거나 나를 때린 몇 명과 김세연 말고는 반에 누가 있는지도 모른다.(어쩌면 죽은 아이가 우리 반 아이일 수도 있다.)

몇 걸음 걷지도 않았는데 골목길 바닥에 점점이 떨어져 있는 핏자국이 눈에 들어온다. 기껏 김세연이랑 이야기 나누며 함께 있을 기회까지 포기하고 얻어낸 자유인데, 여전히 물기가 남아 번들거리는 핏자국이 나를 옆 골목으로 유혹한다. 이야기 속 아이들을 집으로 인도한 과자 부스러기처럼 핏자국은 나를 CCTV 없는 주택가 골목으로 이끈다.

핏자국이 끊어진 막다른 골목 바닥에는 피 묻은 칼이 놓여 있다. 아까 그 애는 저 칼에 찔려 죽었겠구나. 홀린 듯 한참 살해 도구를 보고 있자니 이제야 온갖 감정이 휘몰아친다. 많이 아팠을까? 물어보나 마나 한 질문이다. 그래도 이제 더는 아플 일은 없을 거다. 죽고 나면 고통에 시달릴 일 따위는 없다. 괴로운 건 늘 살아남은 사람이다. 난 치밀어 오르는 감정을 애써 억누르며 천천히 학교로 걸어간다.

등교 후 3교시 수업이 끝날 때까지도 김세연의 자리는 텅 비어 있다. 워낙 존재감이 강렬한 김세연인지라 아이들뿐만 아니라 선생님들도 김세연의 빈자리를 끊임없이 의식한다.

4교시 수업이 시작할 무렵에서야 교실 문이 열리고 김세연이 들어와 자리에 앉는다. 김세연은 아이들의 수군거림 따위는 신경도 쓰지 않고 보란 듯이 수업과 상관없는 책을 펴들고 보기 시작한다.

교실에 들어올 때 잠깐 내 쪽을 바라본 것도 같았는데. 착각이겠지?

사실 1학년 때까지만 해도 김세연과 내가 같은 반을 쓰는 건 상상할 수도 없는 일이었다. 우리 학교는 1반부터 14반까지

우열반을 나누어 놓았다. 놀랄 것도 없이 김세연과 나는 끝에서 끝 반을 배정받아 갈라져 있었다.

그러던 중에 누군가 인터넷에 우열반 운영에 관한 내용을 퍼트렸고, 때맞추어 교장의 개인적인 비리 건도 터져 나오고 해서 전교 1등 꽃미녀 김세연과 전교 꼴찌 부모 죽인 패륜아가 같은 반을 쓰는 해괴한 일이 벌어진 거다. 딱히 물증은 없지만 인터넷에 이야기를 퍼트린 것도, 교장의 비리를 밝혀낸 것도 김세연이 벌인 일이란 소문이 나돌았다. 소문이란 것의 직접적인 피해자이자 그 생리에 대해서 꽤 정통하다 자부하는 사람으로서 인정하는 바이지만 김세연에 관한 소문에는 묘한 신뢰성이 있다.

김세연은 수업 시간 내내 책에만 집중하고 있고 나는 김세연에 집중하고 있다. 아침에 시체를 보고, 학교에서 악명 높은 부모 죽인 패륜아와 이야기를 나누고, 경찰서에까지 다녀온 아이의 모습처럼은 보이지 않는다. 어쩌면 저 애에겐 별다른 일이 아닐 수도 있을 것 같다. 다른 일들은 그렇다 쳐도 나랑 이야기 나눈 것도 김세연에게는 대수롭지 않은 일이었을 거라 생각하니 조금 섭섭한 기분도 든다.

"야! 애비애미 죽인 새끼야! 너 요번에 한 건 더했다며?"

이런 유치한 시비 거는 놈들도 한동안 뜸하다 했더니 웬일로 점심시간이 시작되자마자 기다렸다는 듯이 쳐들어온다. 낯선 얼굴인 거 보니 다른 반 애 같다. 적어도 나한테 맞았거나 날 때린 놈은 아닌 것 같다. 그나저나 밥도 안 먹고 다들 도대체 무슨 지극정성들이냐?

"그냥 가. 나 배고파서 너 상대해 줄 기운도 없다."

"뭐래. 좆 같은 새끼가? 씹새야, 너 이번에는 진짜 끝났어. 인터넷에 니가 우리 학교 여자애 죽였다고, 니 신상까지 해서 다 쫙 퍼졌다고!"

고개를 돌리니 김세연이 호기심 어린 시선으로 나를 뚫어지게 바라보고 있다. 1학년 때 우열반 소문 퍼트린 것처럼 아까 일도 퍼트린 건가? 심장이 쿵쾅거리면서 생각이 빨라진다. 앞으로 벌어질 일에 대한 기대감 때문인 것 같다.

아버지가 죽기 전에 나에게 보인 바로 그 미소가 내 얼굴에도 떠오른다.

나는 인터넷도, 티브이도 잘 보지 않는다. 사람들 사이에 떠돌아다니는 모든 이야기와 뉴스는 그걸 지어낸 사람들의 시선으로 바라보고 해석한 세상과 사람들의 모습을 보여 줄 뿐이다. 본래의 세상과는 무관하게 자기는 세상을 이렇게 바라본다고, 이야기를 접하는 사람들도 이렇게 보아 달라고 주장하는 거다. 진짜 세상과 사람, 진짜 이야기의 진실을 보고 알려면 직접 바라보고, 부딪혀 보고, 겪어 봐야만 하는 거다.

그 흔한 스마트폰도 없는지라 쉬는 시간에 컴퓨터실까지 찾아가야만 한다. 인터넷에는 벌써 누군가 만들어 낸 나에 관한 이야기와 강렬한 이미지의 사진이 퍼지고 있다.

쓰레기 더미 옆에 너부러져 있는 교복 차림의 여자아이와 (어째 모자이크를 해 놓으니 실제의 모습보다 더 기괴해 보인다.) 그 모습을 물끄러미 바라보는 나.

사진은 어떤 거짓말도, 주장도 담고 있지 않다. 사진에 따라 붙은 몇 글자의 해석만이 세상 사람들에게 나에 관한 이야기를, 나를 어떻게 바라보라고 지시하는 이야기를 만들어 주고 있다.

— 오늘 아침 XX 고등학교 여고생 살해 현장 CCTV 사진! 저기 시체 앞에 서 있는 남자애가 4년 전 동부 아파트 화재 현장에서 부모 죽고 혼자만 살아남았다는 걔래! 너무 소름 끼치지 않음?

— 나 그 이야기 알아! 걔가 방화하고 혼자만 빠져나왔다고 하던데?

— 저거 완전 사이코패스 새끼 아냐? 우리나란 청소년들한테 범죄 저지르라고 판 깔아 주고 있다니깐?

— 고등학교에서 완전 개 꼴통으로 유명하대. 공부도 못해서 전교 꼴등이고 맨날 쌈박질하고 사람들 기분 나쁘게 빤히 바라보기만 하고...

— 저런 종자들은 교화도 안 돼. 그냥 빠른 사형이 답!

와! 박수! 박수! 지난 4년간의 내 인생을 어쩜 이렇게 훌륭한 양념까지 곁들여서 잘 요약했을까?

그 와중에 '빠른 사형이 답'이라는 문구가 눈을 사로잡는다. 마지막으로 사형이 집행된 게 벌써 십수 년 전이라고 알고 있다. 우리나라는 실질적으로 사형폐지국이란 타이틀을 얻었다고나 할까? 물론 그런 것과는 무관하게 사형수들은 매일매일 자신의 형이 집행되지 않을까 하는 두려움에 떨며 산다는 이야기도 들은 것 같다. 차라리 사형이 구형되고 매일 아침 형이 집행되지 않을까 두려워하는 삶을 살게 된다면 지금처럼 목적도 의욕도 없이 보내는 하루하루보다는 좀 더 내 하루가 흥미롭게 느껴질까?

스크롤을 더 내려 보니 예외 없이 외모에 대한 지적질이 주를 이룬다. 누군가 '생긴 건 평범한데..'라고 단 코멘트가 마음에 와 박힌다. 평범하게 생기면 끔찍한 짓을 안 할 거라고 사람들은 생각하는 걸까? 또 다른 누군가는 '얼굴이 딱 살인자의 얼굴이다'라고 댓글을 달아 두었다. 똑같은 내 얼굴을 보고도 누군가는 평범한 고등학생을 보고 누군가는 부모를 죽이고 여흥으로 여고생 한 명을 더 죽인 살인자를 본다. 평범한 고등학생과 살인자와 패륜아의 얼굴이 따로 있을까? 아니면 같을까?

내 사진에 달린 댓글들이 수업 시간 내내 머릿속에서 끊임없이 맴돈다. 왜 스타들이 자기 기사에 달린 댓글에 중독되는지 이유를 알 것도 같다.

이러든 저러든 목적 달성을 훌륭히 수행한 좋은 이야기다. 궁금한 건 '누가?', '왜?' 저런 이야기를 만들어 냈고 퍼트렸냐는 거겠지.

이상하게도 나를 괴롭히고 싶어 하는 아이들은 너무나 많아서 누가 이런 짓을 했는지 특정을 하기가 힘들 정도다. 4년 전에 불타 죽은 건 내 엄마고 내 아빠다. 내가 자기 부모를 죽인 것도 아닌데 도대체 왜 나를 싫어하고, 미워하고, 수고스럽게 애써가며 괴롭히려 하는지 도저히 알 수가 없다.

반면에 이런 이야기를 너댓 시간 만에 뚝딱 만들어서 퍼트릴 수 있을 만한 사람, 그런 능력을 갖춘 사람은 흔하지 않다. 아니, 사실 딱 한 명밖에 떠오르지 않는다.

나처럼 싸움을 많이 하다 보면 언제, 어디에서 싸우는가가 굉장히 중요하다는 걸 알게 된다. 점심시간 아까 싸움을 걸어온 놈의 머리카락을 양손으로 움켜잡고 옥상 벽에 얼굴을 찍어내리는 와중에도 그게 고민이 된다. 녀석이 울면서 피범벅이 된 얼굴로 '그만해 달라'고 애걸복걸을 할 때까지도 결정을 내리기가 힘들다.

'방과 후'와 '5교시 수업 마치고' 중에 언제가 적절할까? 아무도 좋아하지 않아 점심시간의 치열한 간식 경쟁에서 살아남은 팥빵을 우물거리다 결정을 내린다. '5교시 수업 끝나고'가 제일 좋은 시간일 거다. '방과 후'는 도망쳐 버리기 너무 쉽다.

수업 내내 인터넷에 돌고 있는 이야기를 곱씹어 보다가 수업 종료종이 울리자마자 김세연의 자리로 걸어간다. 김세연이 앉아 있는 책상으로 걸어가는, 너무나 사소한 행동 하나만으로도 반 아이들의 시선이 일제히 내게 몰린다. 내게 유리할 리도 없고 원하지도 않던 관심이다.

"이야기 좀 하자."

"너 누군데? 나랑 아는 사이야?"

내가 말을 걸면 김세연이 무어라 대답할지 수업 시간 내내 예상해 보았다. 그런데 이건 예상도 못해 본 대답이다.

사실 예상 못한 정도가 아니다. 싸우면서 먼저 주먹을 제대로 날렸다고 착각했는데 카운터로 턱에 정타를 제대로 얻어맞은 느낌이다. 싸우다 보면 이런 부류의 인간들이 있다. 내 기량과 경험과 작전을 완전히 무의미하게 만드는 재능을 가진…….

그런데 싸움이란 건 꼭 재능으로만 결정되는 건 아니다. 버티고 또 버티며 끝까지 엉겨 붙다 보면 그 재능의 격차가 극복되기도 하는 거다.

"내가 누군지 너도 알고 있는 거 알아. 너랑 나랑 아침에 같이 시체 봤잖아?"

부러 구경하는 아이들 들으라고 목소리를 높인다.

싸움에서 흥분은 절대 금물이다. 하지만 주변 환경을 이용하기 위해서는 적절한 과장도 필요한 법이다. 김세연이 일부러 나를 모르는 척한다는 암시가 평소에는 나에게 적대적이기만 했던 아이들의 시선들을 김세연을 공략하기 위한 무기로 바꾸어 줄 거다.

반 아이들의 의문 섞인 웅성거림이 커진다.

김세연이 고개를 쳐들고 나를 똑바로 바라본다. 감정의 동요가 전혀 보이지 않는 차분한 얼굴이다. 조금은 당황한 표정이었더라면 더 좋았을 텐데…….

"여기서 말하기 곤란하지 않아? 옥상 갈래?"

"아니. 여기서 말해도 상관없어. 무슨 이야긴데?"

전장을 내게 유리한 판으로 이끌고 싶었지만, 또다시 가로막혔다.

"아침에 둘이서 시체 발견하고 이런 이야기 인터넷에 떠돌던데, 네가 그런 거야?"

김세연에게 컴퓨터실에서 프린트해 온 사진과 글 타래를 들이밀어 보인다. 김세연은 별다른 흥미를 보이지 않으며 건성으로 출력물을 훑어본다.

"왜 내가 이런 글을 올렸다고 생각하는데? 나 아침 내내 경찰서에 있었던 거 너 잘 알잖아?"

김세연의 카리스마와 나의 불쾌함이라는 조합이 만들어 낸 기묘한 아우라도 반 아이들의 호기심을 가로막을 수 없는 모양이다. 여자아이 몇 명이 "선생님 불러야 하는 거 아냐?"라고 소곤거리는 게 들린다. 상황이 영 좋지 않다. 나를 싫어하는 남자아이 몇몇은 김세연에게 엉겨 붙는 똘아이를 무찌르는 정의의 사도 역에 자신을 대입해 보고 있을 거다. 점점 내가 짜 놓았다고 착각한 판이 나에게 불리하게, 김세연이 이끄는 대로 돌아가고 있다. 내게 주어진 공격 기회는 딱 한 번 정도밖에 없어 보인다.

"이거, CCTV 사진, 경찰 아니면 보통 사람들이 어떻게 가지고 있겠어? 그런데 이걸 누가 의도를 가지고, 나한테 안 좋은 소문을 만들어 내려고 인터넷에 올렸어. 우리가 시체 처음 발견하고 아직 5시간도 지나지 않았는데. 너라면 이게 무슨 의미인지 알 거 같은데……."

사실 이건 공격이 아니다. 제발 나를 도와 달라고 하는 부탁이나 마찬가지다. 때때로 싸움의 승패가 뻔하다면 태세의 변화도 필요한 법이다. 김세연의 눈에 호기심의 빛이 스쳐 지나간다. 아니, 스쳐 지나간 것처럼 보인다.

"……방과 후에 보자."

더는 할 말이 없다는 듯 김세연은 책상 위에 펼쳐진 책으로 시선을 돌린다.

혼자만의 싸움의 결과는 최소한 패배는 아니다.

'방과 후에 보자.'

김세연의 목소리가 계속 머릿속에 맴돈다. 승패와는 무관한 김세연의 제안에 살면서 한 번도 느껴 보지 못한 묘한 성취감이 밀려온다.

* * *

"일단 사진부터가 수상해. 이건 동영상 장면을 캡처한 게 아니야. IP 카메라에서 모션 디텍팅 이벤트 시작되는 시점에 기록된 정지 화상 영상을 편집 안 하고 그대로 올린 거거든. 파일명만 봐도 이벤트 로그 ID 매칭용으로 일련번호 부여한 거란 거 바로 알 수 있지?"

아니.

김세연이 도대체 무슨 말을 하는 건지 한마디도 알아들을 수 없다.

그래도 이 상황이 그저 신기하긴 하다. 천하의 김세연이 방과 후에 시간을 내어서 책상 위에 노트북을 펴 놓고 내게 무언가를 가르쳐 주고 있다니. 그러고 보니 학교에 노트북 같은 건 어떻게 들고 오지? 저런 거 가져와도 아무도 뭐라고 안 하나? 아, 뭐 김세연이니까…….

김세연은 중학교 때 미국 라스베이거스엔가에서 열리는 세계 해커 대회에서 우승한 적이 있다. 내가 알기론 중학생 대상으로 하는 그런 가벼운 행사가 아니었다. 진짜 어른들끼리 나와서 실력을 겨루는 대회라고 했는데 대부분 5명 이상이 팀을 짜 참가하는 대회를 김세연은 단독으로 참가해서 우승했다고 한다.

그때 방송에서는 한동안 김세연의 이야기로 난리도 아니었다. 무슨 보안 전문 업체에서 김세연을 스카우트하려고 한다느니, 국가가 나서서 저런 영재를 잘 키워야 한다느니, 연예기획사 몇 곳이 김세연을 찾아갔다가 다 문전박대당했다느니.

그러나 김세연은 보안 전문 업체에 들어가지도, 연예기획사에 들어가지도 않았다. 그 뒤로 김세연이 또 그런 대회에 참가했다는 이야기도 못 들어 봤다. 처음에 중학생 미소녀 천재 해커의 등장으로 떠들썩했던 여론도 어느 순간 급속도로 시들어 들었다.

뭐 여론이라는 게 그렇지 않은가? 내 경우같이 끔찍한 이야기도 지나다 보면 대부분 사람에게 잊히는데 아무리 놀랍고 즐거운 이야기라도 어느 순간 질리는 건 마찬가지겠지.

그러고 보면 김세연과 나는 나름 비슷한 경험을 겪어 본 셈이다. 그 경험의 성격과 관심의 방향성이 우리 둘의 성적처럼 극과 극이라 문제인 거지.

단 한마디라도 이해해 보기 위해 애를 쓰는 나를 김세연이 물끄러미 바라본다. 김세연의 얼굴에는 한심하다는 뜻인지 신기하다는 뜻인지 아무튼 기묘한 표정이 떠올라 있다. 좀처럼 어떤 표정도 보이지 않는 김세연이어서 그럴까? 묘하게 굉장히 어울리는 표정이란 생각이 든다. 어쩌면 김세연은 나뿐만이 아니라 세상 모든 사람을 저런 표정으로 대하지 않을까?

"동영상 한 컷 캡처한 이미지 정도는 어지간한 사람이라면 쉽게 만들어 낼 수 있어. 어디서든 동영상이 재생되고 있는 기기의 화면을 순간 캡처하고 조금만 편집하면 돼. 그런데 지금 SNS에 올라온 사진은 IP 카메라에서 동영상이 아니라 사진처럼 순간의 영상 한 장을 뽑아낸 거라고. 이건 IP 카메라에 설정된 특정 이벤트 시점에서 로그 기록용으로 내부 스토리지에 저장한 영상이야."

"……어, 그러니깐 이 사진은 그…… 카메라에 직접 접근할 수 있는 사람만 가지고 올 수 있는 사진이란 말이지?"

필사적으로 머리를 굴려 내린 결론이 이거다. 이게 올바른 답일까? 제발 그래야 할 텐데.

"보기보다 조금은 머리를 쓸 줄 아는구나?"

김세연의 말에 우리를 둘러싼 구경꾼들 사이에서 조그만 탄성이 터진다. 교실 안은 아무리 생각해도 나와 김세연이 대화를 나누기엔 최악의 장소다. 수업은 이미 다 끝났는데 집에도 가지 않고 김세연과 나를 철장 안 원숭이 보듯 구경하고 있는 호기심 넘치는 아이들이 너무나 많다. 김세연은 전혀 신경 쓰는 눈치가 아니긴 하지만 내게는 너무나 힘든 상황이다.

"뭐, 나였다면 할 마음만 있다면 어디서든 빼 올 수 있겠지만 보통 사람은 절대 무리이니 IP 카메라 내부 스토리지 접근 권한 있는 사람이 가져온 사진이라 봐야겠지. 일단은 제대로 이해한 거 같네."

"그런 거…… 남의 카메라에서 사진 빼내 올 수 있는 사람이 너 말고도 많아?"

"전 세계를 대상으로 생각해 보면? 많겠지."

반대로 내 주변에 이런 걸 할 수 있는 이가 흔히 있을 리는 없다는 이야기다. 이런 특정 사진을 뽑아낼 만한 능력을 갖추고 있으면서도 그럴 의지나 이유까지 있을 만한 내 주변 인물은 김세연 말고는 생각해 보기 힘들다는 이야기기도 하고.

"그리고 이 사진을 최초에 SNS에 올린 계정도 수상해. 이런 거 기업들 바이럴 마케팅용으로 돈이랑 사람 써 가며 공들여 만드는 계정이거든. 지금까지 올린 포스팅이라곤 인터넷 검색해서 찾은 게 분명해 보이는 불특정 다수의 고양이 사진들과 '소통해요'나 '맞팔해요' 같은 뻔한 소리로 팔로워 늘리는 데에만 주력하던 계정이야. 그런데 최초로 자기 생각 비슷한 걸 올린 포스팅이 이 사진이라니."

수 주에서 수개월을 공들여 만든 계정을 가뜩이나 흉흉한 소문을 잔뜩 안고 살아가는 불량 학생에게 또 다른 소문 하나 더 얹어 주기 위해 써먹었단 이야기다.

"너라면 이 계정을 훔치는 것도 가능하지 않아? 아침에 경찰서에 있었다고 해도 정확히 얼마나 있었는지도 모르고. 김세연 너라면 짧은 시간에 사진도 훔치고 계정도 훔쳐서 이런 포스팅 올리는 거 가능한 거 아니야?"

"내가 할 마음만 있었다면 30분도 안 걸릴 거야. 그런데 내가 왜 그래야 하는데? 나는 네가 누군지도 모르는데?"

"그건 아니지. 너도 이제 내가 누군지 알잖아? 아침에 그런 일을 같이 겪고 난 뒤였지만, 뭐, 아까 교실에서는 잠깐 내 얼굴이 기억 안 날 수도 있다고 쳐. 하지만 나랑 방과 후에 이야기하기로 약속까지 잡고 말 나누는 지금 시점까지도 여전히 내가 누군지 모른다고 주장하는 거라면 너는 보기보다 머리가 잘 안 돌아간다고 봐야겠는데?"

아이들 사이에서 아까보다 조금 더 큰 오오 하는 탄성이 다시 터진다.

사실 마지막 말은 해 봐야 아무런 도움이 되지도 않는 소리다. 계속 내가 누구인지 모르겠다는 김세연에 말에 쓸데없는 오기를 부린 거다.

뜻밖에 김세연은 나를 보며 순순히 고개를 끄덕인다. 이제 내가 누구인지 안다는 뜻인가? 아니면 자기 머리가 보기보다 좋지 않다는 걸까?

"그래도 여전히 내가 그런 일을 해야 할 동기가 없어. 그리고 지금은 네가 누구인지 알고 있지만, 점심 때 학교 오기 전까지는 네가 누구인지 몰랐다는 건 사실이야. 그런데 내가 어떻게 네 개인적인 일까지 언급하면서 포스팅을 하겠어?"

지금은 나를 알고 있다는 김세연의 말이 너무 듣기 좋다. 그때 있었던 일을 '개인적인 일'이라고 표현하는 건 왜인지 뭉클하게 들린다. 알 수 없는 감정에 휩싸여 머리가 잘 돌아가지를 않는다.

"그럼…… 내가…… 어떻게 해야 한다는 말이야?"

"그걸 왜 나한테 물어봐? 알아서 하면 될 일 아니야? 포스팅 내용 가지고 경찰에 신고하든가."

냉랭한 김세연의 대답에 감정들이 푸시식 꺼진다. 그래도 멋대로 혼자 상상하며 도취해 있던 감정이 사라지니 머리는 다시 맑아진다.

"그럼 너라면…… 만약에 내가 아니라 네가 이런 상황에 부딪혔고, 누가 너한테 이런 일을 했는지 밝혀내고 싶다면 너는 어떻게 할 거야?"

"흠…… SNS 쪽은 아무리 나라고 해도 누구인지 찾아내기 거의 불가능할 거 같다. 나라면 IP 카메라 쪽을 파 보겠어. 누가 거기 카메라에서 이 사진을 가져온 것인지는 비교적 알기 쉬울 거 같아."

"그런 사진, 훔쳐낼 만한 사람 많다고 하지 않았어?"

"훔칠 수 있는 사람이야 많겠지. 힘들이지 않고 가지고 올 수 있는 사람은 몇 안 되지 않겠어?"

김세연의 말에 떠오르는 게 있다. 누구를, 어디를 찾아봐야 할지 알 수 있을 것 같다. 문득 이걸 기회로 김세연의 연락처를 받을 수도 있을 거란 생각도 살짝 든다.

"알았어. 알려 줘서 고마워. 저기…… 혹시 또 물어볼 거 있을 것 같은데 네 핸드폰 번호 좀 알 수 있을까?"

더듬거리지 않고 자연스럽게 말하려고 부단히 노력했지만, 오히려 역효과다. 너무 흥분해서 평소보다 3배는 더 빨리 말이 쏟아져 나온다. 김세연이 내가 하는 말을 알아들을 수 있을까 걱정이 될 정도다.

내 대담한 요청에 아이들의 웅성거림이 걷잡을 수 없이 커진다. 어떤 대답이 나올지 모두의 이목이 김세연의 입에 집중된다.

"아니, 싫어. 또 물어볼 거 있으면 내일 다시 물어보든가."

화난 기색도, 불쾌한 기색도 없이 차분한 목소리와 말투다. 더 할 말이 없다는 듯 김세연은 노트북을 챙겨 든다. 잠깐 눈길을 내게 던진 후 고개를 짧게 끄덕이고 교실을 나간다.

아이들 사이에서 안도의 한숨과 실망의 탄성이 뒤섞여 들려온다. 수많은 감정으로 가득 찬 단어들이 교실에 표류한다. 그 모든 단어 속에서 내 귓가를 계속 맴도는 건 김세연이 말한 '내일, 다시'라는 두 단어였다.

* * *

시체가 있던 골목길은 벌써 경찰들이 한번 휩쓸고 지나간 흔적만 남아 있다. 노란색 출입금지 테이프로 봉쇄된 현장을 무료한 표정으로 지키고 있는 경찰관 한 명의 시선이 나를 훑고 지나간다. 교복을 입은 내 모습에 흥미를 잃었는지 경찰관의 시선은 다시 목적 없이 허공에 표류한다.

딱히 내게 관심이 없어 보인다고 해도 주의할 필요는 있다. 괜히 범행 현장 근처를 오래 기웃거리며 쓸데없는 관심을 끌 필요는 없잖아?

다행히 경찰이 바라보는 방향 쪽 담벼락에서 내가 원하던 걸 바로 찾을 수 있다. 김세연과 함께 시체를 발견한 장소를 똑바로 바라보고 있는 커다란 방범 CCTV다. 지금도 범행 현장을 지키고 있는 경찰과 내 모습을 찍고 있을 거다.

경찰의 이목을 끌지 않으려 애쓰며 CCTV 주변을 빠르게 훑는다.

방범 CCTV 촬영 중. 관리자 010-XXXX-XXXX

역시 김세연의 말대로 경찰청에서 관리하는 게 아니라 개인이 방범 목적으로 설치해 둔 CCTV였다. 왜 그 '관리자' 양반이 나를 엿 먹이려 수작을 부렸는지는 알 수 없는 일이지만.

"거기 학생!"

아무래도 너무 오래 머물러 있었나 보다. 내 쪽으로 다가오는 경찰에게 대꾸도 하지 않고 나는 골목길을 내달린다. 등 뒤에서 나를 바라보는 경찰이 머뭇거리는 게 느껴진다. 조금 이상한 놈이라고 생각하고 말겠지.

머릿속에서 '관리자'의 핸드폰 번호를 거듭 되뇌다가 대로변으로 나서자마자 숨을 고르고 핸드폰을 꺼내 든다. 학교에서라면 괜히 놀림을 받기 싫어 꺼내 볼 생각도 못하는 낡은 피처폰. 삼촌의 책상 한구석에 족히 수백 년은 처박혀 있었을 듯한 온갖 유물들 사이에서 발굴해 낸 물건답게 크고, 무겁고, 삐걱거리는 고물이다. 그래도 핸드폰 번호를 저장하고 통화를 하는 데에는 아무런 지장이 없으니 삼촌의 생색을 묵묵히 참고 견딘 보람은 있었던 셈이다.

'관리자'의 번호를 핸드폰에 입력하고 'CCTV 관리자'란 이름으로 저장하고 나니 또다시 전화를 걸 타이밍이 고민된다.

적어도 김세연의 경우는 어느 정도 신분은 알고 있었잖아? 이 정체불명의 관리자 양반은 언제 내 전화를 받는 걸 제일 싫어할까? 지금 당장? 아니면 누구라도 잠들어 있을 한밤중? 내가 전화를 하면 당황을 하기는 할까? 그 모든 것 이전에 도대체 정체도 짐작이 가지 않는 사람이 왜 나에 대해서 말도 안 되는 정보를 인터넷에 퍼트린 걸까?

대답할 수도 없는 질문을 혼자 되뇌어 봐야 아무런 소용도 없다. 인적이 뜸해질 때까지 대로를 걷다 보니 도로변 벤치가 눈에 들어온다. 주저앉아 핸드폰을 꺼내 들고 연락처에 새로 저장된 'CCTV 관리자'에게 전화를 건다.

"네. 박입니다."

"검단로 107번길 CCTV 관리하시는 분이죠?"

"……."

몹시 부자연스러운 침묵이다. 내가 누구인지 알고 있다는 뜻일까?

"……전화 잘못하신 것 같은데요."

"CCTV에 적혀 있는 전화번호 보고 전화한 건데요?"

"……무슨 말씀하시는지 잘 모르겠는데요."

"검단로 107번길 CCTV 관리자 아니라는 말씀이신가요?"

"……네, 이만 끊겠……."

"거기 CCTV에서 촬영된 이상한 사진 인터넷에 올려서 사람 엿먹이려는 새끼가 있어서 찾는 중인데 잘못 걸었나 보네요. 그냥 이 내용 SNS에 포스팅하고 경찰에 신고해야겠네요."

"……이봐요, 학생! 무슨 말 하는지 모르겠……."

너 딱 걸렸다!

"내 얼굴도 안 보고 목소리만 듣고 학생인지 아닌지 어떻게 아니? 씹쌔끼야."

수화기 너머에서 억눌린 한숨 소리가 터진다. 또 다른 누군가와 함께 있는지 작게 속삭이는 소리도 들린다.

"학생, 뭔가 오해가 있나 본데……."

"무슨 오해 타령이야. CCTV에 잘났다는 듯이 자기 연락처 적어 놓고 거기서 찍은 사진 가지고 사람 모함해 놓고 어디서 잡아떼려고 들어. 당신 CCTV에서 나온 사진 무슨 의도로 인터넷에 퍼트린 것인지 모르겠지만 경찰에 바로 가져갈 거니깐 그렇게 알라고."

뭐 인터넷에 올라온 내 사진이 그 CCTV에서 찍혔다는 뚜렷한 증거는 없지만, 반응 보면 뻔한 거 아닌가?

"아니……. 내가 CCTV 관리하는 게 하도 많다 보니깐 잠깐 헷갈렸나 보네. 그게 아…… 우리 직원이 실수로……."

"사람 병신으로 아냐? 반나절 만에 실수로 내 뒷조사하고, 실수로 팔로워 수천짜리 계정에 그 사진을 올린다고? 실수 몇 번만 더하면 사람도 죽일 수 있겠네?"

풍선에서 바람 빠지는 듯한 소리가 들려온다. 웃어?

"그래. 아무튼, 우리 직원 실수니깐. 이거 학생한테 미안해서 어쩌지? 우리가 뭘 어떻게……."

"뭘 어떻게야. 이미 인터넷에 다 퍼진 건데!"

"그렇겠네. 회사 계정으로 사과문 올려 봐야 믿을 사람도 없을 테고. 야아, 이거 어떡하지? 우리 직원 실수 때문에 학생 참 곤란하게 됐네?"

더는 목소리에서 미안함을 꾸며내려는 기색도 보이지 않는다. 노골적인 빈정거림에 울분이 치밀어 오른다.

"이거 지금 통화도 녹음하고 있거든? 통화 내용도 같이 경찰에 신고하고 인터넷에도 올릴 거니깐 그쪽은 그쪽대로 알아서 하든가."

이번에는 아예 요란한 박장대소가 들린다.

"학생, 우리 회사가 스마트폰 보안 앱도 만드는 회사야. 학생이 진짜로 녹음 기능 사용했다면 통화 프로토콜 암호화되어 있어서 녹음도 안 되었을 것이고 나한테는 벌써 알림이 왔을 건데? 왜 나한테는 아무것도 안 보이지?"

"뭐래, 병신이. 앱 같은 소리 하고 있네. 내가 쓰는 거 그런 거 하나 없는 구닥다리 피처폰이야. 그냥 전화기 자체 통화 녹음 기능으로 녹음하고 있거든? 나중에 네 깐족거리는 목소리 편집한 거 인터넷에 도는 거나 확인해라, 씹쌔야."

나를 골탕 먹이려 한 사람도 김세연과 비슷한 부류의 사람, 그러니깐 컴퓨터, 인터넷 그런 거 막 조작하고 하는 부류의 사람일 거라 예상한 게 다행이다. 극적인 효과를 위해서라면 바로 전화를 끊었어야겠지만 상대방의 반응이 궁금해서 도저히 그렇게는 못하겠다.

"……."

수화기 너머에서는 또다시 부자연스러운 침묵이 길게 이어진다.

"왜, 쫄리냐? 아예 대놓고 나 먹이려고 구린 짓 했다는 거 자기 입으로 자백해서 쫄려?"

"학생, 그거 피처폰 이야기……."

"다시 골목 지나가면서 네 CCTV 앞에 흔들어 주고 지나갈 테니까 유심히 잘 보라고."

아무리 반응이 궁금하더라도 이번에는 끊어야만 한다. 대답을 기다리지 않고 통화 종료 버튼을 누르고 나니 기묘한 뿌듯함이 밀려온다. 사실 더 이상의 계획이 있는 것도, 말한 대로 경찰서에 갈 생각이 드는 것도 아니다. 아니, 솔직히 어떤 일이 있더라도 경찰서만은 가기 싫다. 그래도 이 재수 없는 새끼한테 한 방 먹여 주었다는 것만으로도 기분이 나아지는 건 어쩔 수 없잖아?

엄지와 검지로만 핸드폰을 잡고선 다시 골목 안으로 걸어 들어간다. 또다시 경찰의 이목을 끌기는 싫다. 너무 눈에 띄지 않을 정도의 적당히 빠른 발걸음으로 CCTV 앞을 지나가며 그 앞에서 삼촌의 무겁고, 거대하고, 촌스러운 피처폰을 몇 번 흔들어 댄다.

잘 보았겠지? 지금쯤 무슨 생각을 하고 있을까? 제발 처음 인터넷에 올라온 내 사진을 보았을 때의 나처럼 좆됐다는 생각을 하고 있으면 좋을 텐데.

골목길들을 가로질러 삼촌과 사는 투룸까지 걸어가는 길에도 수없이 많은 CCTV가 설치되어 있다. 늘 지나다니던 길인데도 괜히 CCTV에 감시당하는 기분이 든다. 지나치는 CCTV마다 관리자 연락처를 확인해 보고 싶은 유혹이 든다.

골목길을 빙 둘러 가는 큰길로 나와 사람으로 북적이는 환경에 놓이니 그나마 조금은 마음이 놓인다. 핸드폰을 확인해 보았지만, 아까의 통화 이후 새로 걸려 온 전화도 문자도 보이지 않는다.

내 협박이 유효하지 않았나? CCTV 관리자 새끼는 경찰에 신고해 봐야 별다른 타격을 받을 사람이 아니란 뜻일까? 아니면 내가 경찰에 신고하러 가지 않을 거란 걸 이미 알고 있는 것일까? SNS에 올린 비방글만 보아도 내 신상을 꽤 자세히 알고 있는 것 같던데 어떤 상황이든 내가 먼저 경찰을 찾아갈 일은 없을 거란 정도는 추측할 수 있지 않았을까?

아까까지의 의기양양한 기분은 사라지고 패배감과 무력감이 밀려든다.

무엇보다 답이 없는 의문이 내 머릿속을 헤집어 놓고 사라질 생각을 하지 않는다. 도대체 왜? 누구인지 알지도 못하는 사람이 나한테 이런 짓을 한 걸까?

물론 사람들은 이유도 없이 남에게 나쁜 짓을 한다.

부모님이 돌아가시고 난 후, 집에 불을 지르고 문을 걸어 잠근 게 나라는 소문을 퍼트린 아이들도 특별히 그런 일을 해야만 할 이유 따위는 없었을 거다. 어쩌면 그냥 재미로 그런 소문을 냈을지도 모르겠다. 재미는 있었겠지……. 어린 나이에 눈앞에서 엄마, 아빠의 옷과 머리카락에 불이 붙었을 때 나는 고기 타는 냄새를 맡아 본 아이를 죽고 싶을 만큼 괴롭히는 것처럼 세상에 재미난 일이 또 어디 있겠는가?

CCTV 관리자도 순전히 재미를 위해서 그랬을 수도 있다. 그런데 처음 나에 대한 소문을 퍼트렸던 아이들은 바로 옆에서 나의 괴로워하는 모습을 보면서 즐길 수나 있었다. 그럼 CCTV 관리자는? 만약 내가 먼저 연락을 하지 않았더라면 나와 평생 마주칠 일도 없었을 거잖아? 그런 게 재미가 있나? 개구리가 맞았는지 아닌지 확인도 안 되는 상황에서 돌을 던지는 게 재미가 있나?

만약 재미 때문이 아니라면 왜 그런 소문을 냈을까? 사람들의 행동에는 무엇이든 이유와 목적이 있잖아? 그 행동의 목적이 만약 내가 아니었다면? 어쩌면 나는 개구리가 아니라 마침 주변에 널려 있던 적당한 돌멩이가 아니었을까?

골목길에 쓰러져 있던 시체의 모습이 떠오른다. 그 아이는 누가 던진 돌을 맞고 쓰러진 걸까? 돌을 던진 사람은 왜 던졌을까?

의문들이 얽히고설켜 머릿속에서 커다란 그물망을 만들고 있다. 그물에 걸려드는 물고기들이 뚜렷해지는 기분이다.

바지 주머니부터 타고 올라오는 몸이 떨려올 정도의 진동에 퍼뜩 정신이 든다.

학생. 우리도 당황스럽고 경황이 없어서 계속 대화에 뭔가 혼선이 발생한 거 같은데. 만회할 기회를 주면 안 될까? 내일 시간 되면 직접 보고 이야기하면서 학생이 처한 상황 도울 방법도 같이 생각해 보고 하면 좋을 것 같은데. 연락 좀 주겠어?

그래, 적어도 내가 던진 돌멩이는 개구리를 정확히 맞춘 것 같다. 어쩌면 개구리 살해자를.

* * *

아직 이른 시간이라 삼촌은 집에 없다. 어차피 밤늦게까지 배달을 뛰다 술 한잔하고 들어올 게 뻔한 일이다.

핸드폰을 들고 몇 번이나 문자를 읽어 본다. 내 대답이 없으니 애가 탈 만도 한데 그 뒤로 추가적인 문자는 없다. 뭐 신경 안 쓰이시면 계속 그렇고 있으라지.

직접 보고 이야기한다는 건 꽤 매력적인 제안인 것 같지만 그만큼 위험성도 커 보인다. 어찌 되었건 사람 한 명의 죽음과 연관이 있을지도 모르는 사람이다. 그런 사람과 직접 대면하는 건 썩 내키지는 않는 일이다. 어쩌면 CCTV 관리자 놈도 비슷하게 느낄 수 있지 않을까? 이러든 저러든 내 악명도 꽤 화려한 편이라 쉽게 무시하기는 힘들 거다.

대낮에 사람들이 많이 모이는 장소라면 별다른 위험은 없을 것도 같다. 무엇보다 돈 냄새, 꽤 많은 액수의 돈 냄새가 난다. 부모님이 돌아가시고 삼촌이 나를 맡아 준 건 고마운 일이지만 자기 술 마시는 데는 돈을 안 아껴도 나한테 들어가는 돈은 할 수 있는 한 안 쓰려는 인간이 우리 삼촌이다. 곤란한 상황을 벗어날 만한 수도 궁리해 보고 용돈도 벌 수 있다면 굳이 피할 필요는 없는 일 아니겠어?

내일 언제? 어디서?

괜히 길고 자세하게 적어서 빌미를 줄 이유 따위는 없다. 돌아오는 답변을 보고 그때 가서 판단해도 그만이다.

학생 방과 후니깐 오후 5시. 카페 부엉이 다방 어때? CCTV 있는 곳에서 얼마 안 떨어진 곳에 있는 커피숍이야.

촌스러운 이름과 부엉이 모양의 간판 때문에 오가면서 보았던 기억이 난다. 조금은 외떨어진 이면도로에 접해 있는 카페지만 대낮에 사람도 많이 지나다니는 길가에 있는 장소를 딱히 무서워해야 할 이유는 없어 보인다.

ㅇㅇ

구구절절 길게 답할 필요는 없겠지.

학생 올 때 꼭 피처폰 가져오고.

문자 덕분에 떠오르는 게 있다. 이 CCTV 관리자가 김세연 같은 사람이라면 조심해서 나쁠 건 없잖아? 마침 집구석에는 쓰레기 같은, 아니 쓰레기들을 내다 버리는 일에 재능이 없는 삼촌 덕분에 적당한 물건들이 널려 있다.

지금은 구하려야 구할 수도 없는 카세트 레코더란 물건이다. 마이크가 달려 있어서 컴퓨터를 잘 모르는 나 같은 사람도 소리가 들리기만 하면 뭐든 쉽게 녹음하기에 적당하다. 피처폰의 볼륨을 최대로 높여 놓고 녹음된 통화를 재생한 다음 빈 카세트테이프를 집어넣고 레코더의 녹음 버튼을 누르기만 하면 끝이다. 피처폰에 녹음된 것과 달리 조금은 먹먹한 소리가 아쉽기는 하지만, 보험은 하나쯤 들어 두는 게 없는 것보다 훨씬 낫겠지.

녹음된 카세트테이프를 몇 번 더 재생해 보며 확인하고 가방 안에 집어넣으니 조금은 든든한 기분이 든다.

카세트테이프는 집에 놔두는 게 좋을까?

아니다. 이걸 맡기기에 훨씬 더 적당한 인물이 떠오른다. 그 핑계로 김세연과 말 한마디라도 더 해 볼 수 있다면 그것도 그것대로 좋고?

* * *

다음 날 점심시간까지 기다렸다가 종이 울리자마자 통화 내용이 녹음된 카세트테이프를 들고 김세연에게 걸어가는데 심장이 터질 것만 같다. CCTV 관리자를 만나러 가는 것보다 김세연에게 말을 걸러 가는 게 더 무섭고 떨리는 일 같다.

"저기. 어저께는 고마웠어."

혹시라도 또 내가 누구인지 모르겠다 같은 대답이 돌아올 걸 대비하고 있는데 김세연은 호기심 어린 시선으로 나를 보며 순순히 고개만 끄덕인다. 조금은 자신감이 붙는다.

"그리고…… 부탁할 게 한 가지 있는데."

"무슨 부탁? 내가 왜 네 부탁을 들어줘야 하는데?"

어제 김세연과 처음 대화를 나누었을 때와 비슷한 패턴이다.

"그거…… 어제 네가 가르쳐 준 것 있잖아. 네 말이 맞더라. 그래서 내가 좀 알아봤거든. 이것저것……."

김세연이 눈을 가늘게 뜨고 눈썹을 치켜세우며 나를 바라본다. 계속 말하라는 뜻일까? 관심 없다는 뜻일까? 내가 뭔가 말실수를 한 걸까? 다행히 시선을 내게서 돌리지 않는 게 계속 말하라는 뜻인 것 같다.

"애들이 너무 많아서 여기서 말하기는 그렇고. 좀 조용한 데 가지 않을래? 그럼 내가 자세하게 말해 줄게. 왜 부탁하는지도 알게 될 거야, 그럼. 부탁 들어줄지 말지는 그때 가서 생각해 봐도 되고."

"그건 힘들겠는데?"

"어? 조용한 데 가서 이야기하는 게? 궁금하지 않아? 어제 네가 말한 이야기들 그대로 맞았는데."

"나도 궁금한데 네가 물리적으로 힘들겠다고."

김세연이 턱짓으로 교실 문 쪽을 가리킨다. 복도 끝에서 짜증이 한가득 밴 얼굴의 담임과 함께 경찰관 두 명이 교실 쪽으로 걸어오고 있다.

"너…… 어제……."

"생각을 해 봤는데. 내가 혼자서 발견했다고 할 이유가 없더라고. 그래서 네 이야기했어. 네가 나한테 나 혼자 발견한 걸로 해 달라 부탁했다는 이야기도 했고."

경찰서에 끌려가면 몇 시간이나 잡혀 있을까? 30분? 1시간? 반나절?

부모님 때를 생각해 본다면 CCTV 관리자와 약속한 시각까지 경찰서를 나올 수 있을 거란 기대를 하기는 힘들어 보인다.

무엇보다 나를 두렵게 하는 건 삼촌의 반응이다. 이제껏 경찰서에 나를 데리러 올 때마다 삼촌 딴에는 교육을 해 보겠다고 무지막지하게 나를 두들겨 팬 적이 한두 번이었어야지. 애당초 그 흔한 지방사립대를 갈 만큼의 공부 머리도 없어서 고등학교 졸업하자마자 오토바이 끌고 배달이나 하는 사람이 누굴 가르치겠다는 건지 의문스러운 일이지만 삼촌의 주먹질은 어지간히 때리고 맞아 본 나로서도 귀중한 인생의 교훈을 얻은 양 얌전함을 가장하게 만드는 힘이 있다.

이것저것 따질 것 없이 지금은 무조건 도망을 치고 보는 게 상책이다. 그렇다고 기껏 만들어 둔 보험을 무의미하게 버릴 수야 없지.

다짜고짜 김세연의 노트를 잡아당겨 내 핸드폰 번호와 '부엉이 다방 오후 5시'라는 문구를 적는다.

"이거 내 핸드폰 번호고. 그리고 이거……."

이제는 짜증이 뚜렷이 읽히는 김세연의 얼굴이 한층 무섭게 변했지만 나는 아랑곳하지 않고 카세트테이프를 내민다.

"……이거 들어 보면 궁금한 것도 해결될 거고 내가 뭐 부탁하려 하는지도 바로 알 거야."

"이게 뭔데?"

천하의 김세연도 모르는 게 있다니! 어찌 되었건 카세트테이프를 받긴 했으니 어떻게든 알아서 하겠지.

갑작스럽게 밀려오는 불안감을 애써 몰아낸다. 눈에 띄지 않는 발걸음으로 태연하게 뒷문으로 걸어간다. 당장이라도 내달려 도망치고 싶은 마음은 굴뚝 같지만 그래 봐야 오히려 이목을 끌 뿐이다.

교실 뒷문을 반쯤 열고 그 사이에서 기다리고 있다가 담임과 경찰들이 앞문으로 들어오는 타이밍에 맞추어 나는 복도로 나선다.

한 10초는 벌 수 있지 않을까? 어쩌면 김세연이 기지를 발휘

해서 시간을 벌어 주지 않을까? 터무니없는 망상에 피식 웃음을 터트리면서도 빠른 걸음으로 계단 쪽으로 걸어간다.

등 뒤 교실 안에서는 웅성거리는 소리가 커진다. 계단참에서 잠깐을 망설이다 3학년이 사용하는 3층으로 올라간다. 여차하면 달려 도망갈 수 있는 1층으로 내려가고 싶지만 분명 차 같은 걸 가져왔을 테니 금방 따라 잡힐 게 뻔해 보인다. 반면 수능이 끝나 텅 비어 있는 3학년 교실들이라면…….

아래층에서 담임의 목소리가 누군가에게 질문을 건넨다. 분명 3층으로 올라가는 내 모습을 본 누군가가 대답을 하고 있을 것이다.

되도록 발소리를 내지 않는 한도에서 최대한 빠른 걸음으로 화장실로 걸어간다. 남자 화장실과 여자 화장실 사이에서 잠깐 고민하다 불이 꺼진 여자 화장실로 들어간다. 용변 칸에 몸을 집어넣고 문을 닫은 후 변기 위에 올라서 숨을 죽인다.

복도 마루를 짓밟는 듯한 요란한 구둣발 소리가 들려온다.

"이영! 여기 있냐?"

바보 같은 담임 놈……. 내가 굳이 3층까지 도망 왔는데 물어본다고 순순히 대답하겠냐.

"애가 도망을 간 건지……."

"우리 보고 놀랐나 보죠."

"……하여간 사고를 한두 번 친 놈이 아니라. 이번엔 또 뭘 어쨌길래……."

"아직 소문 못 들으셨나 봐요? 일단은 간단한 참고인 조사이긴 합니다만. 어쩌면 소환장 발부해서 증인 출석을 요구해야 할 수도 있겠네요."

목구멍에 나무토막이라도 들어와 박힌 듯 담임의 목소리가 사라진다.

"벌써 1층으로 도망갔나 보네요. 아까 그 학생이 잘못 봤나. 잠깐 화장실만이라도 한번 둘러 볼까요?"

벽을 사이에 두고 구둣발들이 화장실 바닥을 짓밟는 소리가 들려온다. 용변 칸을 벌컥벌컥 열어젖히는 소리가 뒤따른다.

"아무래도 도망간 거 같죠?"

"어휴…… 그런데 소문이라니……. 참고인 조사라면 어제 그 애 살인사건?"

"아, 네, 뭐……. 일단 오늘은 돌아가겠습니다. 나중에라도 이영 학생 보시면 경찰서 한번 들르라고 전해 주시겠어요?"

들르란다고 내가 잘도 들르겠다. 담임이 호들갑스럽게 경찰관들에게 건네는 사과의 말이 점점 멀어진다.

악취가 슬며시 코를 자극한다. 숨을 참고 한참을 더 용변칸 안에 머물러 있다 핸드폰을 꺼내 시간을 보니 어느새 1시 30분이다. 지금쯤이면 선생이고 학생이고 모두가 다 교실이나 교무실에 있을 시간이다. 나는 발걸음 소리를 내지 않으려 애쓰며 화장실을 빠져나와 1층으로 내려간다.

* * *

1층까지 가는 동안 다행히 선생이나 학생을 마주치지는 않았다. 당장 1층까지 내려온 건 좋은데 학교를 빠져나가는 것도 문제다. 적어도 잘났다는 듯이 운동장을 가로질러 정문으로 나갈 정도로 바보는 아니다. 평소에 애용하던 교실 뒤편으로 나가서 수상쩍은 쓰레기들이 버려져 있는 담벼락을 뛰어넘고 시간을 확인해 보니 벌써 오후 2시가 지나 있다.

여전히 3시간이나 남아 있는 시간도 문제다. 도대체 어디서 뭘 하며 시간을 보낸담? 약속 장소 주변을 한번 확인해 보고 싶은 생각도 들었지만 알 수 없는 꺼림칙함이 내 발을 제지한다. 혹시라도 5시 전에 김세연이 내 전화번호로 연락을 주지 않을까? 엉겁결에 전화번호를 건네긴 했지만 그걸 저장이나 했을까? 일단은 카세트테이프도 건네받았으니 전화번호도 저장했을까?

울릴 일 없는 핸드폰을 한참 동안 말없이 노려보다 이끌리듯 다시 시체를 발견한 골목으로 발걸음을 옮긴다. 골목은 어제와는 달리 노란색 테이프만 쳐 있다. 경비를 서고 있는 경찰의 모습은 보이지 않는다.

괜히 CCTV에 어슬렁거리는 모습을 찍히기는 싫어서 먼발치에서만 골목 안을 기웃거리는데 기묘한 위화감이 든다. 왜 시체가 놓여 있던 장소에만 노란색 테이프가 쳐 있고 핏자국이 늘어져 칼이 떨어져 있던 곳에는 안 쳐 있지? 상식적으로 생각해 봐도 칼이 떨어져 있던 장소에서 어떤 방식으로든 핏자국을 늘어뜨리며 옆 골목으로 이동해 와서 쓰러져 죽었다고 생각해야 하는 것 아닌가? 그런데 왜 살해 현장이었을 가능성이 큰 곳을 노란색 테이프 하나 없이 내버려 둬서 사람들이 오가며 현장을 훼손하게 내버려 둔 것일까?

이상한 건 그것뿐만이 아니다. 여태껏 경찰서에 불려간 일은 여러 번 있었지만, 대부분은 경찰들이 삼촌이나 선생들에게 전화를 걸어 내 출두를 명령했다. 그런데 참고인 조사를 위해 피의자도 아닌 학생을 데려가려고 경찰들이 직접 학교로 온다고?

이건 모든 게 다 이상해도 보통 이상한 게 아니다.

그냥 약속도 무시하고 나가지 말까?

문제는 내게 선택권이 없는 거나 마찬가지라는 것이다. 인터넷에 퍼지고 있는 소문을 어떻게 하지 않으면 아까 경찰들의 말처럼 어쩌면 정식으로 소환장이 날아올지도 모를 일이다. 그런 일이 진짜로 일어난다면 난 경찰서에 끌려가는 것보다는 분노한 삼촌의 주먹질을 피하는 데 더 신경을 써야 할 거다.

그렇다고 김세연에게 맡긴 카세트테이프 하나만을 믿고 맨몸으로 약속 장소로 갈 수는 없다. 다행히도 제법 든든한 물건이 삼촌이 고이 모시는 쓰레기 더미에 있다는 사실이 떠오른다.

이른 시간에 괜히 교복을 입고 거리를 어슬렁거리며 사람들의 이목을 끌고 싶지는 않다. 집에 도착하자마자 몇 벌 되지도 않는 사복 중 하나를 골라 갈아입는다. 원하는 물건도 삼촌의 쓰레기 더미에서 금방 발견한다. 서울 한복판에서 떠돌이 개를 만나는 걸 두려워한 삼촌이 '호신용'이라며 샀다가 흥미를 잃고 내팽개쳐 둔 접이식 삼단봉이다. 짧게 접어 외투 주머니에 깊숙이 집어넣으니 한결 든든하다. 언제인가 술 취한 삼촌이 흥에 겨워 휘두르다가 오토바이의 두툼한 강화 플라스틱 카울을 깨먹는 걸 본 적이 있는 나로서는 이보다 더 의지가 되는 물건이 없다.

약속 시각까지 어느덧 1시간 정도밖에는 남아 있지 않다. 약속 장소까지는 그리 멀지 않은 거리지만 구불구불한 골목길을 걸어가다 보면 최소 30분은 걸릴 것이다.

삼촌한테 혹시라도 내가 안 돌아왔을 때를 대비한 메모라도 남겨둬야 하나? 쓸데없는 고민이다. 별일 없이 돌아온다면 길고 긴 질문 공세와 매타작이 뒤따라 올 게 뻔하다.

집을 나서며 핸드폰을 다시 한번 확인해 보았지만, 김세연으로부터의 연락은 없다. 당연한 일인데도 괜한 실망감이 몰려온다.

약속 장소로 향하는데, 펼쳐진 골목길 중간중간마다 보이는 CCTV들이 어둠 속에 숨은 짐승의 눈처럼 나를 바라본다는 생각이 든다.

괜히 서두르거나 늦장을 부리지 않으려 애쓰며 약속 장소에 도착해 보니 4시 45분이다.

이면도로는 걱정했던 것만큼 텅 비어 있지도, 그렇다고 신경이 쓰일 정도로 차와 사람들로 가득 차 있지도 않다. 잠깐 멀찍

이 떨어져서 기웃거려 보았지만 거대한 부엉이 모양의 차양이 유리창 대부분을 가리고 있어 가게 안 모습이 전혀 보이지 않는다. 그래도 얼핏 얼핏 틈 사이로 보이는 바로는 가게 안에 제법 사람들이 들어차 있는 듯하다.

잠깐의 염탐만으로도 어느새 10분이 훌쩍 지나 벌써 4시 55분이다.

이럴 때는 약속 시각보다 일찍 들어가는 게 맞는 걸까? 혹시라도 안에 CCTV 관리자가 기다리고 있지 않다면? 괜히 나 혼자 뻘쭘하게 관리자가 올 때까지 기다리는 건 모양새도, 기운도 빠지는 일인데. 한 번도 혼자 저런 곳을 들어가 본 적이 없어서 민망한 것은 차치하고 말이다.

지금 당장 아쉬운 건 내가 아니라 저쪽일 테니 조금 늦게 들어가도 상관없지 않을까? 앞으로 한 10분 정도 더? 어쩌면 CCTV 관리자가 허둥대며 가게로 들어가는 모습을 지켜볼 수도 있겠다. 생각하면 할수록 조금 늦게 들어가는 게 훨씬 낫겠다 싶다.

핸드폰의 시계를 보니 4시 57분이다. 여전히, 그리고 당연하게도 김세연에게서는 아무 연락도 없다.

커피숍의 입구로 나오는 손님도 들어가는 손님도 보이지 않는다. 하긴, 조금만 걸어서 번화가로 나가면 번듯한 프랜차이즈 커피숍들이 넘쳐나는데 누가 저런 구질구질한 커피숍에 들어가려고 하겠어? 그런 것 치고는 가게 안에 손님들이 많은 게 신기할 정도다.

5시 10분이 될 때까지도 커피숍으로 들어가는 사람은 보이지 않는다. 그렇다면 CCTV 관리자는 아까부터 먼저 들어가서 기다리고 있다는 이야기다. 열 좀 받았으려나? 이쯤이면 나한테 문자를 보내든 전화를 하든 했을 거 같은데 어지간히 참을성이 좋으신가 보네.

주머니 속에 손을 찔러 넣고 묵직한 삼단봉을 오른손으로 쥐자 마음이 한결 차분해진다.

커피숍 자동문의 개폐 버튼을 누르니 우스꽝스러운 부엉이 소리가 가게 안에 울려 퍼진다. 테이블에 앉아 있던 손님들이 일제히 고개를 돌려 나를 잠깐 바라보더니 이내 손에 쥐고 있는 핸드폰으로 시선을 떨군다. 가게 주인은 어서 오라는 인사도 없고, 나를 알아보고 아는 척하는 반응도 보이지 않는다. 무언가 이상하다. 시간대가 애매하다고는 해도 커피숍이 여자 손님 하나 없이 남자들로만 가득 차 있다니.

가게 안에는 4인용 원형 테이블이 8개 정도 듬성듬성 배치되어 있다.

커피숍 안에서 CCTV 관리자를 어떻게 알아볼까 걱정했었는데 쓸데없는 고민이었다. 가게에 들어서자마자 왜소한 체구에 지적인 인상인 30대 중반 정도의 남자가 내게 손을 흔들어 보인다.

"학생, 여기야. 좀 늦었네?"

목소리에는 반가움이 듬뿍 묻어 나온다. 누가 보면 내 친구인 줄 알겠네.

"뭐 좀 마실래? 요새 학생들도 커피 같은 거 마시고 하나?"

질문을 무시하고 대꾸 없이 남자의 테이블 맞은편 의자를 꺼내 앉는다.

"그래서? SNS에 올린 거, 그거 이제 어떻게 할 건데? 아저씨 회사 직원이 그랬으니 아저씨 회사 명의로 사과문이라도 올릴 거야?"

목소리가 너무 컸나 보다. 가게 안에 있는 다른 손님들이 다시 일제히 나를 바라본다. (CCTV 관리자임이 분명해 보이는) 왜소한 남자의 입꼬리가 잡아끌리듯 허공으로 올라간다. 웃어?

"학생. 자꾸 나이 든 사람한테 반말하고 그러면 안 되지. 일단 학생 핸드폰에 녹음되었다는 통화 내용 좀 들어 볼까?"

여기서? 이렇게 사람이 많은 데서? 뭐, 나야 안 될 것도 없지.

안주머니에서 구닥다리 피처폰을 꺼내 드니 모자를 눌러쓴 CCTV 관리자의 입에서 작은 웃음이 터진다.

"진짜 구닥다리 맞네. 그러니깐 우리 보안망도 그냥 통과한 거구나."

'우리'라고? 그러고 보니 어제 통화할 때도 '우리'라는 표현을 썼다. 별생각 없이 자신을 지칭할 때 사용하는 표현이긴 하지만 계속 반복되니 옆구리 쪽이 싸해지는 것이 영 입맛이 좋지가 않다.

인상을 찌푸리고 생각에 빠진 나를 재촉이라도 하듯 CCTV 관리자가 턱짓으로 내 피처폰을 가리킨다. 볼륨을 최대한 낮추고 어제의 통화 내용을 재생한 다음 남자의 귓가로 피처폰을 든다.

"그래그래. 녹음 잘 되었네. 이야아, 내 목소리도 이렇게 들으니 제법 근사하네?"

CCTV 관리자는 처음 몇 마디만을 듣고선 그만 알았다는 듯한 몸짓을 취한다. 어제와는 확연히 차이가 날 정도로 여유로운 태도가 거슬린다.

"이거 듣고 경찰서 바로 가기 전에 빨리……."

"경찰서 같은 소리 하고 자빠졌네, 좆만한 새끼가. 오냐오냐 해 주니깐 사람이 우스워 보여? 좀 전에도 경찰한테서 도망쳐 온 새끼가 어디서 수작질이야?"

그걸 이 사람이 어떻게 알고 있지? 의문에 대한 대답을 찾을 시간이 없다. 돌변한 남자의 태도에 반응한 본능이 당장 커피숍을 떠나라고 등을 떠민다.

"씨발, 됐고……."

남자에게 당황한 걸 들키지 않으려고 쌍소리를 내뱉으며 몸을 일으킨다. 내 동작에 박자를 맞추기라도 하듯 입구 쪽 자동문에서 철컥 하는 소리가 들린다.

"어딜 가려고? 예의도 없이 약속 시간도 무시하고 가게 앞에서 한참 동안 기웃거리면서 사람 기다리게 하고 말이야. 어른한테 버릇없게 행동했으니 교육 좀 받아야지?"

나를 따라 CCTV 관리자가 몸을 일으키자 다른 테이블에 앉아 있던 손님들도 다 같이 몸을 일으킨다. 그러게, 아까부터 뭔가 싸하더라니…….

"이런 씨발. 고등학생 한 명한테 쫄아서 친구들까지 끌고 왔냐, 병신아?"

말은 호기롭게 내뱉어 보았지만, 심장이 터질 듯이 빨리 뛰기 시작한다. 어쩌면 앞으로 벌어질 일에 대한 두려움 때문에, 어쩌면 앞으로 벌어질 일에 대한 기대감 때문에.

"너 같은 애 하나 죽여 버리는 건 쉬운데, 깔끔하게 시체 치우고 하려면 도움이 좀 필요해서어……."

뭐라고? 지금 '죽여' 버린다고 한 거야? 느물거리는 남자의 말이 좀처럼 이해가 되지 않는다. 허세일까? 문뜩 골목길에 너부러져 있던 여자아이의 시체가 떠오른다. 남자의 말은 나를 겁주려고 그냥 하는 소리가 아니다. 이제 심장은 걷잡을 수 없이 거칠게 요동친다.

주머니 깊숙이 찔러 넣은 손으로 삼단봉의 손잡이를 꽉 잡으니 조금은 안정이 된다.

"좆까. 시팔 새끼들이. 통화 내용 녹음해 놓은 거 따로 보관해 놨거든? 나한테 무슨 일 생기……."

"어이구! 그러셨어요? 학교 왕따인 네가 숨겨놔 봐야 집구석 어디겠지. 너 묻어 버리고 바로 너희 삼촌 집 찾아가서 잘 처리할 테니까 신경 쓰지 마."

이 새끼들 삼촌도 알고 있어? 제발 삼촌이 오늘도 일 마치고 술 처먹고 집에 늦게 와야 할 텐데.

일단은 나부터 여기서 피하고 보는 게 우선이다.

분명 아까 들었던 철컥 소리는 자동문이 잠기는 소리였을 것이다. 하지만 유리문이니 달려서 몸으로 들이받으면 쉽게 깨지지 않을까?

말을 하면 떨리는 목소리가 나올 것 같다. 애써 침착함을 가장하며 천천히 입을 크게 벌린다. 내 입에서 나올 다음 대답을 기대하듯 커피숍 안에 있는 모든 사람의 이목이 내게로 집중된다.

순간 몸을 돌려 유리문을 향해 전속력으로 달려간다. 유리문 앞에서 몸을 틀어 어깨로 힘껏 부딪혀 본다. 거대한 철판에 몸을 부딪힌 듯 둔중한 충격이 어깨를 타고 몸 전체로 퍼진다. 쾅 하는 요란한 소리가 요란한 진동과 함께 가게 안에 울려 퍼진다.

유리문은 꿈쩍할 생각을 안 한다.

재미난 구경이라도 한 것처럼 가게 안 남자들의 입에서 웃음소리가 터진다.

문가 쪽 테이블에 앉아 있던 덩치 큰 남자가 쓰러진 내 뒷덜미를 잡아채서 가게 안으로 다시 끌고 간다. 어찌나 손아귀 힘이 센지 목이 죄어 숨이 다 막힐 지경이다.

"진짜! 가지가지 하네. 저기 회원니임, 그래도 혹시 모르니 음악 볼륨 좀 높여 주세요."

CCTV 관리자가 말하자 계산대에 앉아 있던 남자가 알았다는 듯 고개를 끄덕이며 오디오의 볼륨을 조절한다. 가게 안에 은은히 울려 퍼지던 음악 소리가 귀가 먹먹해질 정도로 높아진다. 유리에 부딪힌 왼쪽 어깨와 뒷덜미가 얼얼하다.

"이영! 문 열 테니 바로 뛰어서 나가!"

이 목소리는 김세연 아냐? 얘 목소리가 왜 가게 스피커에서 흘러나와?

갑작스럽게 음악이 끊기고 흘러나온 목소리에 나를 포함한 가게 안 모두가 얼떨떨한 표정이다. 놀라움과 함께 뜻밖의 기쁨이 밀려온다. 김세연이 내 이름을 알고 있었구나!

가게 천장에 달린 CCTV에서 귀를 찢을 듯 요란한 경보음이 울려 퍼진다. 그에 맞추어 자동문 쪽에서 다시 한 번 철컥 하는 기계음이 들려온다.

쓸데없는 생각을 할 때가 아니다! 뒷덜미를 잡고 있던 손을 뿌리치고 자동문 쪽으로 내달린다.

내 뒷덜미를 잡아당기고 있던 남자의 손아귀가 다시 낡은 외투 자락을 노리고 다가온다.

내가 바보도 아니고 두 번이나 당할 것 같냐? 달려가는 속도를 늦추지 않고 삼단봉을 주머니에서 끄집어 낸다. 엄지로 버튼을 누르니 촤라락 하는 경쾌한 소리와 함께 삼단봉이 길게 늘어난다. 뒤돌아보지도 않고 힘을 주어 등 뒤로 휘두른다. 탄력 있는 금속의 무게에 뼈와 근육이 함께 갈라지고 찢기는 둔탁한 진동이 삼단봉을 타고 내 팔로 전달된다.

"으아악!"

덩치 큰 남자의 입에서 비명이 터져 나온다. 참으로 감미로운 비명과 통쾌한 감촉이다.

자동문은 아까와는 달리 내가 달려가는 속도에 맞추어 저절로 열린다. 다급하게 커피숍에서 나오는 내 모습도 바쁜 행인들의 시선을 잡아끌지는 못했나 보다. 거리에 오가는 그 누구도 내게 관심을 두지 않고 자기 갈 길만 바삐 움직이고 있다.

뒤를 돌아보니 커피숍 안에서는 손목을 부여잡고 바닥에 주저앉아 끙끙거리는 덩치 큰 남자 외의 모두가 내 눈치를 살피며 뛰쳐나올 모양새다. 이렇게 사람이 많이 다니는 곳에서 날 잡으려 하면 한바탕 난리가 날 텐데? 발걸음을 빨리해 커피숍에서 멀어지자 몇 놈이 태연하게 내 발걸음에 보조를 맞추어 가게 밖으로 나온다. 당장 여기에서 나를 잡아챌 기세는 아니다. 그럴 수도 없을 거다.

여기에서 굳이 힘을 뺄 필요는 없어 보인다. 속도를 늦추고 천천히 큰길 쪽으로 걸어간다. CCTV 관리자와 함께 두 명이 더 내 뒤를 따라온다. 마치 근처에 볼일이라도 보러 가는 양 태연한 발걸음이다.

아무리 천천히 걸어도 빠르게 뛰는 심장은 좀처럼 진정되지 않는다. 저 새끼들 아까 분명 나 죽여서 묻어 버린다고 했지? 절대 단순히 겁주려고 하는 소리가 아니었다. 도대체 뭐 하는 놈들이야?

갑작스러운 핸드폰 진동에 상념이 깨어진다. 놀라서 꼴사납게 제자리에서 뛰어오르지 않기 위해서 엄청난 노력을 기울여야만 한다.

핸드폰 액정에 뜬 숫자는 모르는 번호다. 하긴 내 폰 연락처에 저장된 번호라고는 삼촌과 CCTV 관리자밖에 없긴 하지……. 이 상황에서 모르는 번호 전화를 받고 싶지는 않지만, 갑자기 김세연의 이름이 떠오른다. 통화 버튼을 누르고 수화기를 바짝 귓가로 가져다 댄다.

"큰길 쪽에도 그 사람들 패거리가 기다리고 있어. 차 가지고 있고 네 동선은 전부 감시당하고 있으니 어디로 가든 금방 따라 잡힐 거야."

내 전화기에서 김세연의 목소리가 흘러나오다니! 하지만 반가움은 이내 수많은 의문에 묻힌다.

"뭐? 너…… 아니, 그걸 네가 어떻게 알고 있는데? 아까 커피숍에서 그건……."

"지금 그 일대 CCTV 다 해킹해서 들여다보고 있어. 시시콜콜하게 설명할 시간 없으니깐 전화 끊지 말고 내가 가라는 대로만 가."

"아니, 나도 어디로 가야 할지 모르겠는데 네가 어떻……."

"일단은 저 사람들 따돌리는 게 우선 아니야?"

김세연의 말이 맞다. 태평하게 궁금증을 풀어 달라고 어린애처럼 징징대고 있을 상황이 아니다.

"알았어. 계속 듣고 있어."

"일단 왼쪽 앞에 보이는 장안로 11번 길로 들어가."

고개를 들어 조그만 골목을 바라보니 입구 쪽 담벼락에 작은 CCTV가 설치되어 있는 게 보인다. 지금 저걸로 나를 보고 있는 걸까? 의문은 속으로만 삼키고 김세연의 말을 따라 골목으로 들어선다.

"계속 가다 보면 왼쪽으로 빠지는 갈림길이 보일 거야. 거기로 들어서자마자 전속력으로 달려가. 그럼 다시 네 갈래 길 보일 테니깐 그다음엔……."

"그다음엔 내가 알아서 어디로든 꺾으면 네가 다시 상황 보고 말해 줄 거지?"

"……."

돌아온 건 침묵이지만 무언의 수긍으로 해석하기로 한다.

골목 입구에 들어서서 발걸음을 멈추고 뒤를 돌아본다. CCTV 관리자 패거리는 비웃는 표정을 감출 생각도 안 하고 멈춰 서서 나를 바라본다. 주변에 친구들도 쫙 깔려 있고 여유 있다 이거지? 그래, 오늘 한번 나랑 죽도록 뛰어 보자.

아이돌을 바라보는 사생팬들이라도 되는 양 멈춰 선 채 나를 바라만 보고 있는 패거리를 노려본다. CCTV 관리자 패거리의 얼굴에 의아한 표정이 떠오른다. 왜 도망가지 않고 멈추어 있느냐는 거겠지.

삼단봉을 다시 접어서 외투 주머니에 찔러 넣는다. 억제할 수 없는 웃음이 터져 나온다.

내가 천천히 오른팔을 어깨높이로 들어 올리자 모두의 시선이 내 팔 끝으로 집중된다. 할 수 있는 한 최대로 천천히 그리고 정중하게 중지를 세워 관리자 패거리에게 들이민다.

CCTV 관리자의 얼굴이 일그러진다. 저 표정을 얼마나 보고 싶었던지! 후련함에 입꼬리가 절로 올라간다.

남자들이 내 쪽으로 다시 발을 한걸음 내디딘다. 그걸 신호

삼아 몸을 돌려 전속력으로 골목 안으로 뛰어든다. 등 뒤에서 다급한 뜀박질 소리가 들려온다. 돌아볼 겨를 따위는 없다.

왼손으로 전화기를 귓가에 바짝 붙이고 뛰어가는 건 생각보다 훨씬 더 힘겨운 일이다. 조금은 진정되었던 심장이 다시 미칠 듯이 뛰기 시작한다. 꼴사납게 헐떡이는 내 숨소리가 수화기를 통해 김세연의 귀에 들어간다고 생각하니 신경이 쓰여 죽을 것만 같다.

몇 초 뛰지도 않은 것 같은데 김세연이 말했던 갈림길이 보인다.

"거기로 들어가!"

그쯤은 알고 있다. 굳이 말해 줄 필요도 없다. 뒤를 슬쩍 돌아보니 모자 쓴 남자들 한 떼가 숨을 헐떡이며 나를 따라 뛰어오는 게 보인다. 갈림길로 들어가는 내 모습을 보기엔 충분한 거리다.

"다음 교차로까지 40미터 정도야. 저 사람들이 지금 갈림길 들어오기 전까지 시야 밖으로 사라져야 해."

수화기를 귓가에서 내리며 이를 악문다. 내 100미터 기록이 몇 초나 되더라? 한 번도 체육 시간에 제대로 달려 본 적이 없어서 잘 모르겠지만 지금이야말로 온 힘을 다해 달려야 할 때라는 건 분명하다.

왼손에 핸드폰을 꼭 쥐고 팔을 늘어트린다. 양팔을 격렬하게 흔들며 살면서 단 한 번도 뛰어 본 적이 없는 속도를 낸다. 비좁은 골목길의 담벼락이 빠르게 양쪽으로 스쳐 지나간다. 금방이라도 심장이 입 밖으로 튀어나올 것만 같다.

곧 구불구불한 골목길 사이로 교차로가 나타난다. 왼쪽? 오른쪽? 아까도 왼쪽이었으니 이번에는 오른쪽이 나을까? 나를 뒤쫓아 오는 패거리들도 똑같이 생각하고 있지 않을까? 그렇다면 이번에도 왼쪽으로 들어가는 게 맞을까?

영원토록 이어질 것 같던 머릿속 질문의 해답은 뜻밖에도 교차로 오른쪽 담벼락에 설치된 CCTV로부터 나온다.

낮게 흘러나오는 삑 소리에 홀리기라도 한 듯 이끌려 오른쪽 골목으로 뛰어 들어간다. 내가 어디로 갔는지 못 봤겠지? 아니, 그런데 이번 것은 또 어떻게 한 거야?

조금이라도 호흡을 고르기 위해 발걸음을 늦추고 수화기를 귓가에 들어올린다.

"멈추지 말고 계속 뛰어. 그 사람들 너 뒤에 20미터 정도밖에 안 떨어져 있어. 이 길 따라 조금만 올라가다 보면 골목에 커다란 의류 수거함 있으니 일단 그 뒤로 몸 숨겨."

지금 죽도록 뛰는 게 김세연 너는 아니니 이렇게 태평한 소리 하고 있지! 뭐라도 쏘아붙여 주고 싶은데 숨이 차올라 입을 열기도 버겁다.

등 뒤에서 다급한 발소리가 들려온다. 발소리에 채찍질이라도 당하듯 나는 또다시 달리기 시작한다.

김세연이 말한 의류 수거함은 금방 눈에 띈다. 쓰러지듯 의류 수거함 뒤로 몸을 날린다. 벽에 몸을 바짝 붙이고 앉자마자 입 밖으로 억눌린 신음이 새어 나온다.

"조용히 해. 거의 다 쫓아왔어. 숨도 쉬지 마."

숨도 쉬지 말라고? 나보고 그냥 죽으라는 소리냐? 속으로만 투덜대면서 오른손으로 입을 틀어막고 고개를 숙인 채 씩씩거리는 숨을 밑으로 내뱉는다.

"그 사람들 교차로에서 방향 보고 있어. 너 숨어 있는 오른쪽 골목은 막다른 길이니 교차로에 한 명 세워두고 당장은 왼쪽으로 갈 거야."

막다른 길이라고? 그걸 알면서 여기로 나를 보내?

교차로 쪽에서 무언가 속삭이는 소리가 나더니 몇 명의 발걸음 소리가 점점 멀어져 간다.

"한 명이 교차로에 서 있는데 네 모습 여전히 안 보일 거야. 내가 잠깐 시선 끌 테니까 신호하면 바로 담벼락 따라서 왼쪽 가게로 들어가."

고개를 들어 앞을 바라보니 전면 유리로 된 조그만 가게가 보인다. '고급 오디오 수리'라니……. 정말이지 이런 장소에 어울리지 않는 가게라는 생각밖에 들지 않는다.

"무슨 신호……."

딴에는 최대한 목소리를 낮추고 소곤거리며 물어보았지만 던질 필요도 없는 질문이었다. 의류 수거함 너머 등 뒤쪽 골목에서 아까 커피숍에서 들은 것과 같은 요란한 경보음이 울린다. 그 소리에 맞추어 몸을 웅크리고 가게 쪽으로 오리걸음으로 다가간다.

"아까랑 같은 자동문이고 보안은 해제해 놓았으니 바로 열릴 거야."

왜 아니겠어…….

김세연의 말대로 자동문은 내가 접근하자 소리 없이 열린다. 최대한 허리를 낮추고 가게 안으로 들어가자 자동문은 다시 소리도 없이 닫힌다. 이어서 바로 친숙한 철컥 소리가 들린다.

"여기 사람 있으면 경찰에 신고……."

"거기 사람 없어. 있으면 넌 큰일 나."

"뭐? 그게 무슨?"

"거기가 그 사람들 아지트인데 지금 누가 있으면 네가 곤란하지 않겠어?"

"뭐? 그 새끼들 아지트라고? 그런데 왜 날……."

"목소리 낮추고 조용히 해. 아직 그 사람들 교차로에 있어. 가게 안쪽으로 들어가면 문 하나 더 있어. 그거 열고 방 안으로 들어가서 다시 통화하자."

뭘 어쩌겠는가? 지금 당장은 김세연이 시키는 대로 하는 수밖에 없다.

조명이 꺼져 어두운 가게 안은 창가에 바짝 붙은 커다란 테이블 위에 네모난 철제 오디오가 가득 쌓여 있어 밖을 내다보기도, 안을 들여다보기도 힘든 구조다. 밖에서 들여다보기 어렵게 만들어 둔 게 묘하게 아까의 커피숍과 닮아 있다. 가게 중앙에는 촌스러운 가죽 소파가 낮은 테이블과 마주 본 채 놓여 있을 뿐 어딜 봐도 '오디오 수리'를 하는 가게처럼은 보이지 않는다.

가게의 더 깊숙한 안쪽에 김세연이 말한 두툼한 철문이 보인다. 발걸음 소리도 내지 않으려 애쓰며 가게를 가로질러 가 철문을 당겨 본다. 아직도 정신없이 후들거리는 팔다리의 상태를 고려하지 않더라도 철문은 비정상적으로 무겁고 두툼하다. 온몸의 힘을 실어 힘겹게 문을 여니 그 너머로부터 기묘한 열기와 악취가 나를 덮치듯 풍긴다.

"여기 뭐 하는 데야. 이거 냄새……. 야……, 나 도저히 못 들어가겠다."

"당장 들어가서 문 닫아. 지금 한 명 골목 따라서 그리로 올라가고 있으니깐."

가뜩이나 숨을 쉬기도 힘든데 냄새를 참으려 코를 틀어막으니 구토가 올라온다. 빌어먹을. 게다가 철문 뒷방의 열기는 밖에서 느꼈던 것보다 훨씬 더 뜨겁다. 거기에 수많은 선풍기가 동시에 돌아가는 것 같은 이 소음은 또 뭐야? 한여름을 선풍기로만 버텨내는데 이골이 난 나로서도 참기 힘든 열기와 소음이다.

"문 닫았으면 잠깐만 조용히 기다리고 있어."

비좁은 공간의 모든 벽을 철제 프레임 위로 빼곡히 쌓인 컴퓨터가 둘러싸고 있다. 케이스도 없이 흉물스러운 내부를 훤히 드러낸 수십 개의 팬이 달린 물건도 컴퓨터라 할 수 있다면 말이지. 굳게 닫힌 철문 안 공간을 꽉 채우며 울리고 있는 팬 소리에 귀가 먹어 버릴 것만 같다.

문밖에서 무슨 일이 벌어지고 있는지 전혀 알 방법이 없다.

내가 여기에 들어온 지 몇 분이나 지났을까? 1분? 10분? 아니면 30분? 멍하니 수화기에 귀를 대고선 김세연의 말만 기다리고 있자니 시간의 흐름이 도통 느껴지지 않는다.

"좋아. 이제 시작하자."

이 상황에서 뭘 시작해?

"잠깐만. 나 저 사람들한테서 빼 주려고 이러는 거 아니었어? 아니, 그리고 아까 그런 것들……."

"어차피 나 아니었음 너 바로 잡혔을 거야. 그리고 지금 하려는 것도 결과적으로 너한테 도움 될 일이니깐 그냥 내가 시키는 대로 해."

빠르게 뛰던 심장이 진정되면서 입맛이 씁쓸해진다. 밖에서 무슨 일이 벌어지는지 나로서는 알 수 없다. 김세연의 말을 따를 수밖에 없다는 건 알고 있다. 하지만 김세연이 날 도와주는데 무언가 다른 의도가 있다고 생각하니 기분이 썩 내키지 않는다.

"……그전에 한 가지만 약속해 줘. 지금 너 시키는 대로 하고 나 무사히 빠져나가면 다 설명해 주는 거다? 지금 도대체 뭐가 어떻게 돌아가는 거고 나한테 시키는 게 무슨 의미인지……."

"네가 나한테 뭘 요구하고 할 상황은 아닌 거 같은데. 나는 네가 내 말대로 안 해도 손해 볼 거 하나도 없거든. 그리고 내 말 안 따르면 너 혼자서 어떻게 이 상황 빠져나갈 건데?"

"손해 볼 거 하나도 없는 일일지는 몰라도 너도 얻는 게 있으니까 날 도와주고 있는 거 아니야? 그리고 지금 여기에서 영문도 모르고 쫓기면서 고생하는 건 난데 그 정도 요구할 자격은 있지 않아?"

"……."

수화기 너머에서 들려오는 건 완전한 침묵뿐이다. 재는 숨도 안 쉬나?

"좋아. 일단 할 거 다 마치면 설명해 줄 테니까, 지금은 그냥 내가 시키는 대로만 해."

이런 상황에서도 마음이 한결 가벼워진다. 어쩌면 김세연과 따로 만나서 이야기를 나눌 수도 있다는 뜻이잖아?

"알았어, 그럼."

"방 안에 모니터와 키보드 있을 거야."

김세연의 말대로 철제 프레임의 한 공간을 비워 둔 곳에 작은 모니터와 키보드가 놓여 있다.

"그래, 보여."

"키보드 조작하면 화면 켜질 거야."

왜 아니겠어? 아무 키나 붙들고 눌러 보니 모니터에 처음 보는 검은 바탕에 흰색 글씨들이 떠오른다.

"그래, 켜졌어. 글씨들. 'The club login'이라고 나오고 옆에서 흰색 막대가 깜빡이는데?"

"적어도 영어는 읽을 줄 아는구나? 키보드로 'administrator'라고 치고 엔터 눌러."

"어……. 그거 철자가……."

잠깐의 침묵이 이어진다. 비웃고 있는 걸까? 그건 아닌 것 같다. 김세연이 별다른 어투의 변화 없이 알파벳을 하나씩 부른다. 김세연의 지시대로 철자를 입력하니 화면에 새로운 영어 한 줄이 추가되었다.

Password:

이 정도는 나도 알지.

"넘어갔다! 암호 넣으라고 나오는데? "

"일단 하나씩 해 보자. 1234567890qwertyu입력해 봐."

의식하지도 못하는 사이에 웃음이 터져 나온다. 설마 자기 비밀번호 하나 외우지 못하는 우리 삼촌 같은 얼간이들이나 사용하는 암호를…….

"왜? 무슨 일 있어?"

"아…… 아냐. 실패했다고 다시 시도하라고 나오는데?"

"흠, 아마 3번 이상 실패하면 바로 경보 갈 거야. 어쩌면 이미 갔을 수도 있고."

"뭐? 아까 그 패거리들한테 경보가 간다고? 그럼……."

"호들갑 떨지 마. 이메일로 날아갈 테니 확인하고 알아차릴 때까지 시간 좀 걸릴 거야. 이번엔 딴 거로 해 보자. 'teacher'. 철자는……."

그건 나도 아는 철자다. 김세연의 말을 기다리지 않고 빠르게 키보드를 조작한다.

"……또 틀렸다고 나온다. 야, 어떡해? 이번이 마지막일 거라며!"

"……."

또다시 긴 침묵이 이어진다. 가라앉아 있던 심장이 또다시 박자를 높여 뛰기 시작한다.

"'domine'."

"어?"

"지배자, 주인, 선생이란 뜻이야. 철자는……."

"잠깐만. 이거 틀리면 안 된다며? 확실한 거야?"

"확실하니까, 내가 불러 주는 대로 치기나 해."

한 치의 흔들림 없이 차분하기만 한 김세연의 목소리가 내 심장을 어루만지기라도 한 듯 호흡이 다시 편해진다. 떨림이 가라앉은 손으로 김세연이 불러 준 철자를 입력하고 엔터키를 누른다. 모니터의 검은 화면 위로 아까와는 확연히 다른 메시지들이 쏟아진다.

"된 거 같은데?"

"당연히 되지. 이번엔 FTP……."

나는 한동안 의미도 모르면서 김세연이 시키는 일을 묵묵히 따라한다.

"됐어. 이제 키보드에서 손 떼고 물러나."

수화기 너머에서 경쾌하게 키보드를 두드리는 소리가 들려온다. 모니터 화면에서는 내가 조작할 때와는 비교할 수도 없는 속도로 빠르게 무언가가 진행되고 있다.

"이제 전화 끊고 기다리고 있어. 다 되면 다시 전화 걸 테니."

김세연은 내 대답을 기다리지 않고 전화를 끊는다. 의미를 모르는 영어들을 쏟아내는 화면을 한동안 무료하게 지켜보다 맨바닥에 주저앉는다.

그 동안 수화기에 집중하느라 의식도 못 하고 있던 열기와 악취가 다시 나를 공격해 온다. 내게도 조금은 친숙한 악취다. 상처에 밴 피와 고름과 살이 뒤섞여 썩어 가며 풍기는 냄새다. 도대체 컴퓨터만 잔뜩 있는 이 방에 왜 이런 냄새가 배어 있는 거지?

하릴없이 앉아서 모니터만 바라보며 기다리다 보니 참을 수 없는 졸음이 밀려온다. 이런 와중에서도 잠이 오다니 놀랍기는 하다.

피식 웃으며 핸드폰을 꺼내 마지막 통화 명세를 찾아본다. 구닥다리 피처폰 화면에 찍힌 의미 없는 11개의 숫자를 한참 동안 머릿속에 되뇌어 본다. 조금 망설이다 마지막 통화 내역을 '김세연'이란 이름으로 연락처에 저장해 넣는다. 삼촌의 것과 함께 나란히 기록된 새로운 연락처를 보고 있으니 더는 문밖의 상황이 궁금하거나 두렵지도 않다.

하지만 냄새만은 도저히 참을 수가 없다. 이곳저곳 냄새의 근원을 찾아 코를 들이밀어 보니 바닥 쪽에서 특히나 악취가 강렬하게 풍긴다. 바닥에 바짝 고개를 붙이자 급하게 문질러 닦은 듯한 얼룩들이 점점이 보인다.

저건 암만 보아도 핏자국처럼 보이잖아? 진짜 도대체 뭐 하는 놈들일까? 여기서 무얼 했던 거고, 이런 컴퓨터들은 왜 가져다 둔 거지? 김세연은 그 짧은 시간에 이런 걸 어떻게 알아낸 걸까?

알 수 없는 질문들로 가득하던 머릿속이 또다시 요동치는 핸드폰의 움직임에 퍼뜩 깨어난다. 고개를 들어 바라보니 한참을 바쁘던 모니터 화면이 시커먼 공백만을 보이고 있다. 핸드폰 액정에 뜬 '김세연'이라는 이름이 괜히 마음 한구석을 짜르르하게 달군다.

"다 끝났어. 이제 나와도 돼. 그 사람들 다 너희 집 쪽으로 몰려갔으니 문 닫고 너무 눈에 띄지 않게만 행동하면서 큰길 쪽으로 나가."

"잠깐만! 어디로…… 우리 집? 아니, 그 사람들이 우리 집을 어떻게 아는데? 김세연 너는 어떻게……."

김세연이 내뱉은 작은 한숨이 수화기를 타고 내 귀를 간지럽힌다. 그래…… 내가 또 멍청한 질문을 했다.

"다 설명해 준다고 했지? 일단 너희 집 쪽으로 가지 말고 큰길 쪽으로 나와서 다시 전화해. 그때 다 설명해 줄게."

"잠깐만! 나 핸드폰 배터리 이제 거의 없어."

"편의점 가서 충전하든……."

"이거 진짜 구닥다리 피처폰이라 그런 거 할 만한 데도 없단 말이야! 그냥 직접 만나서 설명해 주면 안 돼?"

거짓말이다. 이 구닥다리 피처폰에도 몇 가지의 장점이 있는데 그중 하나가 써도 써도 줄어들 기색이 보이지 않는 배터리 용량이다. 무언가를 고민하는지 수화기 너머에는 숨 막히는 정적만이 가득하다.

"……그래, 그럼 잠깐 보자. 경찰서 앞에 버스 정거장 있는 것 알지? 거기서 기다리고 있어."

"정거장? 거기 앉을 데도 없잖아?"

데이트……는 아닐지라도 김세연과 학교 밖에서 단둘이 볼 수 있는 기회인데. 기껏 버스 정거장에 멀뚱히 서서 이야기를 나누고 싶진 않다.

"그럼 어디? 아는 데 있어?"

"그 맞은편에 맥도날드 알지? 거기 2층에서 보자."

"알았어."

내 대답을 기다리지 않고 바로 통화를 끝낼 김세연의 기세에 나는 다급히 입을 연다.

"그런데 거기 가는 길은 안전해? 혹시라도 가는 길에 잡히거나…… 그 사람들도 너처럼 CCTV 들여다보고 있으면……."

또다시 나직한 코웃음이 귀를 간지럽힌다.

"그런 게 아무나 가능한 거 아니니까 걱정하지 말고 거기서 보자."

김세연은 또다시 내 대답을 기다리지 않고 통화를 끊는다.

김세연의 말을 믿어도 되는 걸까? 두 번 생각해 볼 필요도 없이 대답은 '그렇다'였다. 만약 김세연이 아니었다면 나는 진즉 바보 같은 부엉이 장식이 달린 카페에서 이곳 바닥에 얼룩을 남긴 사람과 같은 꼴을 당했을 거다. 거기다 천하의 김세연이, 나를, 직접, 만나 주시겠다는데 위험이고 뭐고 무슨 상관이 있단 말인가?

다시 한번 힘겹게 철문을 열고 가게 안으로 들어가니 갑작스럽게 기온이 내려가며 오한이 엄습해 온다. 지독한 열기와 악취로부터 해방되었다는 생각에 절로 안도의 한숨이 새어 나온다.

가게 밖은 이미 어둠이 깔려 있다. 조심스럽게 열리는 자동문을 통해 밤이 내리깔린 골목길에 들어선다.

알 수 없는 두려움이 나를 사로잡는다. 골목길 귀퉁이 마다마다 누군가가 당장이라도 튀어나올 것만 같다. 골목길 사이사이에 설치된 CCTV가 나를 노려보고 있는 괴물의 눈동자처럼 느껴진다.

고개를 세차게 내저으며 시계를 보니 어느새 저녁 7시 30분이다. 김세연의 말대로 눈에 띄지 않을 정도의 속도로 천천히 걸어간다면 20분 뒤면 맥도날드 2층에 앉아 학교 밖에서 김세연과 단둘이 만나는 상황을 즐기며 행복감에 젖을 수 있을 것이다.

천천히 오디오 수리점을 나서 골목길 밖으로 걸어 나간다. 인파로 가득한 대로변의 밝은 불빛을 접하니 좀 전까지의 일들이 모두 지독한 악몽처럼 여겨진다.

사람들은 끔찍한 경험을 하고 나면 그게 실제로 자기한테 일어난 일이 아니라고, 깊은 잠을 자고 일어나 보면 모든 일이 그저 지나간 꿈이었을 거라고 자신을 속이곤 한다. 엄마와 아빠가 나만 혼자 창밖으로 내던지고 불길에 잡아먹히고 난 후 내가 그랬다.

몇 번 얼굴을 본 적도 없고 아버지와 사이도 좋지 않았던 삼촌이 나를 비좁고 냄새나고 더러운 투룸에 데려와 한쪽 방을 내줬을 때도, '신경 쓰이게 굴지 말고 어른 될 때까지 쥐죽은 듯이 살아라'며 무섭게 을러댔을 때도, 나는 퀴퀴한 냄새가 나는 때 탄 이불을 머리끝까지 뒤집어쓰고 눈을 감았다 일어나 보면 모든 게 꿈이었을 거라고 기대하곤 했다. 잠에서 깨어나면 아빠와 엄마가 바쁘게 출근 준비를 하며 늦잠을 자는 내게 야단을 치실 거라고, 눈가에 말라붙은 눈물 자국을 보며 '다 큰 놈이 왜 울면서 자냐?'고 놀려대실 거라고, 스스로 생각해도 어처구니없는 꿈을 꾸었다고 어이없어하면서도 밀려오는 안도감에 가슴을 쓸어내리게 될 거라고 기대했다.

그런 나를 잠에서 깨우는 건 언제나 아침부터 배달을 나가는 삼촌 오토바이의 상처 입은 짐승 같은 엔진 소리였다. 내가 현실이길 바랐던 건 꿈이었고, 꿈이었으면 했던 건 현실이었다. 눈가에 말라붙은 눈물만은 진짜였다.

하지만 지금 맥도날드에서 김세연을 만나는 것은 진짜다. 행여 꿈이라면 절대로 깨어나고 싶지 않은 꿈이다.

맥도날드의 1층은 교복을 입고 요란하게 수다를 떠는 학생들과 금방이라도 어디론가 뛰쳐나갈 것 같이 불안해 보이는 아이들 무리를 데리고 고함을 치는 아주머니들로 가득 차 있다. 바로 2층으로 올라가려고 했지만 커다란 전광판에 떠오른 햄버거 사진들을 보니 속이 사정없이 요동친다. 몇 시간 동안 믿기지 않는 체험을 한 사람의 위장이 내는 거라고 믿어지지 않을 정도로 요란한 소리가 배 속에서 들려온다.

할인 중인 햄버거 세트 중 무엇이 가장 배가 부를까 고민하다 제일 저렴한 것을 먹기로 한다. 카운터로 가는데 김세연의 것까지 사야 하는 게 아닌가 고민이 든다. 아슬아슬하게 세트 2개를 살 정도의 돈은 남아 있다. 그런데 지금 시간이면 김세연은 이미 저녁을 먹지 않았을까? 그렇다고 나 혼자만 먹기에도 미안한 노릇인데…….

"뭐해? 2층 올라가자."

예고 없이 귓가를 파고드는 김세연의 목소리와 어깨를 가볍게 두드리는 김세연의 손길에 몸이 굳는다. 지금 바로 CCTV 관리자 패거리에게 붙잡힌다 하더라도 이 정도로 놀라지는 않을 것 같다.

사복을 입고 커다란 백팩을 메고 긴 머리를 뒤로 묶고 평범한 안경을 낀 채로 나를 바라보는 김세연의 모습이 내 눈에 새겨지듯 들어와 박힌다. 1층 테이블에 앉아 있던 손님들이 김세연을 보고 수군대는 소리가 배경 음악처럼 저 멀리서 들려온다. 골목길을 죽어라 내달리던 때보다도 심장이 더욱더 빨리 뛰기 시작한다.

아무래도 말하는 법을 잊었나 보다. 단 한마디도 입 밖으로 내뱉을 수가 없다.

"먹을 거 사려고? 나 먼저 2층 올라가 있는다."

적어도 김세연 것은 사 갈 필요 없겠구나.

나는 햄버거 세트를 포기하고 몸을 돌려 계단을 올라가는 김세연의 뒤를 쫓아간다.

김세연을 만난 순간부터 굳게 틀어막힌 입은 좀처럼 열릴 생각을 하지 않는다. 얼간이처럼 보이기 전에 제발 뭐라도 적당한 말을 꺼낼 수 있어야 할 텐데. '뭐 하고 있었어?' 이런 질문이라도 해야 하나? 아니, 터무니없는 질문이다. 20분 전까지 나와 통화하고 있었잖아? 그리고 나한테 김세연이 무엇을 하고 있었는지 물어볼 자격이나 있나?

머릿속으로 무수히 많은 가상의 질문과 답을 주고받으며 묵묵히 김세연의 뒤를 따른다. 2층에 들어서니 손님들의 시선이 또다시 김세연과 나에게 집중된다. 정확히는 눈부시도록 눈에 띄는 김세연과 너무나도 어울리지 않는 나의 대조적인 모습에 집중이 되는 거겠지.

김세연은 사람들의 시선은 신경도 쓰지 않고 2층 복도 쪽으로 난 출입문 옆 테이블 의자에 주저앉는다. 메고 온 가방을 풀더니 늘 가지고 다니는 커다란 노트북을 꺼내 테이블 위에 올려 둔다.

"너희 집 들어가지 말라는 이야기는 아까 했지?"

내가 채 의자에 앉기도 전에 노트북 화면에 시선을 고정한 김세연으로부터 질문이 날아온다.

"잠깐만, 차근차근 하나씩 하자. 아까 너 그것들은 어떻게 한 거야?"

"지금 제일 중요한 게…… 아니, 제일 궁금한 게 고작 그거야? 그것보다 내가 설명하면 너 알아들을 수는 있어?"

김세연이 던지는 질문의 뜻도 파악하지 못한 채 꿀 먹은 벙어리처럼 내 고개가 위아래로 움직인다. 작은 한숨과 함께 김세연의 입술이 벌어진다.

"네가 적어 준 종이에 있는 카페 찾아봤고, 네가 찾아간 CCTV 관리자 매치해 봤어. 같은 사람 소유더라. 혹시나 해서 이 동네 일대 CCTV 소유주들도 다 찾아봤어. 모두 다 한 회사에서 관리하고 있더라고. 물론 그 회사 관리자가 누구인지 넌 이미 알고 있지?"

또다시 내 고개가 위아래로 움직인다.

"카페에서 사용하고 있는 지역 인터넷 서버 들어가서 외부 IP 임의로 열어 두고 카페 음악 틀어 주는 스트리밍 서버를 릴레이로 써서 출입문 보안부터 CCTV까지 다 통제권 손에 넣었어. 그다음부터는 그냥 마이크 붙잡고 교내 방송하는 거나 마찬가지야. 여기까지 무슨 이야긴지 알아들었어?"

아니. 전혀 모르겠다. 아무렴 어때. 김세연이 굉장히 똑똑한 행동을 해서 나를 구해 줬다는 것만 알면 되는 거 아냐?

생각과는 무관하게 내가 또다시 고개를 끄덕이자 김세연이 고개를 들고 나를 바라본다. 평소의 무표정한 얼굴과는 달리 미묘하게 만족스러운 듯한 미소가 맴도는 것 같다. 그냥 나 혼자만의 착각인가?

"이쪽 CCTV가 전부 다 옛날에 내가 만들어 둔 범용 API 사용하는 모델이어서 CCTV 제어권 가져오는 것도 미리 심어 둔 백도어 통해서 쉽게 가능했어. 통합 관리툴은 새로 하나 만들어야 하긴 했지만, 단순히 REST API를 UI에 연결하는 수준이어서 금방 만들었고."

금방? 아니, 그것보다 옛날에 만든? 언제 옛날? 김세연이 중학생일 때? 중학생이 뭐를 만들었다고? 그걸 왜 CCTV 회사에서 가져다 쓴다는 거지? 아…… 뭐, 김세연이니까. 이 정도 설명이야 맥도날드의 신상 메뉴 이해하는 수준밖에 안 된다는 표정을 유지하며 계속 고개를 끄덕인다. 나를 바라보는 김세연의 얼굴에 이제는 미소로 해석할 수밖에 없는 표정이 뚜렷해진다.

"그다음부터는 너도 알겠지? 범용 지도 API에 연결된 CCTV 위치와 화면에 보이는 네 모습 지켜보면서 전화기로 길 안내만 해 주면 되는 거야."

"그럼 아까 그 이상한 방으로 날 보낸 건……? 거기서 나한테 시킨 일은……."

"일단 그 사람들 따돌릴 필요 있었잖아? 설마 자기들 은신처에 네가 숨을 거라곤 생각 못하지 않겠어?"

은신처라는 단어가 주는 어감이 섬찟하다.

"그럼 그 안에서 나한테 시킨 건?"

"어차피 그 사람들이 지쳐서 다른 곳으로 이동할 때까지 기다리기도 해야 했고. 그 사람들 사설 서버에 내 백도어 심어 둘 필요도 있었고. 결과적으로 그 사람들 따돌릴 수 있었으니 다 잘된 거지?"

"아니, 잠깐만. 도대체 그치들은 뭔데? 뭐 하는 사람들인데? 그 사람들 도대체 나한테 왜 이러는 건데? 혹시 어제 아침에 너랑 본 시……."

격앙되어 목소리가 커지는 와중에도 '시체'란 말만큼은 간신히 집어삼킨다. 테이블 위에 햄버거 하나 없이 커다란 노트북을 사이에 두고 김세연 같은 절세미녀와 내가 말을 나누는 광경만 해도 가게 안 사람들의 이목을 잡아끌기엔 충분하다. 괜히 쓸데없는 소리를 해서 흥밋거리를 더해 줄 필요까지는 없을 것이다.

"너는 항상 아무래도 좋고 하찮은 질문을 제일 먼저 하고 가장 중요한 질문은 나중에 하는구나?"

사실 내 머릿속에 가장 우선순위가 높은 질문은 다른 것이다. 하지만 입 밖에 꺼내 김세연에게 물어볼 용기가 나지 않는다. 대답 없이 어깨만 으쓱하자 김세연이 다시 모니터로 고개를 떨구고 말을 이어 간다.

"어제 시체 보고 나서 개인적으로 조사를 좀 해 봤어. 시체 있던 골목에 CCTV 있던 거 기억나지?"

대답 없이 고개만 끄덕인다.

"이영 네가 제일 먼저 시체 발견하기 전날 밤부터 거기에 녹화된 내용 쭉 훑어보았어. 시체가 옮겨지는 과정도, 살해당하는 내용도 녹화되어 있지 않더라. 어느 순간 갑자기 아무것도 없던 골목에 시체가 놓여 있었어."

"그게 무슨 소리야? 무슨 유령……."

김세연이 다시 고개를 쳐들고 나를 바라본다. 도저히 내 한심함을 참아줄 수 없다는 듯 이마와 눈을 잔뜩 찡그린 채다.

"누가(사실 이제 누가 그랬는지 어느 정도 명확해졌지.) 녹화된 내용을 조작한 거야. 살해되는 장면이든 시체가 옮겨지는 장면이든. 해당 프레임을 통째로 들어냈어. 내가 만든 CCTV API에서는 프레임 단위로 이전 프레임의 타임 랩 고유키를 비공개 태그에 저장하거든? 그런데 여기……."

김세연이 노트북을 돌려 골목길에 시체가 너부러져 있는 화면을 나에게 보여 준다.

"이 프레임이랑 이전 프레임 사이에는 무결성 체크를 위해 저장해 둔 링크가 깨져 있어. 누가 일부러 살해 장면 이전의 단일 프레임들을 잔뜩 복사해서 집어넣었단 이야기야."

김세연이 노트북을 조작하자 동영상이 빠르게 앞으로, 뒤로 움직인다. 텅 빈 골목길에 갑자기 시체가 나타났다, 사라졌다 하는 장면을 보고 있자니 기괴한 기분이다. 그러나 피가 식는 듯한 기분의 나와는 달리 화면을 바라보는 김세연의 표정은 재미없는 쇼 프로그램을 지켜보는 듯 심드렁하기 짝이 없다.

"그러면 그 사람들이 지금 이 CCTV 녹화된 내용을 조작했다는 거야?"

"그건 물어볼 것도 없잖아? 그런데 더 이상한 건 분명히 경찰이 CCTV 화면을 증거로 받았을 거란 말이지? 경찰이 이 말도 안 되는 상황을 눈치채지 못했을까?"

"아직 확인을 안 해 봤거나. 무슨 트릭 같은 거라든가…….

그, 추리소설 같은 데 나오는 수법들 있잖아."

또다시 김세연이 고개를 들고 한심하다는 표정으로 나를 바라보지 않을까 생각했지만, 김세연은 그저 고개를 화면에 고정한 채로 고개만 끄덕인다.

"아무튼, 그래서 CCTV 관리하는 사람들을 조금 더 조사해 봤어. 이 동네 CCTV가 전부 하나의 회사에서 관리되고 있다는 이야기는 아까 했지?"

들었던 것도 같다. 김세연이 그런 말을 하지 않았다 한들 뭔 상관이야. 나는 또다시 고개를 끄덕인다.

"회사 내부에서 사용하는 IP 카메라에 심어 놓은 백도어로 사내 PC들 순회하며 조사를 해 봤지. 뭐 별로 특이해 보이는 건 없었는데 회사 CEO 방에 있는 개인 PC에 좀 재미난 프로그램이 깔려 있더라고."

재미난 프로그램이라 하니 머릿속에 떠오르는 건 포르노 영상 아니면 게임뿐이다.(이런 걸 굳이 입 밖에 꺼낼 필요는 없겠지.)

"어떤 프로그램?"

"일종의 메신저였는데, 요새 흔히 쓰이는 그 어떤 메신저와도 다르더라고. 마켓 플레이스 같은 데 올라와 있지도 않고. 바이너리 파일 리버스 엔지니어링 해 보니 분명 오픈 소스로 만들어진 것인데도 보안에 엄청난 공을 들여 놓았고. 뭐, 나한테는 그 정도 보안 뚫는 건 별 문젯거리도 아니었지만."

말을 하면서도 김세연의 어깨가 미묘하게 치솟아 오르는 것이 내 눈에 들어온다. 그래, 얘 남한테 어려운 걸 설명해 주고 자기 자랑하는 걸 엄청 좋아하는구나. 뭐 어때. 그런 게 세상에 김세연만큼 어울리는 사람이 또 어디 있다고.

"또 재미난 게 대화 내용을 별도로 운영하는 사설 서버에 기록하고 있다는 거야. 도대체 왜? 뭐 하는 사람인데 어지간한 보안용 메신저보다 더 비밀을 지키는 데 신경을 쓰는 메신저를 직접 만들어 쓰는 거지?"

그 말을 끝으로 김세연의 말이 한참이나 끊겨서 그게 질문이라는 걸 뒤늦게 깨닫는다.

"어…… 자기들이 하는 일 남들한테 들키면 큰일 나는…… 수상한 짓 하는 사람. 수상한 짓을 서로 수상한 대화 주고받으면서 같이 해야 하는 사람……들!"

수상한 짓을 하는 사람들. 대낮부터 한량처럼 커피숍에 모여 있던 일당의 모습이 떠오른다.

"그래. 그런데 보통 누가 자기 비밀을 철저히 숨기려고 하면, 문을 꽉꽉 걸어 닫으면 더 보고 싶어지는 법이잖아?"

아니…… 김세연 너는 어떨지 몰라도 적어도 나는 아니다. 나는 내 비밀을 남들에게 들키는 게 싫은 만큼 남들의 비밀을 알고 싶지도 않다.

"사설 서버에 들어가 있는 대화 내용은 알 수 없지만, 로컬 디렉터리에 남아 있는 캐시는 볼 수 있었어. 물론 암호화가 되어 있긴 했지만."

뒷말은 듣지 않아도 알 수 있다.

"그래서 뭘 발견한 건데? 뭐 하는 사람…… 아니, 사람들이었는데?"

김세연의 얼굴에 짜증스러운 표정이 어린다. 내 질문이 뭐가 잘못되었나?

"암호화가 되어 있었다고 했잖아? 그 정도 레벨의 보안을 푸는 게 영화에 나오는 것처럼 그렇게 간단하게 휙 하고 되는 게 아니야."

천하의 김세연도 불가능한 일이 있다는 걸 말하는 게 짜증스러웠던 걸까?

"뭐…… 그래도 단편적인 정보들은 파악할 수 있었지. 문자들을 복호화하는 건 무리였지만 숫자 정도는 무리 없이 풀어냈거든."

"숫자?"

"그래, 숫자."

"숫자에서 뭐가 나왔는데?"

"처음에는 의미 없는 숫자의 나열처럼 보였는데 내가 옛날에 만들어 둔……."

그래, 한 유치원 때쯤 딴 애들 낮잠 자는 시간에 대충 뚝딱 또 무언가 대단한 걸 만들어 놨겠지.

"패턴 해독 프로그램에 넣어 보니 이건 명백한 날짜들의 나열인 거야."

점점 더 이야기를 쫓아가기 힘들어지는 나와 달리 김세연은 세상에 이렇게 재미난 일이 없다는 듯한 표정을 짓는다.

"반복적으로 나타나는 날짜들. 보통 이런 경우에는 뉴스 서버와의 매칭이 가장 합리적인 탐구가 아니겠어? 그래서 뉴스별로 사건이 일어난 날짜를 수집하는 로봇을 하나 만들어서 메신저에 나타난 날짜 테이블과 대조를 해 보았어."

"어…… 그랬구나. 어…… 그래서?"

"갑자기 사라진 여자들. 고등학생, 대학생, 회사원. 퇴근길 골목에서, 회식하고 대리운전 불렀다가, 야자 마치고 친구들이랑 편의점에서 군것질하다, 비가 쏟아져서 택시 불러 탔다가, 영영 집으로 돌아오지 않은 여자들에 대한 기록들."

'고급 오디오 수리점' 철문 뒷방의 지독한 악취와 마룻바닥에 남은 지워지지 않는 얼룩들이 떠오른다. 텅 비어 있는 배 속에서 무언가가 치밀어 올라오는 것 같다.

"네 말은 그 사람…… 그 사람들이 그런 짓을 했다는 거야? 우리가 봤던 여자애도……."

김세연이 어깨를 으쓱해 보인다.

"어쩌면. 아마도. 아니, 이 정도면 최소한의 연관은 무조건 있다고 봐야겠지."

영화에서나 나올 법한 이야기다.

말도 안 되는 이야기라고 부인하고 싶지만 좀 전까지 내가 겪은 일을 생각해 보면 마냥 말도 안 되는 이야기라고 부정하기도 힘들어 보인다.

"도대체 왜…… 누가 그런 일을 하는 건데?"

"사람들이 무슨 일을 하는데 대단한 이유가 있는 건 아니잖아? 어쩌면 재미로? 대부분은 그냥 할 수 있으니깐 할 수 있는 일을 하는 거겠지."

아까부터 김세연에게 던지고 싶었던 질문이 머릿속에서 표류한다. 김세연 너는 왜 나를 도와주고 있는 거지?

"그런데 네가 조사한 뉴스들은 실종이라며? 우리가 봤던 건……."

내 입에서 거듭 튀어나오는 '우리'라는 표현이 너무나 달콤하게 들린다.

"이 정도 정보로는 알 수 없지. 어쩌면 이전과 달리 실수를 저질렀을 수도 있고."

"그럼 나는? 왜 나를 모함하고…… 그것보다 이거 경찰에 신고해야 하는 거 아냐?"

왜 그랬을까? 김세연의 말대로 그냥 할 수 있어서 그런 거였다 하더라도, 재미로 그런 거였다 하더라도 하필이면 왜 나였을까?

"아까도 말했듯이 지금으로서 알 수 있는 정보는 이 정도가 다야. 논리적으로 타당한 추리이지만 이 정도 가지고는 경찰에선 신경도 안 쓸 거야. 그리고 너, 경찰서 가기 싫어하는 거 아냐?"

"그럼……."

"그 사람들이 숨기려 했던 가장 중요한 걸 손에 넣었으니, 이제부터 더 알아봐야지. 내가 왜 너를 거기로 보냈는지 이젠 알겠지?"

"그…… 아까 그 방이…… 거기 있던 컴퓨터들이 그럼……."

"그래, 메신저의 대화 내용을 저장하는 사설 서버 돌리고 있던 장소야. 저사양 PC 하나로도 충분한 걸 서버랙을 갖추어 놓고 암호화에 컴퓨팅 파워를 쏟아붓는 것부터가 얼마나 세상에 드러내기 싫은 비밀인지를 말해 주잖아?"

고개를 끄덕이면서도 머릿속 의문이 좀처럼 나를 놓아 주지 않는다. 지금이라도 당장 이 미친놈들로부터 도망치고 싶은 나와 달리 김세연은 더 파고들어 볼 생각인 것 같다. 무엇 때문에? 나를 도와주려고? 이건 명백하게 나를 도와주는 것 맞지? 그렇다면 김세연은 왜 나를 도와주는 걸까? 할 수 있으니까? 재미로?

탁 하고 노트북이 접히는 소리에 상념이 깨진다.

"그럼 난 간다. 집 근처는 위험하니까 가지 말고."

김세연의 마지막 말에 삼촌의 모습이 떠오른다. 삼촌이 누구한테 쉽게 당할 사람은 아니지만, 이 미친놈들 상대로도 괜찮을까? 김세연의 말을 어디까지 믿어야 할까? 만약 김세연의 추측이 모두 사실이라면 삼촌도 위험한 거 아닌가?

"저기…… 이 사람들 만약 나 붙잡으면…… 네 생각에 어떻게 할 거 같아?"

"자기들이 할 수 있는 걸, 해도 되는 걸 하겠지. 내일 보자."

몇 명이나 되는 여자들을 실종시키고, 며칠 전까지 살아 있던 여자아이를 쓰레기 더미에 시체로 처박아 둘 수 있는 사람들. 그런 걸 해도 되고 할 수 있는 사람들.

너무나도 달콤한 김세연의 마지막 말 '내일 보자'를 음미할 겨를이 없다. 분명 죽도록 욕을 처먹겠지만 삼촌한테 경고해야만 한다.

내 대답 같은 건 기다리지도 않고 1층으로 내려가는 김세연의 뒷모습을 한동안 바라보았다. 더 이상 김세연의 모습이 보이지 않을 때까지 기다렸다가 전화기를 꺼내 들고 김세연과 함께 나란히 저장된 삼촌의 연락처로 전화를 건다. 지금 시간이면 아직 삼촌은 시내에서 한참 배달을 뛰느라 바쁠 거긴 하다.

그래도 제발 좀 받아.

내 기대와 달리 수화기에서는 '지금은 전화를 받을 수 없다'는 여자의 목소리만 들려온다. 분명 고객 콜에 대응하느라 정신없어서 내 번호는 일부러 무시하는 게 틀림없어 보인다. 어쩌면 한창 바쁠 때 내가 계속 전화해서 짜증이 머리끝까지 차올랐을 거다. 집에 오면 또다시 주먹 세례를 날려 댈지도 모르겠다.

상관없으니 제발 전화만 좀 받으라고.

몇 번이고 거듭 시도를 해 보았지만, 삼촌은 도통 전화를 받을 생각을 하지 않는다. 어쩌면 꽉 막힌 시내 도로 차들 사이를 빠져나가느라 전화를 받을 겨를이 없을지도 모를 일이다.

삼촌. 오늘 절대 집에 들어가지 마! 밤새 술 마시든가. 이상한 놈들이 집 주변 둘러싸고 있어서 위험해. 절대 근처에도 오지마! 그리고 문자 보면 봤다고 답 남겨 주고.

삼촌이 이걸 보는 순간 내 몸이 성치 않을 거라는 건 확정적이다. 분명 또 무슨 사고를 쳤냐고 쌍욕을 내뱉으면서 귀싸대기부터 갈겨 대겠지. 그래도 일단 오늘만은 넘겨 줬으면.

구닥다리 피처폰으로는 삼촌이 문자를 확인했는지 알 방법도 없다. 의자에 주저앉아 마냥 삼촌의 대답만을 기다린다. 20분이 지났지만, 삼촌의 회신 문자는 올 생각을 하지 않는다.

시간은 어느새 9시 30분을 훌쩍 지나 있다. 2층의 테이블을 차지하고 있던 손님들도 하나둘씩 자리를 떠나간다. 청소 도구를 들고 올라온 알바생이 의아한 표정으로 먹을 것 하나 없는 빈 테이블에 앉아 있는 나를 바라본다. 쓰레기 더미에 아무렇게나 놓여 있던 여자아이 시체와 삼촌의 모습이 겹쳐서 계속 머릿속을 휘저어 놓는다.

이를 악물고 의자에서 일어나 맥도날드를 나선다.

* * *

집으로 가는 길은 한산하고 을씨년스럽기만 하다. 조명이 거의 없는 골목길들을 따라가다 교차로마다 멈추어서 두리번거린다. 겁먹은 개처럼 조심스럽게 나아가는 내 모습이 왠지 처량하게 느껴진다.

나는 삼촌을 좋아하지 않는다. 삼촌도 나를 좋아하지 않는다. 우리 둘 사이에 그건 대단한 비밀도 아니다. 최소한의 예의는 지키려고 애쓰는 나와 달리 삼촌은 나를 향한 자신의 마음을 감출 생각도 하지 않는다.

좋아하지 않는다는 게 미워한다는 뜻은 아니다. 고마움을 느끼지 않는다는 뜻도 아니다. 얼굴도 모르는 '친척들'이 어린 나를 둘러싸고 온갖 알 수 없는 말들을 쏟아내던 부모님의 장례식장. 그곳에서 술 냄새를 온몸에 향수처럼 두르고 나타나 내 어깨를 힘주어 잡던 삼촌 손의 온기를 나는 뚜렷이 기억한다.

사람이 사람을 때릴 이유 따위는 없다지만 삼촌이 나를 때리는 데는 분명한 이유가 있다. 대놓고 말은 안 했지만, 삼촌 딴에는 그걸 나에 대한 훈육이라고 여기고 있다. 사람들이 무슨 일을 하는 건 그저 그냥 그 일을 할 수 있기 때문이라는 김세연의 말처럼 삼촌이 나를 위해 할 수 있는 유일한 일이 나를 때리는 것이기 때문일 거다. 언젠가부터 육체적인 고통보다는 말없이 그 무의미한 행동을 참고 견뎌야 하는 순간의 지루함으로 인한 정신적 고통이 더 커졌다. 기나긴 '훈육'이 끝나고 갑작스레 죄책감에 사로잡힌 삼촌으로부터 내려오는 '보상'을 생각하면 참지 못할 것도 없었다.

어쨌거나 제발 지금이라도 삼촌이 전화를 걸어와 쌍욕을 퍼붓거나 문자로 '집에 가서 두고 보자'고 겁이라도 주었으면 좋겠다.

집으로부터 5분 정도 떨어진 거리까지 걸어오는 동안 CCTV 관리자 패거리의 모습은 보이지 않는다. 어쩌면 긴 기다림에 지쳐 이미 떠났을지도 모를 일이다. 아니면 이 근처에 숨어서 내가 모습을 드러내길 기다리고 있거나. 나도 김세연처럼 CCTV 화면을 내려다볼 수만 있다면 좋을 텐데.

교차로를 두 번 정도만 더 지나면 집이 보일 위치에서 나는 발걸음을 멈추고 다시 한번 삼촌에게 전화를 건다. 또다시 나를 반기는 건 '전화를 받을 수 없다'라는 여자의 목소리다. 곰곰이 생각해 보니 이건 삼촌이 내 전화를 일부러 끊는다는 의미다. 아직은 삼촌이 집에 도착하지 않았다는, 아직은 무사하다는 의미일 것이다.

이 정도 거리라면 삼촌의 오토바이가 내는 요란한 소리를 듣기에는 충분한 거리다. 나는 담벼락에 쭈그리고 앉아 천식에 걸린 개가 내뱉는 기침 소리 같은 오토바이의 엔진 소리를 마냥 기다리기로 한다.

저녁 내내 고된 운동에 혹사당한 다리가 슬슬 비명을 질러 대듯 욱신거린다. 몸과 마음이 조금 편해지니 참기 힘든 공복이 밀려온다. 그러고 보니 점심시간 지나고부터 지금까지 아무것도 먹지 못했다.

아까 커피숍에서 CCTV 관리자 놈이 시켜 준다 할 때 뭐라도 얻어 마실걸.

맥도날드에서 김세연 신경 쓰지 말고 뭐라도 사 먹을걸.

새벽이 오면 그 일당도 떠나지 않을까? 그쯤이면 집에 들어가도 괜찮지 않을까?

문득 CCTV 관리자가 나를 묻어 버리고 집을 뒤지겠다고 말했던 게 떠오른다.

"팔자 좋네? 그렇게 도망쳐 놓고 기껏 여기서 퍼질러 있었던 거야?"

한번 들어본 친숙한 목소리다. 그 목소리에 귓가를 얻어맞기라도 한 것처럼 몸이 굳어 온다.

"왜? 또 더 도망가 봐?"

집 반대쪽 골목에서 내게 말을 걸며 걸어오는 덩치 큰 남자는 연신 손목을 주무르고 있다. 어째 익숙한 목소리다 했더니 삼단봉으로 손목 때릴 때 남자가 내지르던 우렁찬 비명을 들어 봤었다.

내가 어지간히 우습게 보였나 보네? 혼자서 오고? 나는 주머니에서 삼단봉을 꺼내 길게 펼친다.

"지랄하네. 씹쌔끼가. 반대쪽 손목도 아작나고 싶냐?"

허기와 두려움으로 떨리는 목소리를 내지 않기 위해 엄청난 노력이 필요하다.

"고작 장난감 하나 믿고 진짜 깝친다, 너?"

남자는 짜증스러운 듯 인상을 쓰더니 외투 주머니에서 손바닥만 한 쇳덩어리를 꺼내 든다. 뭐야, 저건? 설마 총이야? 진짜 총?

"왜? 반대쪽 손목도 어떻게 한다며? 이리 와 봐."

남자가 쇳덩어리를 치켜들기 전에 나는 몸을 돌려 반대쪽으로 뛰기 시작한다. 이대로라면 집 쪽이지만 더는 재고 고민할 겨를이 없다.

손목남에게 무방비하게 내어 준 등 뒤가 서늘하다. 뒤돌아보고 싶지만 차마 그럴 용기가 나지 않는다. 언제라도 영화에서 들었던 것과 같은 요란한 소리와 함께 극심한 고통이 밀려올 것만 같다.

조그마한 교차로를 두 번 지나 골목길을 벗어나니 이면도로와 함께 익숙한 투룸 현관의 모습이 보인다.

분명 CCTV 관리자의 패거리가 나를 기다리고 있을 거라고 생각했는데, 뜻밖에도 나를 기다리고 있는 건 경광등을 켜 둔 경찰차다. 그렇게 꼴 보기 싫었던 저 제복이, 저 문양이 이렇게 반가울 수가! 더는 경찰서를 가고 말고를 고민할 필요는 없어 보인다.

"경찰 아저씨! 저 좀……."

경찰차의 운전석 쪽에 기대고 서 있던 두 명의 경찰관이 나를 바라보면서 반가운 얼굴로 미소를 짓는다. 위장이 뒤틀리고 배 속에서부터 묵직한 덩어리가 치밀어 올라온다. 알 수 없는 위화감이 온몸을 사로잡고 뒤튼다.

돌이켜 보면 학교에 경찰이 나를 찾아왔던 것부터가 이상했다. 참고인 조사가 필요했다면 학교나 집으로 우편물을 보내거나 삼촌에게 전화를 걸어 나를 경찰서에 출두시키라고 말하면 그만이다.

김세연이 뭐라고 했더라? 왜 경찰이 이 말도 안 되는 상황을 눈치채지 못했냐고…….

CCTV 관리자는 뭐라고 했었지? '우리'. 그래, 김세연과 나처럼, 그들도. 우리.

발걸음을 멈추려고 해도 달려가는 속도를 주체하기가 힘들다. 내 뒤에서 다가오고 있을 손목남의 손에 들려 있는 쇳덩이도 나를 앞으로 내몬다. 자석처럼 경찰차가 내 몸을 점점 잡아당긴다.

경찰관 한 명이 오른손을 치켜들어 검은 쇳덩어리로 나를 겨눈다. 손목남이 자랑스럽게 들고 다니던 물건이 어디서 온 건지 알 거 같다. 어둠 속에서도 경찰관이 검지를 당기는 모습이 뚜렷이 보인다. 곧 밀려 올 고통과 소음에 대비하려 반사적으로 몸을 움츠린다. 내 귀에 들려온 건 기대했던 것보다 훨씬 작은 소리다.

영화에서처럼 총을 맞고 나가떨어질 거라고 생각했지만 날카로운 바늘이 몸을 파고드는 느낌만 난다.

고통은 한 박자 늦게 밀려온다. 거인이 투박한 손으로 내 온몸을 잡고 비틀어 대는 기분이다. 인식하지도 못하는 사이에 땅이 나를 덮친다. 커다란 나무토막이 넘어지듯 무방비하게 땅과 충돌했지만, 온몸의 근육이 뒤꼬이는 고통에 정신을 차릴 수가 없다.

투룸 창문을 열고 누군가 고함을 친다. 경찰관 한 명이 친절한 목소리로 무어라 응대를 하자 웃음소리와 함께 창문이 닫힌다. 제발…… 이게 이상하지도 않아?

누군가의 억센 두 손이 바닥에 쓰러진 내 옆구리를 파고 들어와 내 몸을 일으켜 세운다.

"새끼, 보기보다 몸이 탄탄하네. 학교에서 한 가닥 힘 좀 쓰겠다?"

이제는 친숙하기까지 한 손목남의 목소리다.

"여기 뒷좌석에 싣고. 김 원장님이 그때 챙겨 준 물건 있죠? 그래, 그 주사."

김 원장님이라고? 의사일까? 경찰에…… 의사에……. 머릿속이 빙빙 돈다. 경찰차 뒷좌석의 헤지고 갈라진 가죽이 척척하게 볼에 눌어붙는다. 어떡하든 몸을 움직여야 해……. 상체를 일으키려 해 보지만, 의도와는 달리 꼴사납게 두 팔만 작게 꿈틀거린다.

"가만있어. 내가 테이저 맞아 봐서 아는데 그냥 얌전히 있는 게 제일 안 아프더라."

아! 충고 감사합니다! 나도 그래 봐야겠네요.

목소리가 들려온 방향으로 발길질을 했다고 생각했지만 기대했던 감촉은 전혀 느껴지지 않는다. 누군가 비웃듯 낄낄대는 웃음소리를 낸다.

"회원님. 좀 조용히 하고 다른 분들은 괜히 어물쩍거리지 마시고 이제 돌아들 가세요."

회원님? 다른 분들? 몇 명이나 더 있다는 이야기지?

"이거 주사 어디다 놔야 해요?"

주사라면 질색이다.

"대충 아무 데나 혈관 쪽에 찔러 넣어요. 칼로 쑤시는 건 그렇게 잘하시는 양반이……."

누군가의 농담에 억눌린 웃음소리들이 밤하늘에 퍼진다. 뾰족한 바늘이 팔뚝을 찌르고 들어온다. 무언가 몸속으로 흘러들어오는 느낌이 들 거라고 생각했지만, 아무것도 느껴지지 않는다. 쓰레기 사이에 너부러진 여자아이의 눈동자가 나를 바라본다. 김세연의 눈동자다. 무사하겠지? 김세연은 알아서 잘하겠지?

삼촌은 내 문자 보고 당황했을까? 돌아와서 텅 빈 집을 보며 무슨 생각을 할까? 내 걱정을 할까? 경찰에 신고할까? 아니면 꼴 보기 싫은 짐 덩어리가 사라졌다고 좋아할까? 그래도 다행이다. 내가 잡혔으니 이제 삼촌은 무사하겠지? 삼촌이 내 장례식장에서도 엄마 아빠 장례식장에서 그랬던 것처럼 대성통곡을 해 줬으면 좋겠다.

* * *

"왜 집에 불을 질렀니? 왜 우리가 자고 있을 때 그런 거야? 우리가 너에게 무얼 잘못했니?"

아니야! 난 그런 적 없어!

경찰에서는 전기 배선의 문제라고 그랬다. 합선 때문에 튄 스파크가 어렸을 때부터 작가가 되겠다고 설쳐 대는 나를 위해 부모님이 방 한가득히 채워 둔 책으로 옮겨붙어 불이 난 거라고 그랬다. 바보 같은 내 책들. 책이 없었더라면. 딴 애들 방처럼 평범하게 비어 있었다면.

"왜 우리를 버려두고 너 혼자만 도망갔니?"

아니야! 날 창문 밖으로 버린 건 아빠였잖아!

악몽 속에서 몇 번이나 거듭 보았던 장면이 또다시 눈에 펼쳐진다. 이건 진짜 지긋지긋해…….

"아들…… 이영……. 여기 5층이라 아빠가……. 내가…… 최대한 나무 쪽으로……."

아니야! 아빠!

제발 내 손을 놓지 마! 나도 그 안에서 엄마 아빠랑 같이 죽고 싶어!

혼자만 살아남아서 사람들이 나를 보고 수군대는 걸 겪고 싶지 않아!

매일 밤 울면서 잠들었다가 아침에는 삼촌한테 혼나고 두들겨 맞는 삶을 살고 싶지 않아!

지금 아빠가 내 손을 놓으면 난 살아서 매일매일 죽어 가는 삶을 살게 된단 말이야!

엄마 아빠의 기침 소리가 나를 포위하듯이 커다랗게 들려온다. 두 분이 입고 있던 잠옷에 불길이 피어오르며 피부와 함께 녹아내린다. 나를 잡은 아빠의 손에서 힘이 빠져간다.

"아빠 손 놔. 이영. 이번에는 떨어져야 해."

절대로 안 놓을 거다. 절대로 떨어지지 않을 거다. 수십 번, 수백 번을 지겹도록 보았던 미소가 아빠의 입매에 맴돈다.

"저번에 등산 갔을 때…… 너 바위에서 미끄러질 때 아빠가 잡았던 거 기억나지? 그때 네가 먼저 아빠 손 놓고 웃었잖아?"

아빠가 내 손을 절대 놓지 않을 거란 확신이 있어서 그랬던 것 같다. 이번에는…….

"이번에는 아빠가 먼저 놓을게. 너는 살아남을 거야."

아니야, 아빠……. 이건 사는 것도 아니야. 나는…….

"이 새끼 처울고 있는데요?"

"좋아서 그렇겠죠. 케타민 덕분에 온갖 환상 다 보고 있을 테니. 팔자가 아주 폈구먼."

어차피 나도 곧 죽을 거다. 내 시체는 어디에 버려질까? 시체가 발견되기는 할까? 골목길 쓰레기 더미에서 발견되었으면 좋겠다. 김세연이 제일 먼저 내 시체를 발견해 주었으면 좋겠다. 내 시체를 발견한 김세연의 얼굴에 어떤 표정이라도 떠올랐으면 좋겠다.

"네가 죽인 거야? 왜 죽였어?"

뭐? 누굴?

"너희 엄마 아빠도 죽이고 여자애도 죽인 거야? 왜 그런 거야? 할 수 있어서? 해도 되니까? 재미있어서?"

나를 바라보는 김세연의 눈은 깊은 호수처럼 검고 차갑다. 김세연의 입가에는 미묘한 미소가 맴돌고 있다.

난 그런 적 없어.

"소문이 그렇다던데. 사람들이 네가 그랬다고 하던데?"

사람들이 내게 왜 그러는 걸까? 소문을 낼 수 있으니까? 그래도 되니까? 재미있으니까?

너도 그런 소문들 믿는 거야? 너는…….

김세연이 소문 같은 걸 믿기는 할까? 오히려 소문을…….

"재미있었어? 집에 불 지르고 부모님이 불타 죽는 걸 지켜보는 건?"

김세연의 질문에 가슴 한가운데에 구멍이 뚫린 것 같다. 구멍을 통해 몸속에서 무언가가 빠져나가는 것만 같다. 그 공백으로 알 수 없는 감정들이 밀려온다.

너는? 김세연 너는 나를 왜 도와주는 거야?

김세연의 입꼬리가 하늘로 치솟아 오른다. 내가 지금까지 한 번도 본 적 없는 환한 미소다. 이런 상황에도, 이런 순간에도 김세연의 미소가 내 눈을 찌르고, 내 심장을 때리고, 나를 주저앉게 만든다.

"이제 처웃고 있는데요?"

"그래서 사람들이 약을 하고 그러는 거죠. 슬슬 깨어날 때 된 거 같은데."

깨어나기 싫다. 김세연의 미소를 머릿속에 간직한 채 이대로 죽을 수만 있다면…….

"야! 일어나!"

왼쪽 뺨에 둔중한 감촉이 느껴진다. 두꺼운 얼음 몇 개를 입에 물고 있는 듯 둔탁한 느낌이 생경하다. 목소리의 지시에 따라 눈을 뜨려 해 보지만, 눈꺼풀에 추라도 달린 양 도무지 쉽지가 않다.

"새끼가 온종일 사람 그렇게 고생시키더니 이제 팔자 좋게 늘어져서……."

머리 위에서부터 서늘한 물줄기가 온몸을 타고 쏟아져 내려온다. 피부에 차가운 물이 닿는 감촉이 생경하다. 마치 두툼한 외피를 몇 겹 더 껴입고 물을 뒤집어쓴 느낌이다.

갑작스럽게 몸의 열기가 증발하며 체온이 급격히 떨어진다. 오한에 몸서리치며 눈을 번쩍 뜬다. 환한 빛무리가 두 눈을 태울 듯 쏟아져 내린다. 바짝 말라붙은 입안에서 텁텁한 피 맛이 느껴진다.

핸드폰…… 내 핸드폰 어디 있지? 반사적으로 외투 주머니로 손을 가져가려 하는데, 손목이 움직이질 않는다. 손가락만 간신히 더듬거리는데 맨살이 만져진다. 외투도, 셔츠도, 속옷도 아무것도 없다. 손에 닿는 건 벌거벗은 내 피부의 이질적인 감촉뿐이다.

지독한 두통에 눈을 계속 뜨고 있기가 힘들다. 힘겹게 고개를 바닥 쪽으로 돌린다. 내가 앉아 있는 의자 아래로 두툼한 비닐이 깔려 있다.

"응. 그거 봤어? 우리가 이제 너한테 뭘 좀 할 건데. 그래도 바닥은 깔끔한 게 좋잖아?"

갑작스럽게 엄습해 오는 현실감이 공포로 돌변한다. 공포에 질려 다급하게 몸 이곳저곳을 둘러본다. 벌거벗은 채 의자에 고정된 내 몸이 꼭 정육점의 고깃덩어리처럼 느껴진다.

"나……."

바짝 마른 성대에서 가까스로 만들어 낸 소리는 단어라기보다는 절규처럼 들린다.

"나한테…… 무슨 짓 한 거야."

염소가 우는 듯 꼴사납게 들리는 내 목소리가 웃긴지 누군가가 커다란 웃음을 터트린다.

"하긴 뭘 해, 좃만아! 이제부터 할 거야. 왜? 무서워? 무섭겠지. 무서워해야지."

목소리가 들리는 쪽으로 고개를 돌린다. 손목남의 낯익은 얼굴이 보인다. 퉁퉁 부어오른 손목에 붕대를 감고 있다.

"그거…… 손목……."

"그래. 뼈에 금 갔단다. 일단 너도 손목부터 아작내고 시작할 거야."

"……손목 말고 아가리를 갈겨서 떠들지도 못하게 부숴 놨어야 했던 건데……."

바짝 마른 입안의 수분과 오물과 핏덩어리들을 모아서 남자 쪽으로 내뱉는다. 의기양양한 표정이 가득하던 남자의 얼굴이 흉하게 일그러진다.

"응, 그래 계속해 봐! 바이스 플라이어로 손가락 하나씩 비틀어 뽑을 때도 그렇게 센 척할 수 있는지 보자고."

"……손목 살짝 맞았다고 질질 짜던 너보다는 낫겠지."

남자가 육중한 집게 같이 생긴 도구를 치켜들고 내 쪽으로 다가온다. 그래, 저게 바이스 플라이어구나. 그런데 저걸로 어떻게 손가락을 뽑는다는 거지?

"회원님. 괜히 어린애 하는 말에 휘둘리지 마시고……."

또 다른 친숙한 목소리가 손목남을 제지한다.

"나 기억나지?"

"CCTV 관리자. 어린애 하나 상대하기 무서워서 친구 잔뜩 데리고 온……."

목소리의 주인공이 얼굴에 미소를 띠고 내 앞으로 걸어온다. 이것들은 다들 허파에 바람이라도 들어갔나? 왜 자꾸 처웃고들 있어?

"괜히 쓸데없이 센 척할 필요 없어. 너 어차피 오늘 해뜨기 전에 죽을 거거든? 그 정도는 짐작했지?"

오늘 해뜨기 전이라고? 지금 시간이 12시가 넘어간 새벽이란 뜻일까?

놈의 말에 대답을 하지 않고 고개를 들어 주변을 둘러본다. 그리 높지 않은 천장에 달린 전구 불빛이 너무나 눈부시다. 세로로 길게 늘어진 방의 벽은 두툼한 검은 천 같은 게 덧대어져 있다. 기묘한 구조의 방이다. 비닐하우스 같은 곳인가?

"왜? 여기가 어딘지 궁금해? 그래, 궁금한 게 많겠지. 그런데 우리도 너한테 궁금한 게 좀 있거든?"

CCTV 관리자의 말에 대꾸 없이 고개를 내려 다시 한번 몸을 찬찬히 둘러 본다. 나는 조그마한 철제 의자에 벌거벗은 채로 묶여 있다. 발과 손을 꿈틀거려 보려 해도 무언가에 단단히 고정된 모양인지 꼼짝을 할 수가 없다. CCTV 관리자가 검은 가죽 장갑을 낀 손으로 내 턱을 세게 움켜잡고 시선을 자기 쪽으로 돌려놓는다.

"어른이 말하면 집중해서 들어야지."

"씨발, 어른 같은 소리……."

내 턱을 잡은 손에 그대로 꽉 힘을 준 채 관리자가 다른 손으로 내 빰을 강하게 후려갈긴다. 입안의 연약한 피부들이 어금니에 맞닿으며 찢어진다. 뺨 안쪽에서 터져 나온 피가 바싹 마른 입안을 축축히 적신다. 삼촌의 주먹보다는 한참 약한 주먹이다.

"말하면 얌전히 좀 들어라. 응?"

한 번의 주먹질로 나를 얌전히 만들기엔 충분하다고 생각했는지 남자의 목소리와 얼굴에는 오만함이 가득하다.

"킥……."

상황이 너무 우스워 의식도 못한 사이에 웃음이 터진다.

"하아…… 진짜 미치겠네."

"회원님, 그냥 바로 고문하죠. 이 새끼 이거 꽤 독해요."

"아뇨. 저기, 그러다 의식이라도 잃거나 바로 죽어 버리기라도 하면? 일단 저한테 좀 맡겨놔 주세요. 네? 제발 좀……."

그래. 이 새끼들 여전히 나한테 원하는 게 있는 거구나.

말하는 것으로 보아선 손목남이 아닌 CCTV 관리자가 이 상황의 주도권을 잡고 있는 게 분명해 보인다. CCTV 관리자가 몸을 낮추어 나와 눈높이를 맞춘다. 아까보다는 한결 마음에 드는 태도다.

"너, 삼촌 어떻게 되었는지 안 궁금해? 여자친구도 엄청 이쁘던데 여자친구 걱정도 안 돼?"

한참 전부터 추위에 온몸을 덜덜 떨고 있었지만, CCTV 관리자의 질문에 온몸의 피가 얼어붙는 기분이 든다. 삼촌은 그렇다 해도 이 새끼들이 김세연은 어떻게 알고 있는 걸까?

"그래. 대답 안 해도 알겠다. 걱정하는 거 딱 보이네. 나라도 걱정되겠다. 너 같은 놈이 어떻게 그렇게 예쁜 애를 사귈 수 있는 건지는 모르겠지만…….”

“원하는 게 뭔데?”

CCTV 관리자가 몸을 일으켜 세워 손목남을 돌아본다. ‘봤지?’ 하는 듯한 의기양양함이 관리자의 얼굴에 배어 나온다.

“너 아까 우리 커피숍에서 달아난 다음에 골목길로 도망갔던 거 기억하지?”

무기력하게 내 고개가 위아래로 움직인다.

“거기서 어떻게 우리 추적 따돌린 거야?”

거기서? 어떻게? 이 사람이 궁금해하는 게 ‘거기서?’일까? ‘어떻게?’일까?

“그게 왜 궁금한…….”

내 질문이 채 완성되기도 전에 관리자의 가죽 장갑이 내 뺨을 후려갈긴다. 뺨 안쪽 피부는 이제 헤지고 찢어져 너덜너덜댄다. 입안에 피가 흘러넘쳐 또 한 번 침과 함께 뱉어야 한다.

“자꾸 서로 피곤하게 굴지 말자. 응? 얌전히 우리말에 대답만 잘하면 네 삼촌이랑 여자친구는 우리가 안 건드리고 넘어갈 수도 있는 거잖아?”

“……숨어 있었어.”

“어디에? 똑바로 말해 봐.”

CCTV 관리자가 궁금해하는 건 ‘거기서’다. 분명 김세연이 나를 들여보낸 장소랑 상관이 있음이 분명하다. 자기들의 비밀을 감추어 둔 장소 근처에서 내가 사라진 게 신경이 쓰이는 거다.

아직 김세연이 자기들의 비밀을 훔쳐간 걸 모르고 있는 걸까? 그렇다면 김세연은 아직 이 치들에게 붙잡히지 않은 게 아닐까? 이미 김세연도 붙잡았다면 나에게 하는 것처럼 고문해서…….

생각의 흐름이 김세연이 잡혀서 나와 같은 일을 당하고 있을지도 모른다는 상상의 끄트머리에 와 닿은 것만으로 구토가 치밀어 오른다. 나는 참지 못하고 고개를 옆으로 길게 빼내고 헛물들을 토한다. 구토에 따른 반사적인 신체작용 때문인지, 절망 때문인지 모를 눈물이 볼을 타고 흘러내린다.

CCTV 관리자가 긴 한숨을 내쉰다.

"그래…… 무섭겠지. 저기 회원님, 냉장고에서 물 한 병만 좀 꺼내와 주세요."

CCTV 관리자의 목소리에 담긴 진심 섞인 걱정이 내 머릿속을 헤집어놓는다.

"자, 일단 물 좀 마시고. 진정 좀 하고 잘 생각해 봐. 어디에 숨어서 우리 따돌린 거니?"

남자가 내 고개를 조금 뒤로 젖히고 사려 깊게 물을 목구멍으로 흘려 넣는다. 나는 게걸스럽게 물을 받아 마신다.

"어디였어?"

"오디오 수리점……."

"거기! 어떻게? 아니, 거기서 숨어만 있었……."

모르고 있다! 김세연이 이미 자기들의 비밀을, 자기들을 괴

멸시킬 수 있는 가장 치명적인 무기를 훔쳐 갔음을 모르고 있다. 김세연은 아직 붙잡히지 않았다! 어쩌면 김세연과 내가 햄버거 가게에서 같이 있는걸 보고 우리 학교 애가 SNS에 글을 올렸을 것이다.

꼴통 새끼랑 김세연이랑 햄버거 가게에 있다. 이거 레알? 도대체 둘이 뭐지?

나와 함께 있는 김세연의 모습만 보고 내 '여자친구' 운운하며 겁을 주고 있는 거다. 이들은 김세연이 어떤 애인지, 무얼 할 수 있는지 전혀 모르고 있다.

고개를 쳐들고 다시 한번 내가 묶여 있는 방 안을 찬찬히 둘러 본다. 둥그스름한 천정의 모양과 길게 이어진 구조를 보니 비닐하우스가 확실해 보인다. 내 눈을 태울 듯 빛을 쏟아내는 전등들 사이에서 내가 너무나 간절히 보길 원했던 물건이 보인다. 동그랗게 생긴 CCTV가 눈을 깜빡이듯 짧게 붉은 빛으로 점멸한다.

뭐지? 잘못 본 건가?

"뭘 무서워하는 건데? 나 붙잡았잖아? 금방 죽일 거라며? 내가 오디오 수리점 철문을 열고 당신들 서버실에 들어가서 무얼 했는지가 알고 싶어서 미칠 거 같은 거야?"

김세연이 또 뭐라고 했더라? 제대로 좀 들어 둘걸.

"당신들 암호…… 그거 해독해서, 릴레이 해서 SNS 같은 데 당신들 한 짓 다 올라올까 봐 무서워 죽겠지?"

또다시 주먹이 날라올 걸 대비해서 이를 꽉 깨문다. 예상과 달리 CCTV 관리자는 말없이 내 모습을 바라만 본다.

"네가…… 우리 서버를 해킹했다고?"

관리자의 눈에 절망의 빛이 어린다. 머릿속 어딘가에서 승리의 음악이 울려 퍼지는 것 같다.

"그래, 나 죽으면 그거…… 자동으로…… 어…… 다 올라갈 거야."

CCTV 관리자와 손목남이 눈빛을 주고받는다. 행동하는 모양새를 봐서 나를 내버려 두고 비닐하우스 한구석에서 자기들끼리 이야기를 나눌 거로 생각했지만 내가 듣건 말건 신경도 쓰지 않고 둘은 대화를 나눈다.

그래, 확실히 날 죽일 생각인가 보네.

"이 새끼 이야기 진짜일까요? 그게 그렇게 쉽게 되는 건가?"

"'선생'이 만든 보안을 고등학생이 그렇게 쉽게 뚫는다는 게……. 그래도 말하는 거로 보아선 우리 서버실 확실히 뚫긴 한 거 같은데. 누가 도와주는 사람이 따로 있는 게 아닐까요?"

그래. 너희들이 내 여자친구라고 말했던 김세연이 나를 도와주고 있다!

"어떡하죠? 이 새끼 말이 사실이라면 죽이면 안 되는 거 아니에요?"

"곤란한데……. 애 살아 있으면 '선생'이 우리가 따로 활동한 거 언젠가는 알게 될 거고……."

도대체 아까부터 이치들이 말하는 선생이 누구일까? 누구인지는 모르겠지만 어지간히 센 척하는 거 좋아하는 새끼들이 이렇게 벌벌 떨며 두려워하는 걸 보는 게 조금은 통쾌하기는 하다.

"우리 조금 진정하고 상식적으로 생각해 보죠. 요번에 '선생' 몰래 활동에 참여한 게 총 10명이죠?"

"김 원장님까지 하면……."

"김 원장님까지 치면 안 되죠! 우리 부탁받고 따로 동물 마취제 챙겨만 주신 거고 내역도 모르는 분인데."

나름 의리도 있어?

"네, 그럼 10명. '선생'이…… 우리가 허락 안 받고 멋대로 활동한 거 알게 되는 거랑 우리 동호회 세상에 다 알려지는 거랑 어느 쪽을 더 무서…… 싫어하실까요?"

"그거야 당연히……."

"그런데 얘 말이 아까부터 뭔가 좀 이상하단 말이죠. 뭔가 어설퍼……. 좀 확실히 짚고 넘어가죠. 만약 얘 뻥카에 우리가 넘어간 거면……."

"그러니깐 제가 아까부터 그랬잖아요! 그냥 바로 조지면 다들 술술 털어놓는다고!"

"너무 흥분하지 마시고. 우리가 바라는 건 얘가 사실을 말하게 하는 거니깐……."

"아. 그건 제가 전문이니 제가 알아서 할게요."

사람 조지는 데 전문가를 자처하는 손목남의 얼굴엔 의기양양함이 가득하다. 앞으로 벌어질 일이 무슨 재미난 구경이라도 되는 양 목소리에는 기대감이 가득하다. 손목남에게는 재미난 일일지 몰라도 내게는 지독히 재미없을 일이라는 건 분명해 보인다.

CCTV 관리자가 뒤편으로 물러나 작은 테이블 옆 의자에 웅크려 앉는다. 손목남은 바이스 플라이어를 다시 집어 들고 둔탁한 쇳덩어리를 조이기 시작한다.

"처음에는 사알살 할게. 나중 가면 제발 좀 죽여 달라고 빌게 될 거지만 시작부터 세게 할 필요는 없잖아? 중간에 할 말 생기면 바로 말하고……. 아! 처음부터 말하지는 말고. 그럼 재미없잖아."

그러니깐 난 너 재미있게 해 줄 생각 없다니깐?

"잠깐! 다 설명할게요! 그냥 다 말씀드릴게요! 제가 거기 서버실인지 어떻게 알았고, 거기에 아저씨들 메신저 대화록 저장된 거 어떻게 알았는지, 보안 어떻게 뚫었는지, 그게 진짜 내가 한 일인지 그런 거 궁금한 거잖아요!"

CCTV 관리자가 눈에 이채를 띄고 몸을 일으켜 세운다.

"일단 얘 이야기부터 들어보죠!"

CCTV 관리자가 금세라도 내게 바이스 플라이어를 휘두를 기세인 손목남을 제지한다. 손목남이 실망한 기색을 감출 생각도 하지 않고 시무룩한 표정을 지으며 뒤로 물러난다.

"이거, 손……. 손부터 좀 풀어 줘요. 말로만 설명하기는 힘들어서."

손목남이 바로 인상을 쓴다.

"아아, 새끼 자꾸 수작질하네. 어디서 수 쓰고 지랄이야?"

"손만 좀 풀어 줘요. 어차피 다리도 묶여 있잖아요? 진짜 손이 자유로워야 설명 가능하다니깐요? 내가 너무 겁나는 건 이해하는데 그래도 이 상태에서는 손 풀린다고 내가 아저씨들 어떻게 못 하잖아요?"

손목남의 얼굴이 벌겋게 달아오르는데, CCTV 관리자가 손목남의 앞을 가로막는다.

"재 말대로잖아요. 손 정도는 괜찮으니까 그만하고 책상에서 니퍼나 좀 가져다 주세요. 제가 풀어 줄 테니까."

손목남이 연신 투덜대며 아까 CCTV 관리자가 앉아 있던 책상으로 걸어간다. 책상에는 그다지 용도를 알고 싶지 않은 흉악스러운 도구들과 내 구닥다리 피처폰이 이 둘의 것임이 분명해 보이는 최신식 핸드폰과 함께 나란히 놓여 있다.

내 피처폰에 삼촌의 부재중 전화가 기록되어 있을까? 문자가 와 있을까? 어쩌면, 아니 거의 확실히 나는 이 간단한 질문에 대한 대답을 확인도 못 해 보고 죽겠지.

손목남이 작은 니퍼를 건네주자 CCTV 관리자가 내 등 뒤로 돌아가 손목 부근에 있는 무언가를 끊는다. 딸깍하는 경쾌한 소리와 함께 내 손이 풀려나 자유를 되찾는다.

"쓸데없는 짓은 하지 말고."

얼얼한 손목을 연신 주무르면서 알았다는 뜻으로 고개를 끄덕여 보인다.

"자. 이제 빨리 말해 봐. 그래야 너도 편하고 우리도 편한 거니까."

"두 분 제 앞으로 좀 와 주세요. 너무 무서우면 몇 발자국 떨어져 있어도 상관없는데 아무튼 제 손 잘 보이게 제 앞으로 좀……."

"아, 씨팔! 이 새끼 진짜."

거칠게 내뱉는 말과는 달리 손목남은 CCTV 관리자와 함께 순순히 내 앞에 다가와 얌전히 서서 내 손을 바라본다.

"거기 오디오 수리점. 제가 거기로 숨었다고 했잖아요?"

말없이 둘은 고개를 끄덕인다.

"거기 들어가 보니깐 딱 수상하더라고요. 냄새도 지독하고. 거기서도 사람 죽였죠? 이 비닐하우스 같은 용도로 쓰던 데죠? 아! 대답 안 하셔도 상관없어요. 중요한 건 아니니깐."

심각한 표정으로 나를 노려만 보고 있는 CCTV 관리자와 달리 손목남은 얼빠진 표정으로 고개를 끄덕인다. 내 생각이 맞았구나! 멍청한 새끼 같으니라고.

"아무튼 냄새도 그렇고 너무 수상해서. 그리고 그 안이 더 안전할 것 같기도 했고, 철문을 열고 들어갔단 말이죠?"

숨이 차올라 잠깐 말을 끊자 둘이 어서 계속하라는 듯 재촉하는 눈빛을 보낸다. 물 한 모금만 더 달라고 해 볼까? 잠깐 고민은 되었지만, 극적인 효과를 배가시키려면 빠르게 말을 이어가는 게 훨씬 나을 것 같다.

"들어갔더니 와……그 컴퓨터들이 잔뜩 있는 거예요!"

김세연은 그걸 컴퓨터 말고 다르게 불렀던 것 같은데. 뭐, 알아만 들으면 됐지.

"방 안을 조금 둘러보니깐 바로 내가 원하던 게 보이더라고요. 모니터랑 키보드가 딱 눈에 띄는데, 이거다! 싶더라고요."

조금은 심드렁해진 손목남과 달리 내 이야기를 듣는 CCTV 관리자의 표정은 심각하기 짝이 없다.

"네가…… 콘솔에 접근을…… 로그인할 수도 없었을 텐데?"

"제가 뭘 할 수 있는지 모르시잖아요?"

CCTV 관리자가 말없이 고개를 끄덕인다.

"키보드 쳐서 화면 띄우고, 유저명을 넣었는데 암호를 요구하더라고요. 좀 생각을 해 봤죠. 비밀번호가 뭘까? 몇 번까지나 시도할 수 있을까?"

내 질문의 대답은 돌아오지 않는다. 손목남과 CCTV 관리자는 키스라도 할 기세로 내 입만 뚫어지게 바라보고 있다.

"처음은 일반적인 걸로 시도해 봤어요. 물론 그런 게 먹힐 리는 없겠지만 혹시나 모르는 거잖아요?"

또다시 둘의 고개가 위아래로 흔들린다.

"두 번째는 조금 생각을 달리 해 봤죠."

"……뭐라고 쳤는데?"

손목남이 멍청한 질문을 하자 CCTV 관리자가 그만하라는 듯이 옆구리를 찌른다.

"그게 중요한 게 아니잖아요? 아무튼, 두 번째도 실패했죠. 그때 딱! 바로 딱! 알겠더라고요. 아, 이번이 마지막 기회겠구나! 이번에도 실패하면 나는 진짜 좆되겠구나!"

"3번까지 실패했으면 바로 나와 선생에게 알림이……."

"그런데 알림 안 갔죠? 왜냐하면, 3번째에 내가 성공을 했으니까!"

CCTV 관리자가 침통한 표정으로 고개를 끄덕인다. 손목남이 경악한 표정으로 나와 CCTV 관리자를 번갈아 바라본다.

"아무튼, 진짜 집중해야만 했어요. 그래서 내가 어떻게 했냐하면……."

양 손바닥을 위로 향해서 키보드를 받치는 모양새를 취한다.

"진짜 중요한 거니깐 이렇게 키보드를 받쳐 들었어요. 그리고 왼손을 다시 빼서……."

양손으로 가볍게 주먹을 쥔다. 주먹 쥔 왼손을 오른손 옆에 바짝 붙인다.

"이렇게 돌돌 돌리는 거지. 좆까라! 병신새끼들아! 하고 치면서!"

낚시 릴을 감는 것처럼 왼손의 손짓을 따라 오른손 중지를 천천히…… 아주 천천히 치켜세운다. 여전히 상황 파악이 안 되는 듯 손목남이 내 오른손 중지를 한참이나 바라본다. 유쾌함에 벌겋게 달아오른 얼굴이 곧 터져 버릴 것처럼 뜨겁다. 어느새 내 입에서 억제할 수 없는 웃음이 계속 터진다.

"이거 먹으라고! 좆 까고! 이거나 처먹으라고! 진짜 병신들이……."

나는 눈물이 흘러내릴 때까지 웃고 또 웃는다. 너무 즐거워 흘러내리는 눈물을 닦을 생각도 들지 않는다. 치켜세운 오른손 중지가 엄청난 자랑거리라도 되는 양 두 명의 눈으로 계속 들이밀어 보인다.

손목남이 바이스 플라이어로 내 얼굴을 후려갈긴다. 둔탁하고 얼얼한 감촉과 함께 잇몸이 찢어지는 소리가 나더니 윗니 하나가 뽑혀 입안을 구른다.

여전히 오른손의 중지는 치켜든 채로 입을 열고 침과 피와 이를 함께 내뱉고 나는 또 웃는다.

손목남이 내 오른 손목을 왼손으로 움켜잡는다. 왼손으로 주먹을 쥐고 눈에 띄게 부풀어 있는 손목남의 오른 손목을 가격한다. 퉁퉁 부어오른 손목 위로 꽉 쥔 주먹을 내리꽂는다.

"으아악!"

손목남의 비명이 내 귓가를 간지럽힌다. 연약한 뼈가 으스러지는 감촉이 내 주먹을 타고 전해진다.

"이…… 이! 씨팔, 진짜!"

비명을 지르던 손목남이 몸서리를 치며 바이스 플라이어를 떨어뜨린다. 손목을 움켜잡으며 뒤로 한걸음 물러난 손목남을 향해 또다시 중지를 들이민다.

"씹쌔야! 네가 그렇게 좋아하던 바이스 플라이어도 이제 아파서 못 쥐겠어? 왜? 울어? 아까처럼 손목 아파서 우는 거야? 아니면 당신들이 그렇게 무서워하는 선생님한테 혼날까 봐 우는 거야?"

억센 손이 왼팔을 붙잡고 등 뒤로 꺾는다. 날카로운 플라스틱 끈 같은 것으로 내 왼 손목을 의자에 단단히 고정한다.

"그 오른손. 끝까지 그대로 들고 있어라."

굳이 말할 필요 없다. CCTV 관리자의 말이 아니더라도 그럴 생각이었다.

CCTV 관리자가 바닥에 떨어진 바이스 플라이어를 집어 들고 내 오른손을 단단히 움켜쥔다. 내게 무언가 말을 하려는 듯 CCTV 관리자의 입가가 들썩인다. 내 손목을 움켜쥔 채로 한참을 나를 노려보더니 작은 한숨과 함께 바이스 플라이어를 내 중지에 대고 고정한다.

좀 전까지의 유쾌한 희열은 순식간에 사라진다. 앞으로 일어날 일에 대한 공포로 온몸이 덜덜 떨린다.

"난, 네가 기절하거나 정신줄 놓지 않았으면 좋겠어."

나도 그럴 수 있었으면 좋겠다. 조금의 망설임도 없이 바이스 플라이어가 내 손가락을 절대 움직일 수 없는 방향으로 뒤틀어 꺾는다. 살이 찢어지고 근육과 인대가 뒤꼬이며 기괴한 소리를 낸다. 온몸의 신경세포에서 폭죽처럼 터져 오른 고통이 전신으로 번진다.

"……!"

여태까지의 웃음소리가 바로 알 수 없는 비명으로 뒤바뀐다.

"아프지? 몇 번 더 비틀고 잡아당기면 네가 그렇게 자랑스러워하던 손가락 끊겨서 떨어져 나올 거야. 아까 우리한테 그거 먹으라고 했지? 일단 네 입안에 먼저 집어처넣고 씹으면서 맛볼 수 있게 해 줄게."

바이스 플라이어에 꽉 물린 손가락 피부가 찢어지면서 피가 점점이 비닐 바닥으로 떨어진다. 한번 터진 비명은 좀처럼 멈추지를 않는다.

"나는 잘 이해를 못 하겠던데. 사람들은 고통이 너무 심하거나 하면 다들 죽여 달라고 애원하더라고. 그래도 살아 있는 게 낫지 않나?"

아니. 난 이해한다. 나도 밤마다 눈을 감을 때마다 그대로 눈을 뜨는 일이 없기만을 바랐다. 물론 이런 하찮은 고통 때문은 아니다. 이런 고통은 오히려 여전히 내가 살아 있다는 사실을, 엄마 아빠가 나 혼자만 버려 두고 불길에 잡아 먹혔다는 사실만을 일깨워 준다.

"그래도 넌 강인한 거 같으니까 안 그러겠지? 참 아쉽네. 너 같은 애가 어쩌다가 우리랑 엮여서. 다른 장소, 다른 상황에서 만났으면 난 너 굉장히 마음에 들어 하고 좋아했을 것 같다."

"……없어."

"뭐라고?"

"너같이 좆같은 새끼…… 마음에 들고 싶은 생각, 전혀 없다고……."

CCTV 관리자의 입에서 조금은 처량한 웃음소리가 흘러나온다.

"그래. 계속 그렇게 버텨. 좀 더해 보자고."

바이스 플라이어에 또다시 힘이 가해진다. 거기에 맞추어 다시 목청껏 비명을 내지를 준비를 하는데, 책상에 놓여 있던 핸드폰 중 한 대에서 기묘한 메시지 수신음이 들려온다. 그 소리를 들은 CCTV 관리자가 내 손에 고정한 바이스 플라이어를 풀어 내려놓고 심각한 표정으로 책상으로 걸어간다. 허파가 터질 때까지 내지를 수 있을 것 같았던 내 비명은 입 밖으로 나오지 못하고 사그라진다.

"우리 전용 메신저. 선생한테서 온 메시지예요."

연신 손목을 쓰다듬으며 변태적인 만족감을 감추지도 않은 채 나와 CCTV 관리자의 대화를 감상하고 있던 손목남의 얼굴이 급격히 굳어 버린다.

"뭐라고 하시는데요?"

"일단 얘 풀어 주고 전화기 건네주라는데요?"

"뭐? 아니…… 그걸 선생이 어떻게?"

관리자가 대답 없이 천장에 설치된 CCTV를 손가락으로 가리킨다. 손목남이 그제야 알겠다는 얼굴로 고개를 끄덕인다. 정말 끝까지 바보 같은 놈이네.

CCTV 관리자가 책상에서 니퍼와 함께 구닥다리 피처폰을 집어 들고 내게로 다가온다. 아까의 고통이 벌써 몸에 각인되었나 보다. 관리자가 다가오자 의식도 못한 사이에 반사적으로 몸이 움츠러든다.

"회원님, 서랍에서 테이저건 꺼내서 얘 겨냥하세요. 너 아까 맞아 봐서 알지? 쓸데없는 짓 할 생각하지 마라."

아니. 미안하지만 지금 내 머릿속은 어떤 쓸데없는 짓이 너희 새끼들을 열 받게 하는 데 제일 효과적일까에 대한 해답을 내기 위해 복잡하기 짝이 없다.

등 뒤에서 또각거리는 소리가 들려온다. 둔탁한 플라스틱 줄이 튀어 오르는 감촉과 함께 내 몸은 자유를 되찾는다.

손목남과 관리자를 자극하지 않기 위해 의자에서 천천히 몸을 일으킨다. 굳어 있던 온몸의 근육들이 일제히 비명을 내지른다.

"이거 받아라."

남자가 구닥다리 피처폰을 내 손에 쥐여 준다. 묵직한 물건을 잡기 위해 반사적으로 손에 힘을 주자 바이스 플라이어에 뒤틀린 중지에서부터 엄청난 고통이 타고 올라온다.

"아……."

의식하지도 못한 사이에 작은 비명이 입 밖으로 흘러나온다. 테이저건을 겨누고 있던 손목남이 그런 내 모습을 보며 비웃는다. 웃어? 나한테 손목 몇 번 맞았다고 끙끙대며 울었던 새끼가?

CCTV 관리자의 핸드폰에서 또다시 메시지 수신을 알리는 소리가 울린다.

"얘랑 통화하신다고 우리보고 비닐하우스 끝으로 물러나 있으라고 하시네요."

"네? 너무 이상하잖아요. 아니, 그러다 커피숍에서처럼 얘 도망가기라도 하면……."

"어차피 입구 락도 걸려 있고, 아까 같은 일 또 반복된다 해도 재 알몸에 맨발이에요. 도망가 봐야 어디로 가겠어요. 차 끌고 바로 쫓아가서 잡아 오면 돼요."

관리자의 말이 맞다. 이대로 죽도록 도망간다는 생각을 안 해 본 건 아니지만 성공 확률이 너무 희박하다. 무엇보다 몸의 상태가 뜀박질을 감당할 수 있을 것 같지가 않다. 양손을 얌전히 들어 올리며 그럴 의사가 없다는 몸짓을 취해 보인다.

"말 들어요. 선생이 이미 다 알고 있는 것 같은데 더 심기 거슬리지 말고 나중에 선처를 바랍시다."

CCTV 관리자의 목소리에 묻어나오는 공포와 절망감이 신기하기만 하다. 이런 놈들을 공포에 질리게 만드는 '선생'이란 사람은 도대체 뭐 하는 놈일까?

관리자와 손목남이 얌전히 비닐하우스 끝의 어둠 속으로 물러나자 천장에 매달린 CCTV의 렌즈가 움직이더니 내 쪽을 바라본다.

때맞춰 울리는 전화기의 진동에 또다시 통증이 밀려온다. 비명을 지르지 않으려 애쓰며 왼손으로 피처폰을 옮겨 쥐고 전화를 받는다.

"곧 거기 불 꺼지고 입구 열릴 거야. 익숙한 패턴이지?"

김세연의 목소리다. 이 상황에서 김세연의 목소리를 들을 수 있을 거라곤 전혀 생각하지 못했다. 너무도 차분하게 들리는 김세연의 목소리에 명치 끝에서부터 뜨거운 것이 치밀어 올라온다. 미처 자각하지도 못하는 사이에 눈물이 볼을 타고 입가로 흘러내린다.

"입구 나가면 바로 앞에 차 한 대가 기다리고 있을 거야. 문

열려 있으니 바로 올라타. 그다음부터는 내가 알아서 할게."

어금니를 꽉 깨물며 참아 보려 하지만, 기어코 입에서 흐느낌이 터져 나온다. 김세연한테 이런 꼴 보여 주기는 죽는 것보다 싫은데…….

내 울음소리를 들은 두 사람이 의문스럽다는 얼굴로 서로를 바라본다.

"내 말 다 이해했으면 CCTV 보고 고개 끄덕여. 그럼 바로 불 꺼질 거니까."

지금까지 내 알몸을 김세연에게 정면으로 드러내고 있었나? 얼굴이 화끈 달아오르는 와중에도 나는 고개를 끄덕인다. 고갯짓에 화답하듯 순식간에 비닐하우스에 어둠이 깔린다.

제발 내 몸이 말을 들어주어야 할 텐데. 갑작스러운 어둠에 방향감각이 뒤흔들려 앞뒤 분간이 안 된다.

입구 쪽이라 짐작되는 방향으로 몸을 돌려 달려간다. 등 뒤에서 고함이 터져 나온다. 달려가는 방향에서 덜컥 잠금장치가 열리는 소리가 들린다.

팔다리가 몸과 따로 놀며 제멋대로 후들거린다. 좀처럼 몸을 가누기가 힘들다. 바닥에 깔린 비닐의 미끄러운 감촉이 발을 자꾸만 잡아끈다.

갑자기 날카로운 것이 발바닥을 쑤욱 찌르고 올라온다. 이제는 어느 정도 고통에 익숙해졌다고 생각했던 건 지독한 착각이었다. 금속성 물건이 연약한 발바닥 피부를 찢고 살을 헤집는 고통에 감각이 되살아난다. 발끝에서부터 통증이 밀려오자 후들거리던 다리에 조금은 힘이 돌아온다. 내 몸 온갖 부위에서 제멋대로 날뛰는 통증들을 무시하며 밖으로 내달린다.

두꺼운 철제 골조에 두툼한 천과 비닐을 덧댄 입구가 보인다. 입구의 문은 오디오 수리점의 철문처럼 묵직해 보인다. 막상 체중을 실으니 둔중해 보이는 외양과 달리 힘을 들이지 않고도 수월하게 바깥쪽으로 활짝 열린다.

문턱을 넘어서니 하늘에서 달빛이 쏟아져 내려온다. 차가운 밤공기가 벌거벗은 내 몸을 할퀴어 댄다.

짧은 시간에 빛에서 어둠으로, 그리고 다시 빛으로 내몰린 덕인지 좀처럼 사물을 분간하기가 힘들다. 위로하듯 은은하게 내 눈을 어루만지는 달빛 아래에 흰색 승용차 한 대가 서 있는 게 보인다. 뒷좌석 문을 열고 쓰러지듯 몸을 던져 넣고 차 문을 닫는다. 기다리고 있었다는 듯 뭐라 입을 열기도 전에 차가 출발한다.

안도감에 작은 한숨이 입 밖으로 새어 나온다. 조금은 마음이 진정되니 온갖 의문이 떠오른다.

"너 운전은 어떻……."

텅 빈 운전석과 허공에서 제멋대로 돌아가는 운전대가 눈에 들어와 내 질문은 마무리되지 못하고 끊긴다. 수화기 너머에서 김세연의 한숨 소리가 들려온다.

"이 와중에도 질문할 게 있어?"

"아니……. 나중에 물어볼게. 내가 뭘 해야……."

"당장 할 건 없어. 뒷좌석에 옷들 놔뒀으니깐 그거나 입고 있어. 이따가 다시 전화 건다."

새삼 김세연이 보는 앞에서 알몸을 드러내고 있었다는 생각이 떠올라 얼굴이 확 달아오른다.

뒤늦게 발바닥을 불로 지지는 듯한 통증이 몰려온다. 발을 들어올려 확인해 보니 날카로운 것에 베인 듯 길게 찢어진 상처에서 피가 배어 나온다. 성한 곳이 별로 없는 몸에 작은 상처 하나가 추가되었다고 새삼스럽게 아프다니.

후들거리는 몸을 가누며 발치를 더듬어 보니 두툼한 종이 쇼핑백이 손에 잡힌다. 쇼핑백에는 아무리 봐도 여자애들이나 신을 것 같은 양말과 서로 다른 치수의 바지 세 벌과 티셔츠 세 벌 그리고 운동화 세 켤레가 들어 있다. 산 지 얼마 되지 않았는지 옷가지들에는 대형 마트의 상품 태그가 그대로 달려 있다. 적당한 치수의 바지와 티셔츠를 골라 속옷도 없이 땀투성이 알몸 위로 끼어 입는다.

피와 땀에 쩌들어 온통 까지고 짓무른 피부를 불쾌하게 쓸어대며 옷들이 들러붙는다. 그래도 이게 어디야. 벌거벗고 돌아다니는 거보다는 한참 낫지. 피투성이가 된 발에도 억지로 양말을 신고 신발 속에 구겨 넣는다.

허기와 통증과 추위에 덜덜 떨려오던 몸이 한결 안정된다.

핸드폰을 열고 확인해 보니 배터리는 이제 거의 바닥이다. 삼촌으로부터 걸려 온 전화가 몇 통 있었지만, 문자는 없었다. 지금이라도 삼촌에게 전화해야 하나? 아니다. 지금은 김세연의 연락을 기다리는 게 우선이다.

핸드폰의 시간은 밤 2시를 가리키고 있다. 며칠은 붙잡혀 있었던 것 같은데 생각 외로 시간이 지나지 않았다는 게 놀랍기만 하다.

텅 빈 운전석에서 제멋대로 돌아가던 핸들이 갑작스럽게 방향을 튼다. 타이어가 도로에 미끄러지는 소리가 요란하게 들려온다. 원심력을 이겨 내지 못하고 몸이 뒷좌석 끝에서 끝까지 미끄러진다.

운전자 없는 자동차는 이제까지와는 확연히 차이가 나는 속도로 텅 빈 도로를 달린다. 자율 주행 자동차, 뭐 그런 건가? 이것도 김세연이 어떻게든 한 거겠지? 그런데 그 두 명은 더는 안 쫓아오는 건가?

몸을 돌려 뒷유리로 내다보니 헤드라이트 한 쌍이 좀 전에 내 몸을 뒤흔들었던 코너를 돌아서 따라오고 있다.

그런데 여기는 도대체 어디지? 자동차 대시 보드에 달린 내비게이션에 표시된 위치는 경기도 광주를 가리키고 있다. 언제 서울에서 경기도까지? 하긴 시간은 충분했으니.

무인 자동차는 점점 더 속도를 높여 나간다. 아까까지만 해도 텅 비어 있던 도로에는 이제 제법 지나가는 차들이 보인다.

뒤따라 오는 헤드라이트의 불빛은 좀처럼 멀어질 기미가 보이지 않는다. 텅 빈 운전석에서 기괴한 모습으로 제멋대로 돌아가는 핸들이 무서운 것인지, 뒤를 바짝 따라 오는 헤드라이트가 무서운 것인지 분간할 수가 없다.

텅 빈 산길 도로 같아 보이던 전방의 풍경 저 멀리 이제 도시의 불빛이 보이기 시작한다. 그나저나 날 어디로 데려가는 거지? 경찰서? 아까 두 명이 머리 위에서 퍼붓던 물줄기보다 더 차가운 깨달음에 화끈거리는 온몸이 급격히 식는다. 김세연은 이 패거리에 경찰도 가담하고 있는지 모르고 있잖아? 나를 붙잡은 게 경찰이라는 걸 모르고 있잖아? 분명히 경찰서로 데려가는 걸 거야!

황급하게 핸드폰을 붙드는데 다시 한번 오른손 중지에서 타는 듯한 고통이 밀려온다.

"이런 씨팔……."

욕설과 함께 통증을 견디면서 손가락을 움직여 본다. 꼭 어디가 끊어진 느낌이다. 아무리 애를 써도 오른손 중지는 손에서 제멋대로 덜렁거리기만 한다. 왼손으로 핸드폰을 옮겨 잡는데, 내 행동을 보기라도 한듯 핸드폰의 진동이 손을 타고 올라온다.

"김세연! 너 지금 어디로……. 이 차 어디로 가는 거야? 경찰서는 안 돼!"

또다시 김세연의 한숨 소리가 수화기를 타고 귓가를 간지럽힌다. 그래, 경찰서는 아닌가 보다. 안도감에 긴장이 저절로 풀어진다.

"내비게이션 보고 있지? 조금만 더 가면 용인으로 들어설 거야. 거기서 주차장에 차 세우면 바로 내려서 오른쪽 옆 차로 옮겨 타. 똑같이 생긴 차고, 그것도 문 열어 놨어. 내릴 때 짐 다 챙겨 나오는 거 잊지 말고."

"저기…… 지금 뒤따라 오고 있잖아! 그 사람들 어떻게 따돌릴 건데……. 이 차로 막 달리고……."

또다시 한숨 소리.

아…… 그래, 그것도 당연히 계획을 세워 놨겠지.

"내가 알아서 한다고 했지?"

말투와는 달리 앞으로 이어질 설명에 대한 기대감 때문인지 은근히 즐거운 듯한 목소리다.

"거기 사설 연구소라 등록된 차량 아니면 아무 차나 못 들어가. 이 차 들어가면 분명히 입구에 멈춰 서서 고민하겠지? 잠깐 있다가 반대쪽으로 다시 똑같이 생긴 차가 나오면 어떻게 하겠어?"

뒤쫓아 가겠지, 똑같이 생긴 다른 차로 내가 옮겨탔을 거라곤 생각도 못하고! 자율 주행 자동차의 휘발유가 떨어져 멈추어 서기 전까지 멀리멀리 뒤쫓아 가겠지.

"……어, 그래. 그건 알겠어. 그럼 난 어디로…… 아니다. 네가 알아서 하겠지. 시키는 대로 할게."

언제나처럼 김세연은 내 대답을 기다리지 않고 전화를 끊는다. 하지만 김세연에 대한 신뢰 때문일까? 마음이 한결 차분해진다. 정신없이 폭주하던 생각의 타래들이 정리되니 또다시 온몸의 고통이 나를 찌르고 괴롭히며 내가 살아 있음을 느끼게 해 준다.

지금이라도 삼촌한테 전화할까? 무사하다고? 아니, 삼촌이 내 안부를 궁금해하고나 있을까? 그냥 혼낼 거리나 찾고 있겠지. 연락은 내일 아침에 해도 충분할 거다.

바지 주머니에 핸드폰을 집어넣고 다시 한번 몸을 돌려 뒤쪽을 바라본다.

거리가 떨어져 있긴 해도 꾸준히 뒤따라 오는 자동차의 보닛과 전조등 불빛을 뚜렷이 알아볼 수 있다.

고통 때문인지 허기 때문인지 지독한 두통이 머리를 쥐어짠다. 머리가 핑핑 도는 느낌이다. 정신을 잃지 않으려 애쓰며 전방에 스쳐 지나가는 풍경을 계속 노려본다.

도로의 불빛들이 점점 환해진다. 이제 제법 번화가로 들어선 모양이다. 새벽임에도 꽤 많은 차가 오가는 도로의 풍경을 보고 있으니 쫓기는 두려움도 한결 덜하다.

순간 내 마음을 읽기라도 한 듯 운전대가 크게 회전한다. 무인 자동차는 대로에서 벗어나 다시 한적하고 구불구불한 산길로 들어선다.

왜 하필! 초조함에 입술이 마른다. 침을 삼키려 해 보아도 바짝 말라 버린 입안에서 지독한 피 냄새만 한층 짙어질 뿐이다. 좁고 구불구불한 산길을 달려나가니 뒤쫓아 오던 전조등 불빛이 보이다 안 보이다 한다. 적어도 거리는 꽤 떨어져 있다는 이야기다.

오른쪽이라고 했지? 쇼핑백에 김세연이 선물한 물건들을 꼼꼼하게 챙겨 넣고 오른쪽 차 문에 바싹 몸을 붙인다.

김세연의 말대로 도로의 끝에는 커다란 차단기가 기다리고 있다. 무인 자동차가 속도를 줄이며 접근하자 차단기가 저절로 올라간다.

아까 그놈들은 얼마나 떨어져 있을까? 500미터?

나한테 시간이 얼마나 있을까? 어찌 되었건 최대한 빨리 갈아타야만 한다.

입구를 지나가자 똑같은 차들이 수십 대가 세워져 있는 주차장이 나온다. 무인 자동차가 비어 있는 주차 공간을 찾아서 놀랍도록 빠르고 정확하게 주차한다.

왜인지 차 문이 열리더라도 몸이 내 말을 안 들을 거라는, 힘이 빠져서 주차장에 주저앉아 무기력하게 두 놈에게 다시 끌려갈 거라는 생각이 든다.

공포와는 무관하게 너덜거리고 상처투성이인 오른손이 능숙하게 차 문을 연다. 다리가 몸을 이끌어 차 밖으로 내보낸다. 왼손이 손에 쥔 쇼핑백과 함께 자연스럽게 차 문을 닫는다. 다시 한번 오른손이 옆 차의 문을 연다. 중지 끝에서 또다시 타는 듯한 고통이 밀려온다. 몸이 구겨지듯 뒷좌석으로 들어간다. 왼손이 옮겨 탄 차의 문을 닫는다. 좀 전까지 나를 태웠던 자동차가 피와 고름 냄새를 담고선 바로 주차장을 떠나간다.

이게 먹힐까? 당연히 먹히겠지.

김세연은 어디선가 컴퓨터 화면으로 이곳에 있는 수많은 CCTV를 통해 나와 놈들의 추격전을 관람하고 있겠지? 재미있다고 생각하고 있을까? 나는 언제까지 이러고 있어야 하는 걸까? 지금이라도 다시 김세연에게 전화를 걸어야 하는 걸까?

한참을 멍하게 불 꺼진 차 안에 머물러 있으니 지독한 허기와 함께 졸음이 나를 덮쳐 온다. 너무나 압도적인 졸음에 통증과 공포는 뒷전으로 밀려난다. 어쩌면 깜박 잠이 들었는지도 모르겠다. 얼마만큼의 시간이 흘렀는지도 모르겠다.

예고도 없이 갑작스레 자동차는 천천히, 아까보다 한참 천천히 주차장에서 빠져나와 차단기를 지나쳐 산길을 내려가기 시작한다. 나를 어디로 데려가는 걸까? 어디든 안전한 곳이겠지. 더 이상의 질문들은 나도 지친다.

잠깐 눈을 감고 몸을 누여야겠다……. 생각을 마무리하기도 힘들다. 지독한 졸음이 나를 수면의 늪으로 끌어들인다.

* * *

짧은 비명과 함께 몸서리를 치며 깨어나니 낯선 지하 주차장이다. 언제 도착한 거지? 여기는 도대체 어디지?

짧은 진동으로 나를 깨운 핸드폰을 주머니에서 꺼내 보니 김세연으로부터 문자가 도착해 있었다.

공동 현관 비밀번호 #3318#. 1807호. 문 열려 있으니깐 그냥 들어와. 짐 다 챙겨오고.

무얼 경계하는지도 모른 채로 조심스럽게 짐을 챙겨 차에서 내리자 무인 자동차는 기다리고 있었다는 듯 주차장을 혼자서 빠져 나간다.

거대한 수입차들이 줄줄이 세워진 주차장 저 멀리에서 엘리베이터의 불빛이 보인다. 한 걸음 내딛자 신발을 통해 전해지는 주차장 바닥의 감촉이 너무나 든든하게 느껴진다.

김세연이 말해 준 비밀번호로 현관을 통과한다. 새벽이라 엘리베이터는 중간에 들르는 곳 하나 없이 금방 내려와 곧 나를 태우고 18층까지 올라간다.

어딘가의 오피스텔인 것처럼 보인다. 삼촌과 내가 사는 더럽고 낡은 투룸과는 비교가 안 될 정도로 깔끔하고 호사스러워 보이는 오피스텔이다.

1807호 앞에서 한참을 머뭇거리다 문을 열고 들어간다.

CCTV 관리자 패거리의 서버실에서 들었던 것과 비슷한 소음이 나를 반긴다. 가구 하나 없이 여러 대의 컴퓨터와 모니터가 놓인 탁자만 덩그렇게 배치된 오피스텔은 기괴할 정도로 넓고 황량해 보인다.

김세연은 탁자 앞에 놓인 커다란 의자에 몸을 파묻고 앉아 있다. 문이 열리고 닫히는 소리를 들었을 텐데도 김세연은 한동안 모니터에서 눈을 떼지 않다 고개를 돌려 나를 바라본다.

저 모니터로 CCTV에 비친 내 알몸 보고 있었을 거잖아? 부끄러움인지 참담함인지 분간이 안 가는 감정이 밀려온다.

"생각보다는 덜 다쳤네. 여기 내 방이니까 편하게 아무 데나 앉아."

아무것도 없는 맨바닥에 편하게 앉아 봐야 얼마나 편하게 앉겠냐……. 아니, 그것보다 '내 방'이라고?

신발을 벗고 아픈 다리를 질질 끌며 방 안으로 들어간다. 벽에 몸을 기대고 주저앉으니 끙끙 앓는 소리가 입에서 절로 새어 나온다.

"난 이제 가 봐야 하니까 질문할 거 있으면 빨리하고."

당장 내 머릿속에 떠오른 질문은 '나를 도대체 왜 도와주냐?'였다.

"그 사람들 정체, 알아낸 거지? 나한테 왜 그러는지랑……."

"이번엔 거기서 어떻게 꺼내 준 거냐, 차 어떻게 운전한 거냐, 이런 거는 안 물어보네?"

실망한 걸까? 그걸 물어봐 주길 바란 거였을까?

"뭐, 좋아. 몇 시간 전에 내가 그 사람들 메인 서버 들어가서 데이터 빼 온 거는 알고 있지?"

"어…… 무슨 암호 푼다고……."

김세연이 눈썹을 추켜세운다. 내가 또 엉뚱하게 이해하고 있었나 보다.

"암호화된 문자열 복호화했지. 그 사람들 사용하는 메신저 대화 내용을 쭉 훑어봤어. 자기들끼리는 그 모임을 '동호회'라고 부르더라."

'동호회'? '모임'? 누가 들으면 취미로 사람 죽이는 게 요새 유행인 것처럼 생각하겠네.

"무슨 동호회……?"

김세연의 어깨가 으쓱하더니 입꼬리가 올라간다. 무척이나 재미난 일을 설명하는 듯한 표정이다.

"비정기적으로 동호회 회원을 영입하더라. 주로 협박을 통해서. 음주운전 뺑소니치고 도망가던 사람 약점 잡아서 강제로 가입하게 하기도 하고, 회삿돈 횡령한 사람 약점 잡아서 가입시키기도 하고……. 무슨 원칙으로 회원을 받는지는 모르겠지만."

CCTV 관리자와 손목남이 서로를 '회원님'이라고 부르던 게 기억난다.

"처음에는 약점을 무마해 주고 작은 부탁 같은 거 들어주게 시키더라. 언제 동호회 회원 누구를 어디서 어디로 태워 줘라. 몇 시에 어디 벤치에서 물건 하나 집어서 당신네 아파트 소각 쓰레기로 내다 버려 줘라. 뭐 그런 것들. 누구라도 별걱정 없이 들어줄 수밖에 없는 사소한 부탁이잖아? 특히나 자기 약점 잡은 사람들이 시키는 부탁이면."

김 원장이라는 사람이 부탁받고 동물 마취제 챙겨 줬다고 했지? 그 김 원장은 자기 마취제가 나를 잡는 데 사용되었다는 걸 모르고 있었을까?

김세연이 내 반응을 잠시 살펴보더니 말을 이어갔다.

"그다음부터는 좀 더 지저분하고 큰일들이야. 현장 청소도 시키고."

"현장?"

"너 있었던 비닐하우스나 서버실 같은 장소들."

사람의 피와 고름으로 얼룩진 장소들.

"자기들 딴에는 별거 아닌 일 한다고 생각하고 시작했겠지만, 나중엔 완전히 살인의 공범이 되는 거지."

한 번도 느껴 본 적 없는 이상한 감각이 위장을 틀어잡는다. 김세연을 바라보는 내 얼굴이 일그러진다.

"재미난 건……."

이게 재미있어? 김세연 너는 이게 재미있어?

"처음에는 약점 잡혀서 마지못해 시키는 일만 하는 것 같던 사람들이 점점 더 이 동호회 활동에 열을 올리더라. 다음 활동이 언제냐고 물어보기도 하고. 다음에는 자기도 더 큰 일 할 수도 있냐고 물어보기도 하고."

그렇게 '칼로 쑤시는 전문가'가 되고 '사람 조지는 전문가'가 되는 거겠지.

"동호회라는 게 그런 거잖아. 자기들끼리 같이 좋아하는, 재미있는 일 하면서 즐기기도 하고, 서로서로 도와주기도 하고. 보니까 이 동호회 회원들이 별의별 사람들이 다 있더라고. 벤처기업 사장에, 대기업 부장에, 대리운전 기사도 있고, 세무사도 있고."

"경찰이랑 의사도……."

"그래. 경찰도."

"학교 선생도……."

"흠, 너도 그 선생이란 사람 이야기를 들었나 보구나. 동호회 사람들이 말하는 선생이란 존재가 진짜 학교 선생은 아닐 거야. 활동을 계획하고 주도하고 운영하는 거 보면 실질적인 동호회의 리더가 아닐까?"

재미로 사람을 죽이고 다니는 집단이 있다는 이야기보다 홍

미로운 이야기를 하고 있는 듯 태연하기만 한 김세연의 말투가 더 신경이 쓰인다.

"어떻게…… 사람들을 그렇게 죽이면서 안 잡힐 수가……."

"너 한 해에 실종자가 몇 명이나 있는지 알아? 그리고 이렇게 사회적으로 다양한 위치에 있는 사람들이 주도면밀하게 계획해서 벌이는 거라면 살인이 일어났는지조차 모르게 처리하는 건 일도 아니야. 설령 걸린다 해도 표면적으로는 면식도 없는 사람들이라 서로서로 알리바이를 조작해 주기도 쉽고."

"이번에는 걸렸잖아? 시체도 발견되었고…… 나 붙잡으려다가……."

손목남과 CCTV 관리자가 '허락을 받지 않은 활동'이라고 말하던 게 떠오른다. 내 질문을 들은 김세연의 눈에 흥미로운 빛이 맴돈다. 뭐가 그리 신나는지 흘러내린 옆머리를 귀 뒤로 넘기고 눈빛을 반짝이며 몸을 똑바로 한다.

"그것도 생각을 해 봤어. 메신저 대화를 보다 보면 원래 이 사람들은 자기들끼리의 접촉은 최소화한 채 선생이란 사람이 계획을 짜고 역할을 배정해 주면 시키는 일만 묵묵히 한단 말이지? "

"역할이라고?"

설명이 내 질문에 의해 끊어지자 짜증이 나는 듯 김세연의 눈썹이 찌푸려진다.

"운송 역, 대상 수배역, 주역, 보조 역, 뒤처리 역……. 자기들끼리는 그렇게 부르더라고. 이름만 들어도 뭘 하는지 딱 떠오르지 않아? 더 재미난 건 그 역할도 고정된 게 아니라 돌아가면서 한다는 거야. 나름 합리적이지? 몇 번 별 볼 일 없는 일 하면서 동호회에 헌신하다 보면 주역이 돼서 즐길 기회도 주고 말이지."

또 '재미'다. 즐기다니, 도대체 무엇을 즐긴단 말인가?

"아무튼 요번에 그 애 죽인 거는 아무래도 동호회 차원에서 조직적으로 벌인 일이 아닌 거 같아. 회원 몇몇이 자기들끼리 무단으로 벌인 일이 아닐까? 이렇게 어설프게 시체까지 드러내는 것도 그렇고 너 잡으려고 여럿이 떼거리로 몰려다니는 것도 그렇고. 여태까지의 동호회 활동이랑은 완전히 양상이 달라."

"나도 그 사람들이 그렇게 말하는 걸 들었어. 선생이 그것 때문에 화를 낼 거라고……. 엄청 무서워하는 것처럼 보였는데."

"흠. 내가 선생이라도 가만히 내버려 두지 않을 거야. 실제로 회원들을 새로 영입하는 주기가 기존에 있던 회원들이 동호회에서 사라지는 것과 연관이 돼 있는 것만 봐도……. 이런 동호회에서 탈퇴가 의미하는 게 뭘까?"

김세연이 선생이란 자에 자신을 이입하는 게, 김세연이 '내가'라고 말하는 순간의 기묘한 눈빛이 무섭다.

"그럼 왜 나를…… 왜 나를 모함했을까?"

"그거야, 네가 딱 적당했으니깐. 소문도 그렇고. 최초의 목격자가 유력 용의자가 되는 건 굉장히 흔한 일이기도 하고. 아마 적당히 소문내서 퍼트린 다음에 너 납치해 없애 버리면 너는 모든 혐의를 뒤집어쓴 채로 신출귀몰하게 도망 다니는 살인자가 될걸?"

"증거도, 동기도 없는데 설마……."

"사람들은 자기들이 맞다고 생각하는 게 옳은 일이길 바라. 그때만 해도……."

김세연의 입이 갑작스럽게 닫히자 내 심장도 멎어 버릴 것만 같다.

"아무튼 내 추측이 거의 맞을 거야. 난 이만 간다. 넌 일단 쉬는 게 좋을 것 같아. 핸드폰 배터리도 거의 없지? 여기서 쉬고 있으면 수업 마치고 오후에 내가 이리로 올게."

아직 가장 중요한 질문이 남아 있다. 입을 열어서 질문해야만 한다. 그 대답이 아무리 두렵더라도 김세연에게 '나를 왜 도와주는 거냐?'고 물어봐야만 한다.

"김세연."

김세연이 몸을 일으켜 밖으로 나가다 말고 고개를 돌려 나를 똑바로 바라본다.

"저기…… 넌 왜 이런…… 이 사람들을 잡기라도 하려는 거야? 그…… 혹시 표창장 같은 거 받으려고? 대학 갈 때 면접에서 도움 되고 그런 것 때문에?"

아니다! 내가 묻고 싶은 건 이런 게 아니다! 김세연이 눈꼬리를 내리며 미소를 짓는다. 시원하게 치켜 올라간 김세연의 입이 벌어지며 경쾌하게 하하 웃는 소리가 텅 빈 방 안에 울려 퍼진다. 너무나도 찬란한 김세연의 모습과 웃음소리에 모든 통증과 의혹이 사라진다. 그 미소를 보며 마주 웃어 주고 싶다는 생각밖에 들지 않는다.

"내가 대학 같은 델 왜 가? 그건 아직 배워야 할 것도 많고, 자기 자신에 대해 증명이 필요한 사람들이나 가는 거지."

"그게 무슨 소리야?"

"난 알아야 할 필요 있는 건 모두 알고 있는걸? 내가 대학을 가든 안 가든 내가 뭘 할 수 있고 어떤 사람이라는 건 전혀 변하지 않잖아?"

나로서는 절대 이해할 수 없는 말이지만 얼핏 김세연의 기분을 알 것도 같다.

"아무튼 일단 쉬어. 난 간다……. 참!"

문을 열고 나가려던 김세연이 몸을 돌려 다시 한번 나를 바라본다.

"저기 냉장고에 먹을 거도 넣어 놨어. 이영 너 저런 거 좋아하지? 그럼 진짜 간다."

현관문이 천천히 닫히며 김세연의 뒷모습이 내 망막에서 사라진다. 속에서부터 뜨거운 것이 북받쳐 올라온다.

컴퓨터들이 놓여 있는 탁자 옆에 있는 조그만 냉장고 문을 열어 보니 햄버거 세트가 몇 개나 들어 있다. 나는 울먹이지 않으려 애쓰며 포장을 뜯고 햄버거와 감자튀김을 입안으로 욱여넣다 그대로 쓰러져 잠들었다.

분명히 엄마, 아빠가 나오는 꿈을 또 꿀 거라고 생각했지만 그 어떤 꿈도 꾸지 않았다. 아니, 어쩌면 김세연의 꿈을 꾸었는데 기억을 못 하는 것일 수도 있다.

* * *

눈을 떠 보니 오후 3시가 훨씬 넘은 시간이다. 블라인드를 치지 않은 오피스텔의 창가로 햇살이 나를 때리듯 내리쬐고 있다.

맨바닥에 이불도 없이 웅크리고 자서 그런 것인지 온몸이 뒤틀리는 기분이다. 몸을 일으키려 하니 바짝 마른 피를 접착제 삼아 눌어붙은 옷가지들이 피부를 할퀴어 온다. 잠든 동안 잊고 있었던 온갖 고통이 나를 반기듯 덮친다.

나를 깨운 건 핸드폰의 진동 소리다. 삼촌으로부터의 전화다. 받지 말까? 분명히 쌍욕만 해댈 건데.

순간 기묘한 위화감이 몸을 옥죈다. 오후 3시면 삼촌이 한참 콜을 뛰고 있어야 할 시간인데? 떨리는 손으로 통화 버튼을 찾아 누른다.

"이영. 이제부터 내 말 잘 들어. 삼촌 지금 혼자 있는 거 아니고 사람들이랑 같이 있어."

익숙한 삼촌의 목소리가 익숙하지 않은 방식으로 말을 건넨다. 나에 대한 분노를 간신히 억누른 채로, 아니 억눌려진 채로 말을 하는 거다.

"이제 누구 바꿔 줄 건데…… 앞으로 무조건 이 사람이 시키는 대로 해……."

누군가 눈앞에 들이댄 대사를 읽듯 부자연스럽기 짝이 없는 말투다.

"이영 군. 우선 자네가 있는 곳 복도로 나와서 CCTV 앞에 서도록. 지금부터 10초가 넘어가면 자네는 삼촌의 비명을 듣게 될걸세."

감정이라고는 전혀 실려 있지 않은 크지도 작지도 않은 목소리가 수화기 너머로 나른하게 말을 건넨다.

"지금 말한 게 진짜 삼촌인지 어떻게 알아? 이런 수법 들어봤어. 괜히 사람 당황하게……."

"10초가 넘었군."

수화기 너머로 들려오는 비명이 내 귀를 날카롭게 찌른다.

"이영! 이 씹새끼야! 내가 말 들으라고 했지! 씨발! 이 개 같은 새끼들…… 내…… 씨……."

분명히 삼촌의 목소리다. 너무나도 익숙한 삼촌의 욕설이다. 누군가 손바닥으로 수화기를 덮기라도 한 듯 삼촌의 목소리가 지워진다.

"다시 10초……."

"씨발! 나간다고!"

옷을 입은 채로 잠이 든 게 이렇게 도움이 될 줄이야. 정신없이 신발을 구겨 신고 복도로 나서 두리번거려 봐도 좀처럼 CCTV가 눈에 띄지 않는다.

"CCTV 안 보여! 복도 나왔는데!"

"흠. 10초가 또다시 넘었군. 자네 모습이 보이니 이번에는 넘어가지."

고마워 죽겠다, 개새끼야.

"지하 1층 주차장으로 내려오도록 하게. A-32 구역에 가면 자네에게 익숙한 물건이 보일걸세. 시간은…… 4분을 주도록 하지."

"잠깐! 잠깐! 내 핸드폰 이제 배터리 없어! 당신이랑 통화 못 하……."

내 말을 증명하기라도 하듯 핸드폰의 전원이 꺼진다. 어떡해야 하지? 지하 주차장의 정해진 장소에 가면 CCTV가 있겠지? 거기서 핸드폰이 꺼진 걸 가리키면 이 염병할 새끼가 알아서 수를 낼 것이다.

엘리베이터의 호출 버튼을 누른다. 몇 초나 흘렀을까? 18층에서 지하까지 내려가는데 2분이면 충분한 시간인가? 엘리베이터는 1층에서 한참을 머물러 있다. 제발 좀!

도대체 왜 나를 이렇게 몰아붙이는 거지? 어차피 삼촌을 인질로 삼고 있으면…….

아니, 이건 내가 도움을 청하는 걸 막기 위해서 그러는 거다. 분명 경찰 내부에도 끈이 있는 놈들이니 경찰에 신고하는 걸 두려워해서 그러는 건 아닐 거다.

새벽에 나눈 CCTV 관리자와의 대화가 떠오른다. CCTV 관리자는 나를 도와주는 사람이 있을 거라고 생각했다. 지금 나를 몰아붙이고 있는 개새끼도 비슷한 결론을 내린 게 아닐까? 분명 내가 조력자, 김세연에게 도움을 청하거나 연락할 시간과 기회를 주지 않으려고 나를 몰아붙이는 거다.

김세연에 대해 생각을 하니 온몸의 털이 쭈뼛 선다. 김세연은 자기…… 은신처가 이놈들한테 들통난 걸 알고 있을까? 어쩌면 벌써 잡힌 게 아닐까?

아니다. 김세연을 잡았다면 이자들이 나를 이렇게 몰아붙일 이유가 없다. 여유롭게 삼촌과 김세연을 인질로 나를 마음대로 부려 먹을 수 있을 거다. 게다가 지금 시간이면 김세연은 아직 학교에 있을 거다.

복도에 울려 퍼지는 엘리베이터 도착 소리에 상념이 깨어진다. 몇 초나 지났을까?

엘리베이터 안에는 20대 중반 정도로 보이는 평범하게 생긴 남자 한 명이 타고 있다. 대학생인가? 남자는 두꺼운 안경알 아래에 눈을 숨기듯 내게 시선도 주지 않고 엘리베이터 조작 패널만을 바라보고 있다.

엘리베이터 안으로 들어가 지하 1층을 누른다. 침묵에 싸인 엘리베이터가 아래로 내려간다. 어쩌면…….

"저기요, 죄송한데 핸드폰 좀 잠깐 빌려 주시면 안 될까요? 제 거는 배터리 다 되어서 친구한테 문자 한 통만……."

남자가 나를 빤히 바라본다. 긴장한 듯, 두려운 듯 눈빛이 떨리고 있다. 입가를 경련하듯 떨더니 천천히 입을 연다.

"너한테…… 이거 주라고 했어."

남자의 말에 심장이 가슴 아래로 떨어져 내린다. 이 사람도 같은 패거리구나.

남자가 내게 최신형 핸드폰을 건넨다. 내 구닥다리 피처폰보다 훨씬 화면도 크고 가벼운 물건이다.

"딴 데 알리거나 도움 청할 생각 하지 말라고도……."

긴장돼 목이 타는 듯 남자가 마른침을 삼킨다. 엘리베이터는 15층을 지나간다.

"네 핸드폰은 나한테 줘."

남자가 내게 손을 내민다. 핸드폰을 잡고 남자에게 건네려다 그 안에 김세연의 연락처가 저장되어 있는 게 떠오른다. 필사적으로 11자리의 숫자를 머릿속에서 되뇐다. 제발…… 잊으면 안 돼…….

남자는 말없이 내 핸드폰을 건네어 받고 1층을 누른다. 김세연의 핸드폰 번호를 되뇌는 와중에도 새벽에 김세연에게 들었던 이야기가 맴돈다.

이 사람은 왜 이렇게 긴장하고 두려워하지? 나를 죽이려고 하던 놈들이랑은 확연히 다른 태도다.

"저…… 형…… 지금 협박받고 이러는 거죠?"

남자는 대답 없이 엘리베이터 문만을 바라본다. 애써 나를 외면하는 태도다. 부모님이 돌아가시고 장례식장에 몰려온 친척들이 울고 있는 나를 바라볼 때 보이던 눈빛이다.

'처음에는 약점을 잡고 작은 부탁'을 시킨다고 했지? 그냥 어린애한테 핸드폰을 건네주고 받아가는 일이다. 아무런 죄책감을 느낄 필요도 없다.

엘리베이터 상단 구석에 있는 CCTV를 등지고 선다. 엘리베이터는 12층을 지나가고 있다.

"도와 달라고도 안 할게요. 그냥, 형 필기도구 있으면…… 종이랑 펜만…… 그냥 그것만 주세요. 나가는 길에 바닥에 떨어트려도 좋고!"

남자는 꼼짝도 하지 않는다. 엘리베이터는 8층을 지나가고 있다.

"저 앞으로 어떻게 될지 알고 있을 거잖아요? 그 사람…… 선생도 형한테 뭐 하지 말라고는 안 했잖아요? 그냥 아무 종이랑 펜만 좀."

감히 나를 바라볼 생각도 못하는 남자의 눈동자가 흔들린다. 아직은 쌀쌀한 날씨인데도 남자의 이마에서 굵은 땀이 흘러내린다. 남자가 몸을 조금 구부리더니 안주머니를 뒤적거린다.

엘리베이터는 6층을 지나간다. 남자의 발치로 메모지와 펜이 떨어진다. 머릿속에서 김세연의 번호를 거듭 되뇌며 몸을 숙인다. 구겨 신은 신발을 똑바로 신으며 남자가 흘린 물건을 집어 들어 바지 주머니에 쑤셔 넣는다.

그리고 또 뭐라고 했더라? 그래, 메신저를 통해서 지시를 받는다고!

어떻게든 김세연에게 알려야만 한다. 분명히 새벽에 김세연은 놈들의 메신저를 이용해서 선생이란 자를 가장했다.

"형, 한 가지만 더 부탁할 거 있어요."

남자의 얼굴이 굳는다.

"……난 더는……."

"형 쓰는 메신저 있죠? 거기에 '햄버거 잘 먹었어.'라고 문자 한 줄만 남겨 주시면 돼요. 어려운 것도 아니잖아요? 다들 의미도 모를 테고. 이상하게 생각하면 다른 메신저로 친구한테 남기는 문자 실수로 보냈다고 둘러대도 되잖아요?"

엘리베이터는 2층을 지나간다.

"여기까지야, 나도……."

"내 부탁 안 들어주면 선생이란 사람한테 말할 거에요. 형이나 도와줘서 경찰에 신고하려 했다고. 펜이랑 종이도 형이 직접 줬다고."

충격에 빠진 듯 남자의 얼굴이 굳는다. 엘리베이터 문이 열린다.

"딱 문자 한 줄이에요."

남자가 대꾸 없이 엘리베이터를 나선다.

내 협박이 통했을까? 남자가 내 말대로 해 준다면 김세연은 분명히 눈치를 챌 것이다. 내가 동호회 메신저에 접근했다는 것 자체가 김세연에게는 경고가 될 것이다.

엘리베이터의 문이 다시 닫힌다. 등 뒤에서 나를 노려보고 있는 CCTV가 의식되어 죽을 것만 같다.

다시 한번 엘리베이터 문이 열린다.

지하 주차장에 들어서니 C 구역이다. 4분이 지났을까? 저 멀리 보이는 A 구역을 향해 달려가려 하는데 다리에 힘이 풀려 속도를 낼 수가 없다. 괜히 서러움이 북받쳐 올라 눈물이 날 것만 같다. 절벽 끝에서 간신히 붙들고 있는 생명줄이라도 되는 양 머릿속으로 김세연의 번호를 계속 되뇌인다. 절뚝거리며 내가 낼 수 있는 최대한의 속도로 A 구역으로 걸어간다. 한 걸음 내디딜 때마다 찢어진 발바닥과 이가 빠진 입안이 쑤셔 온다. 너덜거리는 오른손 중지에서는 아무런 감각이 느껴지지 않는다.

A 구역에 들어서니 32번을 찾을 필요도 없었다. 널찍한 주차 공간 한쪽에 삼촌의 커다란 오토바이가 세워져 있다. 오토바이 옆 기둥 위에는 기다란 CCTV가 보란 듯이 설치되어 있다. CCTV 앞에 서서 핸드폰을 들어 올리니 기다렸다는 듯 손을 타고 진동이 올라온다. 최신형 핸드폰을 써 본 적이 없어 통화 버튼을 어떻게 눌러야 하는지도 몰라 한참이 걸린다.

"3분 47초. 아슬아슬했군."

개새끼의 수작에 대꾸하지 않으려 했는데도 무의식중에 안도의 한숨이 새어 나온다.

"내 선물은 마음에 드나? 주소를 알려 주지. 그곳으로 4시 40분까지 가서 건물 입구에서 전화를 걸도록 하게. 지금이 4시 정각이니 서둘러야 할걸세."

"잠깐! 나 지금 여기 어딘지도 모르고 돈도 한 푼도 없……."

"기름이 가득 찬 이영 군 삼촌의 애마에 키가 꽂혀 있다네. 자네가 지난 4건의 오토바이 절도 과정에서 무언가를 배웠길 바라야겠군. 안 그러면 자네를 소년원에 보내지 않기 위해 애쓴 삼촌이 괴로워지지 않겠나?"

개새끼……. 치밀어 오르는 분노와 상반되게 눈가가 벌겋게 달아오른다.

"길…… 가는 길도 모른다고! 어떻게 가라고!"

"내 선물에 내비게이션이 설치되어 있다네. 즐겨찾기에 3번째로 등록된 주소이니 부디 서두르도록."

통화가 끊기자마자 삼촌의 오토바이에 올라탄다. 오토바이 핸들 바에 너저분하게 달린 수많은 핸드폰 거치대에 씨발 새끼의 선물을 꽂아 넣는다. 아직 김세연의 번호는 머릿속에 뚜렷이 남아 있다. 키를 돌리고 시동을 켜자 오토바이의 커다란 엔진이 좌우로 진동하며 열기를 뿜어내 지하 주차장의 공기를 뒤흔든다.

온몸의 상처들이 진동에 맞추어 비명을 지른다. 너덜거리던 오른손 중지에도 조금씩 고통이 느껴진다. 기어를 넣고 오른손의 약지와 새끼손가락만으로 스로틀을 돌려 오토바이를 출발시킨다.

우선 해야 할 일이 있다. 주차장 주변을 아무리 두리번거려 보아도 좀처럼 CCTV의 사각이 눈에 띄지 않는다.

"씨발, 진짜."

욕설을 내뱉으며 지상으로 나아가는 램프로 진입한다. 구불구불한 램프의 중간에 오토바이를 멈추어 세운다. 쓸데없이 크고 무거운 삼촌의 오토바이는 아무리 다리에 힘을 주고 버티어 봐도 경사로에서 자꾸 뒤로 밀린다.

"병신같은 새끼가……. 누가 콜 뛰는 걸 이따위 걸로 사."

화끈거리는 눈시울을 진정시키려 거칠게 욕설을 내뱉어 보지만 기어코 눈물이 흘러내린다. 바지 주머니에서 종이를 꺼내 엄지와 검지로만 펜을 쥐고 김세연의 전화번호를 적는다. 분명히 떠오르지 않을 것만 같았는데 내 손은 너무나 자연스럽게 11개의 숫자를 종이 위에 쏟아낸다. 김세연의 연락처를 잘 접어 주머니에 집어넣는다.

어렵사리 경사로에서 오토바이를 출발시켜 1층으로 나온다. 탁 트인 넓은 도로와 무관심하게 나를 지나쳐 가는 수많은 사람과 차들이 눈 앞에 펼쳐진다. 오후의 햇살은 나를 태워 버릴 듯 따갑다.

도대체 여기가 어디야? 염병할 놈의 선물을 켜 내비게이션을 구동시킨다. 강남구 세곡동……. 도대체 집에서 얼마나 멀리 온 거야?

몇 번이나 버벅거리며 내비게이션의 즐겨찾기 항목을 띄워 3번째 주소를 고른다. 집 근처의 주소지다. 의미를 알 수 없는 버튼들 위에서 머뭇거리다 '경로 안내'를 선택한다. 내비게이션에 보이는 도로들이 전부 시뻘건 색으로 나온다. 지금 시간은 4시 5분, 도착 예정 시간은 5시 2분이다. 개새끼가 말한 시간보다 20분이나 늦을 거란 이야기다.

주차장 진입로 옆 인도에서 교복을 입은 아이들의 웃음소리가 들린다. 환자복을 입고 휠체어에 탄 노인과 여유롭게 이야기를 나누는 젊은 여자의 모습이 보인다. 불구덩이에 가족을 잃을 일도, 등굣길에 시체를 발견하고 살인 동호회에 쫓길 일도, 세상에 오직 하나뿐인 혈연을 인질로 잡혀 영문도 모르는 채로 휘둘릴 일도 없는 사람들의 웃음과 여유다.

나와 같은 공간에서 나와 다른 세상을 사는 사람들이다.

오직 삼촌과 나만이 햇살 아래에서 웃음도 여유도 없이 목숨을 위협받는 세상을 살고 있다.

잠깐 머뭇거리는 사이에 도착 예정 시간은 5시 3분으로 늘어나 있다. 스로틀을 당겨서 큰 도로로 진입해 속도를 높인다. 내비게이션을 따라 채 2분도 달리지 않았는데 신호에 걸린다.

스로틀을 움켜쥔 오른손을 타고 올라오는 진동에 중지가 끊어질 듯 아프다. 시커멓게 죽은 손가락 피부가 이제는 퉁퉁 부은 상태다.

신호는 좀처럼 바뀔 생각을 하지 않는다. 왜 이리 신호가 길어? 조바심에 심장이 터져 버릴 것만 같다. 그 사이 도착 예정 시간은 5시 4분으로 늘어나 있다. 조금이라도 빨리 출발하려고 정차된 차들 사이를 비집고 앞으로 나가보려 하지만 촘촘하게 울타리를 치듯 늘어져 있는 사이드미러의 벽을 뚫고 가기가 힘들다.

도착 예정 시간이 5시 5분까지 늘어나니 신호가 파란색으로 바뀐다. 앞에 서 있던 차들은 애타는 내 심정은 아랑곳하지 않고 느릿느릿 출발한다. 다급하게 클랙슨을 울려 보지만, 어깨를 나란히 하고 기어가는 앞선 차들은 비켜 줄 기미가 보이지 않는다.

저 멀리 교차로의 신호가 노란색으로 바뀌는 게 보인다. 밀어붙이듯 차선을 바꿔 시내버스와 택시 사이에 조그맣게 난

틈으로 비집고 들어간다. 버스에서 뱃고동 같은 커다란 경적이 위협하듯 터져 나온다.

기어를 낮추고 스로틀을 끝까지 당기니 오토바이의 앞바퀴가 떠오르며 쏜살같이 튀어나간다. 택시의 사이드미러에 어깨가 닿아 쓸려나간다. 무시하며 상체에 힘을 줘 오토바이의 앞을 눌러 가라앉힌다.

삼촌이 1년 치 벌이를 10년 할부로 들이부은 보람이 있는 오토바이다. 차 사이를 억지로 비집고 뚫고 나오니 순식간에 교차로 하나가 지나간다. 앞을 가로막는 차들의 행렬은 한참 멀리 떨어져 보인다.

저 멀리 보이는 교차로의 신호들이 차례로 노란색으로 바뀐다. 내비게이션의 경로는 교차로 3개를 더 지나서 우회전하라고 가리키고 있다. 순식간에 또 하나의 교차로를 지나서 다음 교차로로 접어드니 신호가 빨간색으로 바뀐다. 좌우를 살피지도 않고 속도를 높여 신호를 그대로 뚫고 나간다. 우측에서 몇 대의 차들이 급정거하며 동시에 눌러 대는 클랙슨 소리에 귀가 먹먹하다.

속도계는 시속 110킬로를 가리키고 있다. 무방비하게 노출된 눈을 바람이 사정없이 할퀴어 댄다.

뻑뻑해진 눈동자에 다음 교차로의 풍경이 들어온다. 몇 대나 되는 차들이 또다시 울타리를 치고 있다.

중앙선 너머를 보니 맞은편 차선은 차량 행렬이 뜸하다. 3개의 차선을 동시에 건너서 중앙선을 넘어간다. 속도계는 시속

140킬로를 가리키고 있다. 상향등을 날리며 마주 달려오는 차들을 스쳐 지나가며 주행 차선의 정체된 차량 행렬들을 앞서 나간다. 내비게이션의 화면은 잘못된 경로라는 경보와 함께 갈피를 못 잡고 갈팡질팡한다.

다시 주행 차선으로 돌아가자마자 또다시 교차로가 나타난다. 아까 내비게이션 안내대로라면 우회전을 해야 하는데, 문제는…… 속도가 너무 빠르다는 거다.

오른발로 브레이크 패들을 밟으며 오른손으로는 힘주어 브레이크 레버를 잡는다. 퉁퉁 부어오른 중지에서 이 정도의 고통이 존재할 거라고 상상도 해 본 적 없는 통증이 타고 올라온다. CCTV 관리자가 바이스 플라이어로 손가락을 뒤틀었을 때와는 비교도 되지 않는 커다란 고통이다. 의식하지도 못한 사이에 흘러내린 눈물이 주행풍에 바로 말라 버린다.

오토바이를 최대한 우측으로 눕히며 몇 개의 차선을 가로질러 우회전을 한다. 주행 차선에서 뒤따라 오던 차들이 아슬아슬하게 나를 비껴 가며 클랙슨을 날린다.

내비게이션은 아직도 갈피를 못 잡고 우왕좌왕하는 중이다. 이제부터 길 모르는데! 제발 빨리 좀!

교차로 앞 표지판에 '영동대교'라고 쓰여 있는 게 보인다. 어찌 되었건 집 근처였으니 한강은 무조건 건너가야겠지?

다시 기어를 낮추고 엔진 회전수를 확 올린다. 다행히 차량의 행렬 사이에 치고 나갈 공간이 보인다. 몇 대의 외제차, 몇 대의 택시, 몇 대의 버스 사이를 스쳐 지나간다. 속도는 다시 시속 130킬로까지 올라간다.

몇 개의 교차로를 신호를 무시하고 달려 지나가니 왼쪽에 커다란 빌딩과 함께 지금까지와는 비교도 되지 않게 꽉 막힌 도로가 펼쳐진다. 중앙선 너머 반대 차선도 빈틈없이 차량으로 가득하다. 교차로의 중앙에는 교통을 통제하는 경찰이 보인다. 그러고 보니 헬멧을 쓰고 있지 않다.

중학교 3학년 때 처음 오토바이를 훔쳐서 타고 다니다가 경찰에 잡혔던 것도 헬멧 때문이었다. 길만 뚫려 있어도 그냥 무시하고 내달리면 쫓아오지 못할 텐데……. 이렇게 정체가 심할 때는 완전히 다른 이야기다.

내비게이션의 도착 예정 시간은 4시 55분으로 줄어들어 있다. 아까보다는 많이 줄었지만, 여전히 개새끼가 말한 시간보다 15분이나 늦다. 지금과 같은 정체라면 또다시 도착 시각은 늘어지기 시작할 거다.

속도를 낮추며 인도 쪽으로 오토바이를 몰아간다. 골목 진입로 쪽으로 몇 개의 차선을 가로질러 인도에 올라선다. 왼손으로 계속 클랙슨을 울리며 인도를 내달린다. 비명과 불만 섞인 목소리와 고성과 욕설이 나를 채찍질하듯 날아온다. 울퉁불퉁한 보도블록을 내달리는 오토바이는 위아래로 흔들린다. 온몸이 부서질 듯 아프다.

때마침 교차로의 건널목이 파란색으로 바뀐다. 시속 40킬로를 유지하며 사람들 사이를 비집고 나아간다. 교차로에서 교통정리를 하던 경찰의 시선이 내게로 향하는 게 느껴진다. 무시하고 차들로 꽉 막힌 도로 옆 인도를 계속 달려간다.

이제야 방향을 찾은 내비게이션이 내 생각대로 영동대교를 건너가는 방향으로 직진을 지시한다. 다행히 앞쪽 인도의 보행자 수는 아까보다 한참 적다.

이 정도라면 속도를 더 높여도 되겠지? 스로틀을 당겨 속도를 시속 50킬로까지 높인다.

내 왼쪽으로 멈추어 서 있는 차량의 행렬이 빠른 속도로 멀어져 간다. 저 멀리 언덕 끝에 교차로가 보인다. 다음 교차로까지는 인도로 계속 달려나가야 할 것 같다.

내비게이션의 도착 예정 시간은 4시 53분으로 줄어 있다. 어쩌면 정체를 고려하고 예상한 도착 예정 시간이었을 거다. 이대로라면…… 4시 40분까지 도착하는 게 충분히 가능해!

내 생각을 비웃듯 갑작스럽게 인도 사이의 골목에서 커다란 트럭이 벽처럼 튀어나온다. 놀랄 사이도 없이 몸이 반응한다. 힘을 주어 앞, 뒤 브레이크를 동시에 잡는다. 브레이크 레버를 꽉 쥔 오른손 중지를 타고 올라오는 통증에 정신이 아득히 날아갈 것만 같다.

거대한 오토바이의 바퀴가 보도블록을 움켜잡으며 드득 소리를 낸다. 균형을 잃은 오토바이가 좌우로 넘어질 듯 휘청거린다. 속도가 완전히 줄어 멈춰 서기 전에 왼발로 땅을 내디뎌 균형을 잡는다. 몇백 킬로는 훌쩍 넘을 것 같은 오토바이의 무게가 내 몸으로 쏟아져 내리듯 얹힌다. 씨발! 진짜 왜 이리 무거운 걸…….

억지로 힘을 주어 버티니 온몸의 근육이 뒤틀리는 듯 비명을 지른다. 그냥…… 그냥 이대로 오토바이에 깔려 죽으면 차라리 편하겠다.

트럭 운전사가 창문을 열고 나를 내려다보며 쌍욕을 퍼붓는다. 남아 있는 힘을 억지로 짜내 오토바이를 바로 세우고 나아갈 길을 찾아본다. 인도는 거대한 트럭에 가로막혀 있다. 왼편의 도로는 차들로 꽉 막혀 있지만, 인도와의 사이에 비집고 갈 작은 틈은 있어 보인다.

여전히 나를 보며 다채로운 욕설을 내뱉는 트럭 기사를 무시하고 도로와 인도 사이의 틈으로 비집고 들어간다. 차와 인도턱 사이의 공간으로 바퀴를 집어넣고 스로틀을 감아 천천히 나아간다. 좀처럼 속도가 나지 않아서인지 쓸데없이 거대하고 무거운 삼촌의 오토바이는 금방이라도 쓰러질 것처럼 휘청거린다.

시속 10킬로로 차량 두 대를 지나쳐 가니 인도 쪽으로 바짝 붙어선 경차의 사이드미러가 앞을 가로막는다. 내비게이션의 도착 예정 시간은 여전히 4시 53분이다. 몇 번이나 클랙슨을 울려 보지만, 경차 운전석에서는 아무런 반응이 없다. 딱히 비켜 줄 만한 공간도 보이지 않는다. 씨발, 진짜 왜 이렇게 차를 길가로 바짝 붙이는 건데…….

긴장해서 흘린 땀이 마르자 이제는 오한이 올라온다. 떨리는 몸을 진정하고 팔을 빼서 경차의 사이드미러를 꺾어 버리니 간신히 지나갈 공간이 나온다. 경차 운전자가 어이없는 표정으로 조수석의 창문을 내린다. 무시하고 지나친다.

몇 개의 사이드미러를 꺾으며 몇 대의 차들을 지나가니 교차로의 끝에 도달한다. 신호는 빨간불이다. 여기서 지체하고 있을 시간은 없다. 좌우 도로의 교통량을 살피다 스로틀을 확 감아 치고 나간다. 또다시 사방에서 경적 세례가 쏟아진다.

완만한 언덕에 들어서니 도로에도 약간의 여유가 생긴다. 저 앞에 한강 다리가 보인다. 마주치는 모든 신호를 무시하고 차들 사이로 질주한다. 내비게이션의 도착 예정 시간은 4시 50분으로 줄어들어 있다.

한강 다리에 올라서니 강바람과 주행풍에 셔츠가 미친 듯이 펄럭이며 온몸을 때린다. 다리를 지나가니 바람은 한결 줄어든다. 도착 예정 시간은 4시 49분으로 줄어든다.

높은 경사의 고가 도로가 보인다. 내비게이션은 한동안 직진을 가리킨다. 할 수 있다. 이대로라면, 지금처럼만 달려가면 그 개새끼가 말한 시간에 충분히 도착할 수 있다.

조금은 마음이 놓인다. 긴장이 풀리자 잊고 있던 온갖 고통의 향연이 다시 펼쳐진다. 날카로운 칼끝으로 뼈마디 끝을 찔러대는 듯한 오른손 중지의 통증에, 두들겨 맞은 듯 덜덜 떨려오는 온몸의 통증에, 이가 뽑혀 나가고 찢어진 입안까지 욱신거려 온다. 몇 분째 무방비하게 바람에 노출된 눈알은 굵은 소금으로 문질러 댄듯 뻐근하다. 눈가는 바싹 말라서 더 이상 눈물도 흘러나오지 않는다. 핸들 바를 잡은 양손은 얼어붙은 듯 얼얼하다.

그 모든 고통을 무시하고 속도를 더 높인다. 속도계는 시속 140킬로를 가리킨다. 고가의 정점을 넘어서 내리막이 펼쳐지자 텅 비어 있던 것처럼 보이던 도로에 서 있는 차들이 튀어나오듯 눈에 들어온다. 급히 브레이크를 밟으려 하는데 중지가 제대로 움직이지 않는다. 앞에 세워진 차의 번호판이 빠르게 눈앞으로 다가온다.

씨발! 제발 멈춰라!

영화에서 흔히 보듯이 모든 일이 천천히 눈에 담긴다. 브레이크 레버를 잡지 못해 앞바퀴보다 먼저 잠긴 뒷바퀴가 오른쪽으로 미끄러지기 시작한다. 곧 닥쳐올 충격에 대비하듯 몸이 움츠러든다. 거짓말처럼 오른손의 힘이 돌아와 브레이크 레버를 꽉 쥔다.

도로를 움켜잡는 오토바이의 타이어에서 비명이 들려온다. 덮치는 듯한 속도로 가까워지던 자동차의 번호판이 조금은 천천히 다가온다. 어쩌면 아까 트럭 때처럼 직전에 멈춰 설 수 있을 것만 같다.

내 생각을 비웃기라도 하듯 오토바이가 옆으로 쓰러진다. 왼쪽 어깨가 땅과 부딪힌다. 셔츠가 도로에 갈리며 찢어지는 소리가 난다. 소리에 이어서 어깨부터 팔 끝까지 불로 지지는 듯한 고통이 길게 뒤따라온다.

나보다 빨리 미끄러져 가던 오토바이가 멈추어 선 자동차 범퍼에 가로막혀 멈춘다. 뒤따라 미끄러지던 내 몸도 오토바이에 부딪힌다. 왼쪽 어깨가 도로에 갈리며 속도가 줄어서인지 생각보다 큰 충격은 오지 않는다. 그나저나 이거 김세연이 사 준 옷인데, 하루도 안 되어서 다 찢어 먹었잖아.

개새끼가 '선물'해 준 핸드폰은 쓰러진 오토바이에 잘 매달려 있다. 내비게이션 화면이 눈에 들어온다. 도착 예정 시간은 4시 45분이다. 지금 시간은 4시 25분이다. 앞으로 20분. 지금처럼만 하면 충분히 가능할 거야…….

세상이 나를 중심으로 빙글빙글 돈다. 몸을 일으켜 보려 해도 어디가 위인지도 모르겠다. 기운이 빠져 도로에 길게 몸을 누인다.

눈 앞에 펼쳐진 하늘이 무섭도록 파랗다. 햇살이 너무 따사롭다. 이대로 여기에 조금만 더 누워 있을 수 있으면…….

"괜찮아요? 바로 구급차 불렀는데."

물기 섞인 목소리가 귓가를 파고든다. 왼팔로 땅을 짚고 상체를 일으킨다. 불구덩이에 팔을 통째로 집어넣은 듯 화끈거리지만 뼈가 부러지지는 않은 것 같다. 상체를 바로 하니 귀가 먹먹해진다.

누군가의 몸이 내게 그림자를 드리우며 해를 가리고 있다. 앞차의 운전자인 것처럼 보이는 중년 부인이 나를 내려다보고 있다. 다친 것도 나고, 아픈 것도 난데 왜 저 사람은 저렇게 고통스러운 표정이지? 중년 부인의 입에서 튀어나온 단어들이 머릿속에 머물지 못하고 귀를 스쳐 지나간다.

고개를 돌려 내비게이션 화면을 보니 도착 예정 시간은 4시 48분으로 늘어나 있다. 다시 3분이나 늘었어, 어떻게 줄인 시간인데…….

땅을 짚고 벌떡 일어서니 중년 부인의 입에서 작은 비명이 터져 나온다.

"저기, 아직 학생인 거 같은데…… 가만히 있어요. 구급차 올 거예요."

"가야 해요……. 아줌마…… 나……."

제대로 된 문장을 완성하기가 힘들다. 휘청거리며 오토바이로 걸어가 핸들을 잡고 일으켜 세우려 해 보지만, 심장이 멈춘 육중한 쇳덩어리는 꼼작하지를 않는다.

"씨발…… 이거…… 일으켜서……."

바싹 마른 눈에서 왈칵 눈물이 흘러나온다.

"이거…… 일으켜서 가야 하는데……."

어리둥절한 표정으로 나를 바라보던 중년 부인이 내게로 걸어온다.

"아줌마…… 이것 좀…… 어서 세워서 가야 해요……."

온몸이 덜덜 떨려서 꼴사납게 목소리가 갈라진다. 입에서 터져 나오려는 흐느낌을 이를 악물고 억누른다.

"제발…… 이거 좀 같이……."

왜인지 중년 부인의 눈에도 눈물이 맺힌다. 다행히 별말 없이 옆으로 와서 내게 힘을 보탠다. 둘이 힘을 주어 일으켜 세우니 꿈쩍도 하지 않던 오토바이가 거짓말처럼 가볍게 느껴진다. 똑바로 일어선 오토바이의 안장에 올라타고 시동을 걸어본다. 제발 엔진이 죽은 게 아니었으면.

진저리를 치듯 오토바이가 좌우로 흔들리며 요란한 굉음과 함께 되살아난다. 배기구를 통과한 후덥지근하고 육중한 공기가 나를 위로하듯 어루만진다.

어느새 중년 부인의 차 앞 도로는 텅 비어 있다. 말없이 중년 부인의 차와 고가의 난간 사이로 나아간다. 사이드미러에서 물끄러미 나를 바라보는 중년 부인의 모습이 멀어져 간다.

더 이상 그 어떤 통증도 감정도 느껴지지 않는다. 틈틈이 내비게이션을 확인하며 지금껏 해 왔던 일을 기계적으로 반복한다. 또다시 몇 대의 차들 사이를 헤집고 나아간다. 또다시 몇 개의 교차로를 신호를 무시하고 지나간다. 마주 오며 상향등을 날리는 차들도, 클랙슨 소리도 별다른 위협으로 느껴지지 않는다.

갑자기 터널이 눈앞에 나타난다. 환한 햇살 아래에서 빛이 없는 터널 안으로 들어가니 기온이 순식간에 확 떨어진다. 더불어 들이닥친 추위가 몸을 덜덜 떨리게 만든다.

오토바이의 배기음이 음악처럼 은은하게 터널 안에 울려 퍼진다. 터널 끝에 다다르자 어둠에 익숙해진 눈이 빛을 받아들이지 못하고 절로 찡그려진다.

몇 번 짧게 눈을 깜박이자 곧 익숙한 동네의 풍경이 펼쳐진다. 내비게이션의 시계는 4시 36분을 가리키고 있다. 도착 예정 시간은 4시 38분이다.

다시 느껴 볼 거라 생각도 못했던 현실감이 갑작스럽게 밀려온다. 도착했어! 그것도 2분이나 앞당겨서! 모든 통증이 일제히 되살아나 나를 괴롭힌다. 그럼에도 억제할 새 없이 신음이 뒤섞인 기묘한 웃음이 킬킬 터져 나온다.

그런데…… 도착하면 뭐? 그 개새끼가 칭찬이라도 해 줄까? 결국에는 이렇게 휘둘리기만 하다가 나도 삼촌도 골목길에서 발견된 여자아이처럼 시체가 될 텐데.

엘리베이터의 남자가 내가 부탁한 걸 들어줬을까? 김세연은 무사할까? 김세연이 지금 내가 처한 상황을 안다면, 어떻게든 수를 내서 도망가겠지?

절망감을 애써 억누르며 10층 정도 되는 높이의 빌딩 앞 인도에 오토바이를 세운다. 분명 여기가 개새끼가 말한 빌딩이 분명하다.

맞은편 빌딩의 커다란 전광판에서 오후 뉴스 보도가 나온다. 뉴스 진행자의 가슴팍으로 **시판 햄버거에서 발견된 위험 물질**이라는 문구가 흘러 지나간다. 기묘한 우연이다. 또다시 헛웃음이 터져 나온다.

개새끼의 선물을 오토바이의 거치대에서 뽑아 든다. 문뜩 개새끼의 연락처를 모른다는 게 떠오른다. 머리끝에서부터 차가운 물을 뒤집어쓴 듯 체온이 확 떨어진다. 핸드폰의 연락처 항목을 띄워 보니 '1'이라고 표기된 단 하나의 연락처만 있다. 고민하지 않고 전화를 건다.

"39분. 딴짓하지 않고 성실히 잘 달려간 모양이군. 이영 군 삼촌도 자랑스러워 할 만한 일이야."

전화를 받자마자 감정 없이 내뱉는 개새끼의 말투에 차갑게 식었던 몸이 확 달아오른다.

"이제 뭐 해야……."

"앞에 보이는 건물 8층으로 올라가게. 반가운 얼굴이 자네를 맞이해 줄 걸세. 그 사람의 지시를 따르도록. 여기서부터라면 자네의 모든 동선을 지켜볼 수 있으니 쓸데없는 행동은 하지 말고."

개새끼가 내 대답을 기다리지 않고 전화를 끊는다.

분명 '여기서부터'라고 했지. 지금까지 나를 경주에 나선 개처럼 내몰았던 건 분명히 내가 자기 감시 범위 밖에서 예상 밖의 행동을 하는 걸 막기 위해서였던 모양이다. 무어라도 했었어야 했다는 후회가 밀려온다.

패배감에 이를 깨물며 건물의 입구로 들어간다. 온통 해지고 찢어진 왼팔에서 피가 흘러내려 건물 바닥에 점점이 떨어진다. 엘리베이터 옆 복도 테이블에 앉아 있던 경비가 나를 바라본다.

"어이! 당신 뭐야!"

경비의 고함은 무시하고 엘리베이터 쪽으로 걸어간다.

경비가 몸을 일으켜 내 앞으로 걸어온다. 씨발, 존나 잘난 척하더니 이런 경우는 이야기 안 했잖아.

테이블에 놓인 인터폰이 요란하게 울리자 경비의 발걸음이 멈춘다. 나와 인터폰을 저울질하듯 번갈아 보더니 짜증 섞인 표정으로 인터폰을 집어 든다.

"네? 아, 네, 알겠습니다."

개새끼도 김세연처럼 마법을 부릴 줄 아나 보다. 내 동선을 다 지켜보고 있다는 게 거짓말은 아닌 모양인데? 경비는 여전히 불만 섞인 표정으로 나를 바라보지만, 딱히 내 앞을 막아설 것 같지는 않다.

엘리베이터 쪽으로 발걸음을 옮기다가 문뜩 생각이 떠오른다. 쓸데없는 행동은 하지 말라고 했지?

"저, 아저씨, 혹시 붕대나 소독약 같은 거 갖고 있으면 좀 주시겠어요?"

피가 배어 벌겋게 물든 왼팔을 들이밀면서 말한다. 적어도 이건 쓸데없는 행동은 아니잖아?

할 말을 잃은 듯 경비의 눈동자가 내 상처 위에서 방황한다. 적어도 인터폰을 바라보지는 않는다. 이 사람도 '동호회'의 일원일까?

경비의 고민은 그리 길게 가지 않는다. 테이블 아래의 서랍을 열더니 하얀 플라스틱 상자를 꺼낸다. 압박 붕대와 소독약 따위를 뒤적이다 플라스틱 상자째로 내게 내민다.

"감사합니다."

그래, 이 사람은 아닌 것 같다.

플라스틱 상자를 손에 들고 엘리베이터 앞에 서니 마침 1층에 멈추어 있는 엘리베이터가 있다. 버튼을 눌러 문을 열고 안으로 들어서자 아니나 다를까 귀퉁이에 반원 형태의 감시 카메라가 보인다.

8층을 누르고 보란 듯이 감시 카메라에 플라스틱 상자를 들어 보인다. 너덜거리는 셔츠를 걷어 올리고 소독약을 왼팔에 붓는다.

고통은 도무지 익숙해지지 않는다. 더 이상 새로운 통증이 있을 거라고는 상상도 못했는데…….

끙끙거리는 신음을 집어삼키며 꼼꼼히 피를 닦아낸다. 피부가 깊게 패고 찢어져 끈적끈적한 속살까지 훤히 드러나 보인다. 압박붕대로 할 수 있는 한 꼼꼼하게 팔을 감싸고 나니 엘리베이터의 문이 활짝 열린다.

눈앞에는 투명한 유리문 너머로 사무실이 훤히 보이는 회사의 풍경이 펼쳐진다. 유리문 옆 명패에 '시큐랩'이라고 적힌 회사명이 보인다. 그 아래에는 'Digital Forensic Center'라는 영어가 적혀 있다.

엘리베이터를 나와 좌우를 두리번거리니 익숙한 감시 카메라가 복도 천장에 촘촘히 박혀 있다.

남아 있는 소독약을 부어오른 오른손 중지에도 들이붓는다. 통증도 어떤 감각도 느껴지지 않는다. 조건 반사적으로 입안도 욱신거린다. 이걸 입안에 들이부어도 될까?

고민하는 찰나에 유리문이 열리더니 놀란 표정을 한 남자가 나를 맞이한다.

"사장님 손님이시죠? 이쪽으로……."

남자는 의아한 표정을 감출 생각도 하지 않고 나를 이끈다. 말없이 남자의 뒤를 따른다. 사무실에 앉은 사람들이 나를 힐끗거리는 게 느껴진다. 이 사람들도 다? 아니, 그건 아닐 것 같다. 내 상처를 보며 표정을 일그러트리는 걸 볼 때 피와 고통에 익숙한 사람들은 분명히 아니다.

남자는 사장실이라고 명패가 적힌 문 앞에 나를 내버려 두고 떠나간다. 몇 번이나 뒤를 돌아 나를 흘긋거리는 시선이 느껴진다.

사장실의 문을 열고 들어서자 널찍한 사무실이 눈앞에 펼쳐진다. 정면에 보이는 사무실의 한쪽 벽은 전면 유리로 되어 있어 길거리와 맞은편 건물의 전광판이 훤히 보인다. 전면 유리 앞의 거대한 책상에 누군가가 나와 등을 돌린 채 앉아 있다. 바닥에는 두툼한 카펫이 깔려 있다.

문을 닫으니 외부의 소음이 빨려들 듯 사라진다. 기묘한 정적 속에서 책상에 앉아 있던 사람이 의자를 빙글 돌려 나를 마주 본다.

CCTV 관리자가 입가에 처연한 미소를 지으며 몸을 일으킨다. 반가운 얼굴이라고? 씨발…… 전혀 안 반갑다. CCTV 관리자가 악수라도 청할 기세로 내 쪽으로 다가온다.

"또 보네? 여기까지 오는 동안 난리도 아니었다며?"

누가 보면 내 친구인 줄 알겠네.

그런데 조금 이상하다. CCTV 관리자의 목소리에서 기묘한 공포가 느껴진다.

그는 몇 발자국 다가오다 내 경계하는 표정을 보고 멈춰 서서 책상 앞에 걸터앉는다. CCTV 관리자의 엉덩이 옆에 놓인 액자가 눈에 들어온다. 한 일고여덟 살? 잘해야 초등학교 저학년 정도로 되어 보이는 여자애와 부인으로 보이는 젊은 여자가 함께 찍힌 사진이다. 사진 속의 CCTV 관리자와 여자는 엄마 아빠가 불길 속으로 사라진 뒤로 내가 한 번도 보지 못한 환한 미소를 아이에게 지어 보인다. 관리자가 내 시선을 의식한 듯 액자를 책상 위에 덮어 놓는다.

"인상 좀 펴. 카메라에 다 찍히고 있는데…… 좀 있으면 전국적인 스타 될 건데 멋있게 보여야지."

저건 허세다. 여유 있는 척하지만 CCTV 관리자의 목소리와 표정에는 두려움과 긴장이 뚜렷이 묻어 나온다. 왜일까?

"내가 이제 뭐 하면 돼? 또 어디로……."

"이제 어디 갈 필요 없어. 여기가 끝이야. 아니, 나한테는 끝이겠지만 너한테는 아니겠구나."

CCTV 관리자가 몸을 돌려 책상 서랍을 연다. 그는 내 손바닥만 한 길이의 날을 가진 단검을 꺼내 들더니 홀린 듯 한참 바라본다.

씨발, 이 고생을 하고 결국에는. 공포로 몸이 덜덜 떨린다. 결국 여기에서 죽일 거였으면 도대체 이 고생은 왜 시킨 거야.

CCTV 관리자가 한참을 어루만지던 단검을 내 발치로 던진다. 두툼한 카펫에 묻혀 어떤 소리도 들리지 않는다.

"멋있지? 그거 네가 발견한 여자애 찌른 거랑 같은 거야. 정말 명품이지. 손맛도 좋고."

"……."

온갖 의문이 한꺼번에 터져 나오지만, 머릿속이 복잡해서 제대로 된 질문을 만들 수가 없다.

"아니, 표정이 왜 그래. 기왕 하는 거 좀 멋지게…… 아니, 진짜 흉악한 살인범처럼 카리스마 있게 나와야지!"

CCTV 관리자가 손으로 천장의 감시 카메라를 가리킨다.

"저거 풀컬러에 화질도 좋고 프레임 수도 엄청 높은 거야. 네 표정 하나하나까지 또렷이 잡히니깐 신경 좀 써."

말해 놓고는 그게 대단한 농담이라도 되는 양 킬킬거리며 허탈한 웃음을 터트린다.

"이걸로 뭐……."

"내가 남 찌르는 건 좀 해 봤는데 남한테 찔리는 건 처음이라 어디가 안 아픈지는 모르겠다. 아무튼 알아서…… 기왕이면 안 아픈 데로 찔러서 해치워 주라."

두려움과 충격에 몸이 덜덜 떨려온다. 오른손 중지에서 벼락이 치는 듯한 예리한 통증이 온몸으로 퍼진다.

"……손가락 그거 진짜 아프겠다. 어쩌면 평생 못 쓰겠네. 뭐, 미안하게 됐다."

관리자에 대한 분노가 머릿속에서 부유하던 온갖 감정들을 집어삼키고 커진다.

"사람들…… 아프게 하고, 죽여 놓고. 그래 놓고서 자기 아픈 건 싫다고……."

악문 이 사이로 짓씹듯 내뱉는 단어가 뚜렷한 문장을 만들지 못하고 부유한다. 짜증인지 부끄러움인지 분간하기 힘든 표정이 CCTV 관리자의 얼굴을 일그러트린다.

"그래, 그래……. 몰랐는데 정의감도 강했나 보구나. 알겠으니까 어서 칼 집어 들어."

"내가 왜 당신을 죽여야 하는데."

이번에는 뚜렷한 짜증이 관리자의 얼굴에 드러난다.

"너도 삼촌이나 여자친구나 누구 볼모로 잡혀 있을 거 아냐? 뻔히 여기까지 죽을 고생 하면서 달려와 놓고 이제 와 멍청한 소리 하지 말고."

'너도'라고? 그러는 당신은 누구를 볼모로 잡힌 건데? 관리자가 책상에 엎어 놓은 액자에 눈길이 간다.

"딸이랑 부인이랑 볼모로 잡힌 거지? 당신…… 당신들이 선생이란 사람들 말 안 듣고 멋대로 행동한 데 대한 벌 얌전히 받으라고."

CCTV 관리자의 입에서 긴 한숨이 터져 나온다.

"쓸데없는 소리는 하지 말고 어서 칼 집어 들고 그냥 찔러. 죽이고 싶을 만큼 내가 미울 거 아냐?"

내가? 그런가? 삼촌과 김세연에 대한 걱정 말고 다른 감정은 좀처럼 못 느끼겠다.

"그 애…… 다른 사람들은 아무렇지 않게 죽여 놓고는 자기 가족만은 소중한 거야? 어떻게……."

"이런 씨발! 애새끼가 진짜 주절주절!"

CCTV 관리자가 위협이라도 하듯 양손으로 책상을 내려치며 훌쩍 몸을 날린다. 빠른 걸음으로 내게 다가오더니 발치의 카펫에서 단검을 집어 든다.

"뭐, 네가 그러면 내가 사과라도 할 거 같아? 나랑 상관도 없는 여자들 4명도 넘게 죽여서 죄송합니다아 하고? 좆만아, 세상 사람들 목숨이 다들 똑같은 값어치를 가진 거 같아? 내 가족들 목숨이랑 몸통에 칼 꽂아 넣기 전까지 내가 얼굴 한번 본 적도 없는 여자들 목숨이랑 똑같냐고?"

위협하듯 칼끝을 내게 들이밀며 흉악스럽게 내뱉는 말투와 달리 관리자의 목소리는 떨리고 있다.

"계속해 봐. 변명 계속해 보라고."

관리자는 코웃음을 치며 무언가 말을 이어갈 듯하더니 입을 꾹 다물고 얌전히 칼끝을 아래로 내린다.

"어차피 너도 마찬가지일 거 아냐? 너 죽이려고 했던 내 목숨 하나로 삼촌이나 여자친구 살릴 수 있는데 그게 고민할 거리나 돼?"

내가 이 사람을 얌전히 죽이면 삼촌이 살 수 있을까?

"어쨌든 나도 삼촌도 다 죽일 거잖아. 당신네 선생이란 사람이 결국엔 다 죽일 거잖아."

관리자가 더없이 소중한 사람을 어루만지듯 한참을 손가락으로 칼날을 훑는다. 무언가 말을 할 듯 한참을 달싹이던 입에서 또다시 긴 한숨이 새어 나온다.

"그래, 삼촌 쪽이었구나. 그래도 여자친구인 거보다는 나은 건가……."

신경질적인 웃음이 관리자의 입가에 맴돈다.

"그래, 네 삼촌도 결국엔 죽겠지. 너 부려먹을 만큼 다 부려

먹으면. 그런데 너는…… 너는 여기 들어온 순간, 그리고 내 시체가 발견되는 순간, 그 순간 이미 죽는 거야. 원래 우리가 너한테 덮어씌우려던 걸 선생이 좀 더 확실하게 마무리해 주는 거지. 사회적으로. 네 인생, 미래, 가능성……. 그 모든 게 다 사라져 버릴 텐데 굳이 애써서 너를 물리적으로 죽일 필요가 있을까?"

이런 이야기를 왜 해 주지? 선생이란 사람이 다 듣고 있는 거 아닌가? CCTV를 힐끔거리는 나를 말없이 바라보던 관리자가 너털웃음을 터트린다.

"네 조력자한테 몇 번 당한 것도 있고 해서 말이지. 마이크랑 스피커는 다 죽여 놨어. 덕분에 죽기 전에 수다는 원 없이 떨다 가겠네."

"어차피 모두 다 죽을 건데 내가 당신을 왜 죽여야……."

"혹시 알아? 끝까지 버티고 버티다 보면 네 조력자가 또 어떤 마법을 부려서 널 도와줄지. 하지만 나는? 무조건 죽어야 해. 내가 살아 있다면……."

끝말을 흐렸지만, 관리자가 하려는 말은 명확히 알고 있다.

"당신이 나를 도와줄 수도 있는 거잖아. 어쩌면 내…… 조력자와 함께 선생이란 사람한테 맞설 수도…… 끝까지 버티고 버티라며? 우리 모두 다 같이 살 수도 있는 가능성이 있을 텐데, 왜."

관리자의 입매가 기묘하게 올라간다. 아빠가 나를 창문 밖으로 던질 때와 기분 나쁠 정도로 닮은 표정이다.

"너는 선생이 어떤 사람인지, 뭘 할 수 있는 사람인지 모르지? 그리고 우리가⋯⋯ 내가 뭘 했는지 알고 있으면서⋯⋯ 도와 달라고? 역시 애는 애구나."

"당신도 그거 다 선생한테 협박받아서 저지른 짓 아냐? 좋아서 한 건⋯⋯."

CCTV 관리자의 표정이 딱딱하게 굳는다. 손가락으로 힘주어 칼날 끝을 잡고 손잡이를 내게 내민다.

"멍청한 새끼 같으니라고. 결국에 너나 내가 이 지경이 된 게 뭣 때문이었던 거 같냐? 좋아서 한 게 아니라고? 처음에는 그랬을지도 모르지⋯⋯. 이 칼을 잡고 말이야."

CCTV 관리자가 내 손에 억지로 단검을 쥐여 준다. 중지에서 또다시 욱신거리는 통증이 올라온다. 바로 내팽개치려 했지만 빠르게 말을 이어가는 CCTV 관리자의 기세에 눌려 멍청하게 단검을 쥐고 있다.

"대충 묶여 있는 배나 찌르려고 했어. 처음에는 몇 번을 찔러 봐도 번번이 뼈인지 뭔지⋯⋯ 아무튼, 딱딱한 데 가로막히더라. 그때마다 그 바보 같은 게 어찌나 비명을 꽥꽥 지르면서 살려 달라고 하던지⋯⋯. '아저씨 살려 주세요. 제발 살려 주세요.' 하고."

목청을 높여 여자 목소리를 흉내 내던 관리자가 비웃음을 터트린다.

"딱 너같이 멍청해 가지고선. 상황이 그쯤이면 대충 눈치채야 하는 거 아냐? 어차피 살지 못할 거 알았을 텐데 품위라도 지킬 것이지, 병신처럼 빌기는 왜 빌어?"

명치 끝에서부터 뜨거운 게 치밀어 오른다. 어금니를 악무는데 단검을 든 손아귀에 절로 힘이 들어간다. 정신을 아득하게 날려 버릴 듯한 중지의 통증이 속에서 타오르는 불꽃을 더 크게 피운다.

"짜증나서 한 서른 번 찌르니깐 조용해지더라. 손아귀는 찢어지고 터져서 짓물러 있고. 한여름이었는데도 온몸이 덜덜 떨려서 얼어 죽을 거 같았지. 피랑 살점이 잔뜩 고여 있는 비닐 위에 토하고 또 토했어. 3일 전 회식 자리에서 마셨던 위스키까지 다 토해 냈지. 처음에는 그게 죄책감이나 불쾌감 때문에 그런 건 줄 알았는데, 며칠이 지나도 그때의 손맛이 잊히지 않더라. 칼날이 피부를 가르고 근육을 찢어 헤집고 내장에 틀어박힐 때마다 들려오던 비명이랑 같이. 그때 알았지!"

기묘한 열기에 도취한 듯 들떠서 말을 내뱉는 CCTV 관리자의 어깨 너머로 보이는 맞은편 건물 전광판이 자꾸만 내 눈을 잡아끈다.

"아! 이게 진짜 재미난 일이구나! 골프에서 홀인원을 하건, 그 어떤 미인을 안건 여기에 비할 바도 안 되는 일이구나! 어느 순간부터는 말이야, 잠자리에 누워서도 계속 다음번에는 어떻게 찔러 죽일까? 어떻게 하면 더 그 비명을 오래오래 즐길 수 있을까? 그런 고민만 하게 되더라? 다음이 언제일까? 얼마나 더 기다려야 또 그런 재미를 맛볼 수 있을까? 전전긍긍하고 있는데 다른 회원이 네가 쓰레기통에서 시체 찾아낸 여자애를 발견했어. 자기가 운영하는 동물 병원에 버려진 고양이나 개들 데려와서 치료 맡기는 여자애 있다고. 이야기 들어 보니 몸 안 좋은 할머니랑만 같이 사는 애고 늦은 시간까지 길고양이 사료 챙겨 주느라 우리 회사에서 관리하는 골목 구역 돌아다닌다고. 세상에! 이렇게 딱 좋은 사냥감이 어디 있어! 내가! 우리가 왜 염병할 선생의 지시를 기다려야 해! 서버실에 개처럼 몰아넣고…….”

활짝 벌린 왼손으로 관리자의 목을 움켜쥔다. 힘을 주어 관리자의 목을 조이니 감아 둔 압박붕대에 피가 배어 나온다. 상관없다. 이 빌어먹을 새끼의 장광설만 멈출 수 있다면.

기대감일까, 두려움일까? 관리자의 눈동자가 좌우로 떨린다. 손아귀에 힘을 더 거세게 주자 숨이 막히는 듯 관리자의 입에서 캑캑 소리가 튀어나온다.

이제까지의 흉악한 기세는 사라지고 별다른 반항 없이 그저 나를 바라만 보고 있다. 오른손에 쥔 단검을 들어 관리자의 눈앞에 들이밀자 체념한 듯 눈을 감는다.

“개새끼야……. 내가 너 편하게 죽여 줄 것 같아? 너 죽이고 나서 너희 가족 찾아갈 거야. 찾아가서 네가 어떤 놈인지, 무슨 짓 했는지, 좀 전에 말했던 내용 토씨 하나하나까지 다 빼놓지 않고 이야기해 줄 거야. 네 부인, 네 딸도 네가 어떤 놈이었는지 똑똑히 알게 해 줄 거야.”

관리자가 체념한 듯 감고 있던 눈을 번쩍 뜬다. 그의 얼굴 가득 경악한 표정이 떠오른다. 내가 너무나도 보고 싶었던 표정이다.

관리자의 목을 움켜쥔 손아귀의 힘을 조금 푼다.

"그거……."

숨통이 틀어막혀서인지 놀라움 때문인지 관리자의 목소리는 갈라지고 심하게 떨린다.

"내 조력자가 뭘 할 수 있는지 봤지? 이미 네 회사도 알았으니 신상 정보 알아내서 딸이랑 부인이랑 찾아가는 건 식은 죽 먹기야."

"제발!"

그래, 애원해 봐라. 네 입에서 이런 소리 나오는 거 진짜 듣고 싶었다, 개새끼야.

힘주어 칼을 잡은 중지의 고통 때문인지 분노 때문인지 희열 때문인지 온몸이 부들부들 떨려온다. 단검의 가죽 손잡이와 손바닥이 강하게 마찰하며 뿌드득 소리가 난다. 긴장한 어깨에서 우두둑 소리가 나며 팔뚝이 부풀어 오른다.

CCTV 관리자가 눈을 감으며 몸에 힘을 뺀다. 몸뚱어리가 축 늘어지면서 왼팔에 둔중한 체중이 실린다. 얼굴에는 홀가분한 듯 체념한 듯 묘한 미소가 떠오른다. 패배자의…… 도망자의 표정이다. 죽음으로 자기가 짊어져야 할 것, 책임져야 할 것으로부터 도망치려 하는 사람의 표정이다.

나는 이미 저런 표정을 한 번 본 적이 있다. 혼자만, 자기만 죽어서 편해지고 싶다는 거지…….

더러운 것을 떨쳐내듯 관리자의 몸을 옆으로 밀쳐 낸다.

CCTV 관리자가 목을 쓰다듬으며 잔기침을 내뱉는다.

"도대체…… 어쩌겠다는 거냐? 네 삼촌은…… 선생이 이런 상황을……."

관리자의 말이 귀에 들어오지 않는다. 맞은편 건물 전광판 때문이다.

전광판에는 여전히 아나운서가 무언가를 말하고 있다. 아나운서의 가슴팍에는 **시판 햄버거에서 발견된 위험 물질**이라는 문구가 지나가고 있다. 아까 밖에서 보았을 때와 똑같은 문구다. 그런데 아까도 저 아나운서였나? 전광판에 스쳐 지나가는 자료 화면은 햄버거 속 위험 물질과는 아무 상관이 없어 보이는 철책을 지키고 있는 군인들을 보여 주고 있다.

홀린 듯 전광판을 바라보는 나를 따라 관리자의 시선도 돌아간다. 여전히 군인들이 나오는 전광판에는 **강압적 지시에 거부할 권리 있어**란 문구가 흘러나온다. 얼핏 화면과 어울리는 문구 같지만, 아까의 햄버거 이야기는 뭐였지?

다시 화면에 아나운서가 나오자 문구는 또다시 바뀐다. **가족의 생명을 지키는 보험**.

이건 분명 김세연이 내게 보내는 메시지다! 햄버거 이야기는 아까 엘리베이터 남자가 동호회 메신저에 내가 말한 메시지를 남겼다는 뜻일 거다. '강압적 지시에 거부할 권리'라는 건 내가 CCTV 관리자를 죽이지 않아도 된다는 뜻이고 '가족의 생명'은 삼촌이 아직 살아 있다는 뜻일 거다.

김세연은 동호회 놈들의 위협을 눈치챘고 적어도 지금 이 순간은 안전한 게 분명하다. 마구 요동치던 감정이 한결 진정된다. 김세연도 분명 선생이랑 자와 마찬가지로 CCTV로 내 동선을 파악하고 있는 게 분명하다. 전화로 내게 연락할 길이 없어 전광판의 광고 문구를 이용하고 있는 거다.

CCTV 관리자는 완전히 얼이 빠진 표정으로 전광판을 바라보고 있다.

전광판의 뉴스 문구는 또다시 바뀐다. **반격 계획 수립이 완료됨에 따라 국제 공조가 필요.**

'반격'이라고? 이놈들한테 '반격'할 방법을 찾아낸 건가? 김세연의 말이다. 분명히 무슨 계획이 있을 거다. 공조가 필요하다는 건 내가 할 일이 있다는 뜻일 거다. 밑도 없는 지옥 속으로 내달리는 것 같던 상황을 반전시킬 수 있다는 희망이 보이자 몸에 피가 빠르게 돈다.

"저게 네 조력자……."

허탈한 듯, 넋이 나간 듯 CCTV 관리자가 웅얼거리며 말을 내뱉는다.

유인책으로 시간 확보 중.

'유인책'이라고? '시간 확보 중'이라는 표현은 내가 서둘러야 한다는 뜻일까?

마지막 문구는 여태까지와는 달리 노골적인 인터넷 접속 주소다.

회생 프로그램 사이트 https://phoenixrising.com 성황.

저기에 접속하면 자세한 설명이 있다는 뜻이겠지?

"이 정도의 능력이라니…… 마치 선생 같잖아."

머릿속으로 거듭 접속 주소를 외우느라 너털웃음을 터트리며 내뱉는 관리자의 말이 좀처럼 귀에 들어오지 않는다. 그런데 인터넷에 어떻게 접속해야 하지? '선생'이 선물한 핸드폰을 써야 하나? 좀처럼 내키지 않는다. 분명 무슨 수작을 부려 놓았을 거 같은데.

CCTV 관리자가 돌연 전화기를 꺼내 들고 어딘가로 전화를 건다.

"잠깐…… 이건……."

관리자가 수습하려 말을 내뱉는 나를 향해 고개를 저어 보인다. 전광판의 문구는 또다시 '햄버거' 이야기로 바뀌어 있다.

그래, 관리자도 바보가 아니면 지금쯤 눈치챘겠지. 지금이라도 찔러야 하나? 아니, 해야만 한다! 단검을 잡은 손에 다시 힘이 들어간다.

험상궂게 변한 내 표정을 보았는지 관리자가 다시 한번 고개를 세차게 내젓는다. 기세에 눌린 것인지 아직도 고민이 되는 탓인지 발걸음이 좀처럼 움직이지를 않는다.

"네. 부장님, 접니다. 아까 들어온 학생이랑 이야기가 길어질 거 같아서요. 심각한 이야기니 오늘 다들 정시 퇴근시키시고 사장실에 아무도 들여보내지 마세요. 네. 부장님도요."

전화를 끊은 관리자가 나를 바라보면서 또다시 미소를 지어 보인다. 정말 기묘하게 닮아 있는 미소다. 씨팔 새끼가 재수 없게 자꾸 처웃고…….

"최소한 내일 아침까지는 시간 벌어 줬지? 이제 칼 들고 내 앞에 서."

관리자가 카메라를 등지고 서서 말한다.

"뭐? 이제 안 할 거……."

"나 죽은 뒤에 저기 책상에 있는 내 노트북 써. 암호 안 걸려 있으니 그냥 켜면 바로 쓸 수 있어. 지금 무선랜 연결되어 있는데 그거 말고 책상에 나와 있는 랜선 연결하면 보안 프로토콜 자동으로 작동되니 안심하고 써도 된다."

"뭐?"

"우리한테…… 선생한테 반격할 거라며. 내가 시간도 수단도 마련해 주겠다는 거야! 그러니까 제발 내 말 좀 들어! 선생이 계속 지켜보고 있는지는 모르겠지만, 적어도 원하는 장면은 보여 줘야지! 시간 없으니 어서!"

나는 홀린 듯 단검을 쥔 채로 관리자의 앞으로 걸어간다.

"나한테 더 바싹 붙어. 칼 높이 들고. 그래, 그 정도……."

관리자의 숨결이 내 얼굴에 맞닿을 정도로 가까이 다가간다. 관리자가 손을 내밀어 내 손의 단검을 쥔다.

"이제 나한테 넘겨. CCTV에는 안 보일 거야. 팔을 계속 앞으로 내민 채로."

관리자를 찌르려는 듯 팔을 쳐올린 채로 단검을 건네준다.

"이영…… 너한테 마지막으로 부탁 하나만 하자."

"뭐?"

관리자가 어깨를 움츠리고 양손으로 단검을 거꾸로 거머쥔다. 수평으로 누운 칼날이 관리자의 왼쪽 복부로 깊숙이 들어간다. 고통 때문인지 충격 때문인지 관리자의 눈동자가 커진다. 입에서는 바람 빠지는 듯 기괴한 신음이 새어 나온다.

"내 가족들한테…… 제발…… 말하지 마……."

관리자가 힘을 주어 왼쪽 복부에서 오른쪽 끝까지 단검을 천천히 움직인다. 관리자의 눈가에 고인 눈물이 볼을 타고 입매로 흘러내린다. 관리자의 몸이 천천히 무너져 내리며 무릎을 꿇은 자세로 앞으로 쓰러진다.

"씨발, 씨발 새끼들 진짜……."

분노인지 안타까움인지 알 수 없는 감정이 주체할 수 없이 요동친다.

관리자의 몸에서 흘러나온 피가 카펫에 스며 들어간다. 왜인지 다리에 힘이 풀려 카펫에 주저앉게 된다. 이러고 있으면 안 되는데.

생각에 동조하듯 선생의 선물이 울리기 시작한다.

"……."

"이영 군. 자네와 박호영 사장의 우스꽝스러운 촌극 잘 지켜보았네."

"당신 하라는 대로 했어. 이제 또 뭐……."

"당분간은 지시 기다리고 있도록 하게."

내 대답은 기다리지도 않고 전화는 끊어졌다. '당분간은'이라고? 이제까지 정신없이 나를 몰아붙이던 것과 너무나 다른 모습이다. 더 이상 내가 조력자에게 도움을 청하는 게 걱정이 안 된다는 건가?

문뜩 김세연이 말한 '유인책, 시간 확보 중'이라는 문구가 떠오른다. 예감이 썩 좋지 않다. 어찌 되었건 김세연의 계획이 제대로 먹히고 있다는 뜻일까?

관리자의 몸에서 흘러나온 피가 카펫에 번지며 내 손끝에 닿는다. 서둘러야 한다. 몸을 일으켜 창가의 책상으로 걸어가 노트북을 연다.

노트북은 관리자의 말대로 암호 없이 바로 구동된다. 책상에 나와 있는 랜선을 끌어 노트북에 연결하니 경쾌한 효과음과 함께 화면 오른쪽 아래에 자물쇠 모양의 표식이 번쩍인다.

김세연이 말했던 주소가 뭐였더라? 브라우저를 구동하고 기억을 되짚어 접속하니 검정 바탕화면에 비밀번호 입력칸 하나만이 떠오른다.

김세연이 비밀번호는 말해 준 적 없는데? 혹시라도 내가 뭔가 놓친 건가? 창문 밖 전광판에는 여전히 아까 보았던 문구들이 반복되고 있다. 몇 번이나 반복되는 문장들을 유심히 바라보지만 새로운 문구나 비밀번호를 암시하는 내용은 보이지 않는다.

뭐지? 뭘 입력해야 하는 거지? 동호회 놈들의 서버실에서 김세연이 차례대로 내게 불러 줬던 비밀번호가 떠오른다.

처음에는…….

키보드의 두 줄을 왼쪽부터 쭉 입력하고 엔터를 눌렀지만 '적합하지 않은 비밀번호'라는 문구만 나온다.

그다음에는…….

'teacher'를 입력해 보았지만 똑같은 결과다.

문뜩 3번을 틀리면 경고가 간다고 했던 김세연의 이야기가 떠오른다. 김세연이 원하는 게 뭔지 알 것 같다. 확신에 찬 손길로 'domine'을 입력한다.

역시나 마찬가지의 결과다. 상관없다. 3번을 틀렸고 김세연에게 경고가 갔을 것이다. 내가 기다리고 있었던 건 예상대로 바로 전광판 문구에 떠오른다.

인생 최악의 날은 언제?

대답하기 위해서 기억을 되짚어 볼 필요도 없는 질문이다. 머릿속 깊숙이 낙인처럼 새겨진 8개의 숫자를 입력하고 엔터를 누르니 사진과 설명들로 가득한 페이지가 나온다.

하지만 도대체 김세연이 그날을 어떻게 알고 있을까? 분명 같이 시체를 발견하기 전까지만 해도 내가 누군진 모른다고 했었는데.

애써 의혹을 억누르며 김세연이 남겨둔 설명들을 읽는다. 길고 긴 설명의 요지는 단 두 개였다. 페이지에 첨부된 파일을 다운받을 것. 어제의 오디오 수리점 안 서버실로 다시 돌아가서 첨부된 파일을 실행할 것.

문제는 내가 USB가 없다는 것과 서버실에 돌아가 파일을 실행하는 과정이 외우기에는 터무니없이 까다롭다는 거다.

김세연은 파일을 실행하는 과정을 화면 하나하나 캡처를 해서 자세히 설명해 두었다. 하지만 학교 컴퓨터실에서 늘 접하던 운영체제의 화면이 아니다. 오디오 수리점의 철문 뒤 컴퓨터에서 보았던 검정 바탕의 칙칙한 화면이다. 이건 도저히 기억할 엄두가 나지 않는다.

선생 놈이 준 핸드폰으로 사진을 찍어 갈까? 관리자가 죽기 전에 했던 말이 떠오른다. 김세연의 능력이 꼭 선생 같다고 했지? 단순히 능력이 뛰어나다는 의미였을까? 아니면 선생도 김세연이 할 수 있는 것들과 비슷한 일을 할 수 있는 사람이라는 의미였을까?

어느 쪽이든 이 핸드폰으로 사진을 찍는 것은 영 내키지 않는다. 다른 폰이 있다면……. 순간 쓰러진 관리자 시체 옆에 놓인 핸드폰이 눈에 들어온다.

어떡하지……. 영 내키지 않는데. 씨발, 별 수 있나.

꺼림칙한 물건을 들어 올리듯 엄지와 검지로만 핸드폰을 집고 구동시키자 보안 화면이 나온다. 다행인지 불행인지 패턴을 그려야 하는 삼촌의 그것과 달리 지문 인식 방식이다.

"생전에 나쁜 짓 많이 했으니 죽어서라도 좀……."

관리자가 들을 것도 아닌데 괜히 입으로 변명부터 내뱉게 된다.

축 늘어진 관리자의 오른팔을 들어 올린다. 어젯밤에는 그렇게 기운차게 나를 후려치던 관리자의 오른팔은 축 늘어져서 무겁고 부자연스럽다. 피범벅이 된 관리자의 검지를 카펫에 닦아내고 핸드폰 뒷면에 가져다 대고 보안을 통과한다. 핸드폰 바탕화면에서 어린 여자아이와 얼굴을 나란히 맞대고 활짝

웃고 있는 관리자의 얼굴 사진이 나를 반긴다. 분노인지 서글픔인지 미안함인지 알기 힘든 감정이 밀려온다.

"씨발 새끼 진짜……."

욕설을 내뱉으면 핸드폰의 보안을 재설정한다. 관리자의 팔을 다시 들어 올려 지문을 찍고 내 지문을 새로 등록하고 나니 기묘한 불쾌감이 밀려온다. 바지 주머니에 관리자의 핸드폰을 찔러 넣는다. 갑자기 이제껏 가져 본 적 없는 최신형 핸드폰들을 하루에 두 개나 얻었다는 생각이 드니 허탈한 웃음이 터져 나오려 한다.

"USB는 또 어디에서 구한다……."

내 혼잣말에 화답하듯 등 뒤의 문에서 노크 소리가 들린다.

"사장님. 지금 퇴근하려 하는데 조금 신경이 쓰여서요. 잠시 이야기 괜찮겠습니까?"

달아올랐던 몸이 급격히 식는다. 잠시 잊고 있었던 온몸의 통증들이 되살아난다. 씨발, 아까 분명히 당신네 사장이 다들 방해하지 말고 그냥 가라 했잖아!

"사장님? 방에서 이상한 소리가 들려서요. 잠깐만 나와서 얼굴 보며 이야기 좀 할 수 있을까요?"

어떡하지……. 관리자의 신음이나 내 혼잣말을 들은 게 분명하다. 이대로라면 그냥 문을 열고 들어올 기세다.

"사장님? 대답만 좀 해 주시겠어요? 다른 직원들은 다들 퇴근했습니다."

핸드폰! 급하게 주머니에서 관리자의 핸드폰을 꺼내든다.

내 검지를 핸드폰 뒷면에 가져다 대고 연락처를 호출한다. 나와는 달리 관리자의 연락처는 스크롤을 내려도 내려도 좀처럼 끝이 보이지 않을 정도로 사람들의 이름으로 가득하다.

'사랑하는 내 딸 서연이'란 이름으로 저장된 연락처가 눈에 밟힌다. 왜인지 김세연을 연상케 하는 이름이다. 가슴 한편이 찌르르 아파온다. 괜히 눈가가 욱신거려 어금니가 뻐근할 정도로 세게 턱을 꽉 깨문다.

엄마와 아빠가 살아 있을 때는 건조하게 내 이름만 자기들 핸드폰에 저장했었다. 삼촌은 나를 핸드폰에 어떤 이름으로 저장해 놨을까? 김세연은 내 연락처를 저장해 놨을까?

"사장님?"

또다시 노크 소리와 함께 들려오는 목소리에 어처구니없는 상념은 깨어졌다. 아까 분명히 '부장님'이라고 했지? CCTV 관리자의 연락처에는 6명의 부장이 저장되어 있다. 문밖에 목소리는 다양한 성씨의 부장 중 도대체 누구일까?

"사장님. 대답 없으시면 그냥 열고 들어가겠습니다."

잠깐…… 연락처를 볼 게 아니잖아? 최신 통화 목록을 열고 마지막 통화기록을 찾는다. 등록된 연락처의 번호를 열고 메시지 보내기를 선택한다.

아까 관리자가 어떤 말투로 통화했더라? 어울리지도 않게 존칭을 했던 게 떠오른다. 뭐라고 해야 저 짜증스러운 인간이 돌아갈까?

부장님. 상황이 보이기 많이 민망한 상황이네요. 들어오시지 마시고 그냥 퇴근하세요.

사장실의 문 너머에서 경쾌한 메시지 수신음이 들려온다.

"네…… 사장님. 염려돼서 그랬습니다. 그럼 이만 가 보겠습니다."

잠깐의 침묵 뒤에 머뭇거리는 목소리가 문 너머에서 들린다. 한참을 숨죽여 기다린다. 더 이상의 노크 소리도, 문 너머에서 짜증스럽게 사장님을 찾아대던 목소리도 들려오지 않을 거란 확신이 들자 저절로 긴 한숨이 새어 나온다. 또다시 혼잣말이 터져 나오려는 걸 억지로 눌러 참는다.

카펫은 이제 관리자의 피로 흥건히 젖어 있다. 관리자의 시체는 축 늘어져 카펫 위에 길게 엎드려 있다. 몸을 웅크려 바지 주머니들을 뒤적이자 현금으로 두툼한 지갑과 USB가 달린 열쇠 꾸러미가 보인다.

"어차피 마지막에는 나 도와주려고 했었으니까……."

지갑은 카펫 위로 내버리고 현금과 신용카드만을 꺼내 바지 주머니에 찔러 넣는다. 열쇠 꾸러미를 손에 들고 노트북에 USB를 꽂아 넣는다.

김세연의 파일까지 내려받고 나니 오후 6시 24분이다. 아직 선생으로부터의 연락은 없다. 김세연의 유인책이 제대로 먹히고 있다는 이야기지만 쓸데없이 지체할 시간은 없다. 혹시나 하는 마음에 책상 서랍들을 모조리 열어 보았지만, 모두가 텅 비어 있다. 꼭 내 책상 같네.

점점 몸을 옥죄여 오는 통증에도 이상하게 웃음이 터져 나오는 걸 참을 수가 없다. 사장실의 문을 조금 열고 밖을 내다보니, 사무실은 텅 비어 있다.

이제 움직여야 할 시간이다. 열쇠 꾸러미에서 USB만을 꺼내 든다.

사장실을 나가려는 와중에 문뜩 떠오르는 게 있다. 몸을 돌려 사장실 가운데에 엎어진 관리자의 시체 옆으로 다가간다. 부자연스러운 자세로 엎어진 관리자의 몸을 바로 해서 똑바로 누인다. 관리자의 배에 깊숙이 틀어박힌 단검을 뽑아 든다. 피와 알 수 없는 오물로 번들거리는 칼날을 카펫에 대충 문질러 닦는다. 공허하게 사장실의 천장을 바라보는 관리자의 눈동자가 나를 책망하는 듯하다.

"당신 가족들한테 말 안 할게. 안 할 거니깐……."

병신같이……. 듣는 사람도 없는데 혼잣말을 내뱉은 게 괜히 민망해져 얼굴이 달아오른다. 관리자의 재킷 천을 널찍하게 잘라내고 단검을 둘둘 싸 핸드폰으로 빡빡한 바지 주머니에 찔러 넣고서야 사장실을 빠져나간다.

텅 빈 사무실을 지나 엘리베이터를 타고 1층으로 내려간다. 내게 구급상자를 건넨 경비가 의아한 눈초리로 나를 바라본다. 눈을 마주치지 않으려 애쓰며 건물을 빠져나와 삼촌의 오토바이에 올라탄다.

시간은 6시 30분이다.

이곳에서 오디오 수리점까지의 길은 굳이 선생의 선물을 열어 내비게이션을 작동시킬 필요도 없다. 아까처럼 서두를 필요는 없지만, 마냥 여유를 부리고 있을 상황도 아니다. 퇴근길의 도로는 빠져나갈 빈틈 하나 없이 꽉 막혀 있다. 크게 상관은 없다. 어차피 어제저녁에 개처럼 내달리던 골목 입구까지만 가면 된다.

차들의 흐름에 뒤섞여 달리다 골목 입구에 오토바이를 세우고 나니 6시 45분이다. 여전히 선생으로부터의 연락은 없다. 기억을 되짚어 골목길을 헤쳐나간다. 골목 사이사이에 있는 CCTV를 신경 쓰지 않으려 애써 보지만 좀처럼 쉽지 않다.

골목에서 스쳐 지나가는 사람들이 상처투성이의 나를 보며 잠깐의 관심을 둔다. 내게는 너무나 익숙한 시선이다. 눈앞에서 부모가 불타 죽는 걸 보고 5층에서 떨어져 홀로 살아남은 아이를 바라보던 사람들의 시선이다. 스쳐 지나고 나면 곧 시야의 저편에 치워 두고 가끔 가십의 소재로만 떠올릴 정도의 관심.

몇 쌍의 시선들을 지나치니 어제의 오디오 수리점이 눈앞에 나타난다.

너무 쉽게 생각했나 보다. 어제와는 달리 둔중한 철제 셔터가 눈앞을 가로막고 서 있다. 혹시나 하는 마음에 셔터의 밑을 잡고 들어올리려 해 보지만, 꿈쩍도 하지 않는다.

"씨발, 진짜……."

긴 한숨과 함께 절로 욕설이 터져 나온다. 저번에는 김세연이 자동문을 열어 놨었더랬지. 지금도 분명 자동문은 작동하고 있을 거다. 김세연이 그 정도의 준비도 안 하고 나를 여기로 보내지는 않았을 거다.

철제 셔터는 사람이 손으로 올리고 내리는 구조다. 골목을 두리번거려 보니 셔터를 걸어서 당기고 내리는 긴 철제 고리가 보인다. 문제는 셔터 아래에 채워진 두툼한 자물쇠다. 저게 잠겨 있는 한 내가 안으로 들어갈 방법은 없다.

누가 저걸 채워 놨을까? 당연히 '오디오 수리점'을 관리하는 동호회 일당 중 하나겠지. 비닐하우스에서 나를 고문할 때 CCTV 관리자가 자기들 '서버실'에 내가 숨어들어 갔다는 걸 두려워하던 게 떠오른다.

문뜩 USB와 함께 매달려 있던 관리자의 열쇠 꾸러미들이 떠오른다. 젠장…… 분명히 그중 하나였을 거 같은데. 어떡하지? 조금이나마 작은 자물쇠였다면 커다란 돌로 내리쳐 손쉽게 열 수 있었을 텐데. 하다못해 절단기가 먹히는 정도의 크기였더라면. 하지만 셔터를 잠그고 있는 자물쇠는 예전에 오토바이를 훔칠 때 절단기로 끊었던 물건보다 배는 더 두껍고 튼튼해 보인다.

침착하자. 분명 방법이 있을 거야.

핸드폰을 꺼내 시간을 확인해 보니 저녁 6시 45분이다. 어제 김세연이 시키는 대로 '오디오 수리점'에 숨어 들어간 시간은 몇 시였지? 나온 시간은? 분명 7시는 넘어 있었다. 시간대는 비슷하다. 어제 이 시간에는 잠겨 있지 않았던 철문이 왜 오늘은 잠겨 있는 걸까? 분명 내가 침입한 이후에 '서버실'에 신경이 쓰여서 그랬겠지. 서버실의 보안을 가장 신경 쓰던 건 CCTV 관리자였고.

사장씩이나 되어서 CCTV 관리자가 직접 '오디오 수리점'의 철문을 여닫을 것 같지는 않다. 그렇다고 자기 회사 직원들에게 이런 수상쩍은 장소의 관리를 맡겼을 것 같지도 않다.

다시 한번 골목을 두리번거려 본다. 여전히 인적 하나 없이 텅 빈 기분 나쁜 골목이다.

관리자 핸드폰의 통화 목록을 열어 본다. 수많은 의미 없는 부장들, 차장들, 과장들, 직위 없는 이름들이 나열된다.

어제 내가 비닐하우스에서 도망쳐 나온 게 몇 시였지? 새벽 2시 정도였던 것 같다. 철문을 내리라고 했다면 그때 이후일 것이다. 분명 바로는 연락을 안 했을 거다. 한동안 나를 태운 무인 자동차를 뒤쫓는다고 정신없었을 거니깐.

오늘 새벽 2시 이후의 통화 목록을 살펴 보니 새벽 4시에 누군가와 10분이 넘게 통화한 기록이 보인다. 직위도 없이 '김성호'라는 이름만 덜렁 찍혀 있다. 새벽 4시에 10분씩이나 누구랑, 왜 통화했을까? 도박해 볼 필요는 충분하겠지?

서버실 셔터 좀 열어 주세요. 확인해야 할 것이 있습니다.

얼마간의 기다림이 필요할 거라고 생각했지만 '김성호'로부터의 회신은 연락을 기다리고 있었다는 듯 바로 돌아왔다.

네? 회원님이 새벽에 닫아 놓고 절대 열지 말라고.. 아니 그것보다 메신저 보셨어요? 선생이 개인 메시지로 저 부르던데요?

'회원님'?, '새벽'? 이것 봐라? 반가운 얼굴을 보게 될 거 같은데?

아무래도 그거랑 상관있는 것 같네요. 저도 선생한테 지시받은 일이니 일단 열어 주세요.

저 빨리 가 봐야 할 거 같은데.. 회원님 예비 열쇠는 어쩌시고요

'선생'이 손목남 '김성호'를 왜 불렀을까? 같이 사고를 친 CCTV 관리자는 내가 죽이게 하고선?

열쇠 꾸러미를 통째로 잃어버렸어요. 그전에 할 이야기도 있고요. 긴급한 일이니 어서 오세요.

네. 바로 갈게요

손목남 '김성호' 씨가 이곳에 도착하는 데 얼마나 걸릴까? 그전에 몸을 숨길 만한 장소를 찾아야만 한다. 어제 숨어 있었던 의류 수거함이 적당해 보인다. 어제의 기억을 되살려 의류 수거함 뒤에 다리를 접고 벽에 기대앉았다.

"씨발……."

또다시 온몸의 통증들이 되살아나 입에서 신음이 터진다. 도대체 몇 시간 만에 앉아 보는 것인지 모르겠다. 핸드폰으로 빡빡해진 바지 주머니에 억지로 구겨 넣었던 단검의 칼날이 기

분 나쁘게 허벅지를 압박한다. 단검을 주머니에서 꺼내 들어 감싸고 있던 천을 풀고 가죽 손잡이를 힘주어 잡는다.

중지의 통증과 함께 안도감이 밀려온다. 욱신거리는 중지는 보이는 것보다 4배는 더 부풀어 오른 것처럼 느껴진다. 흥분 때문인지 긴장 때문인지 모든 감각이 예민하다.

갑작스럽게 주머니 속 핸드폰이 허벅지를 때린다. 설마 선생으로부터의 연락은 아니겠지? 다행히 관리자 핸드폰을 넣어 둔 쪽이다.

어디 계세요? 골목 텅 비어 있는데? 안에 들어가 계세요?

손목남이 보낸 문자다.

골목이 텅 비어 있다고? 지금 오디오 수리점이 보이는 위치라는 이야긴데……. 그나저나 정말 지독히 멍청한 놈이다. 셔터 열어 주러 온 놈이 닫혀 있는 셔터 '안에 들어가 있냐'는 질문을 하다니.

몸을 한층 더 웅크리고 골목에서 들려오는 소리에 집중한다. 걷기가 싫은 듯 길게 끌리는 발소리가 오른쪽에서 들려온다.

코로 숨을 깊게 들이마시고 배에 힘을 주어 숨을 참는다. 꽉 다문 턱에서 뿌드득 소리가 난다. 점점 다가오는 발소리에 맞추어 심장이 빠르게 뛰기 시작한다. 어찌나 요란한지 그 소리가 밖으로 새어나가지 않을까 걱정이 될 정도다.

"어지간하면 지가 직접 좀 열지. 말로만 회원님 회원님 하면서 맨날 사람 부려먹고……."

손목남은 근처에 관리자가 없는 걸 확신했는지 연신 구시렁거리며 욕설을 내뱉는다. 그런데 이게 먹힐까? 어제는 골목 입구에서 방향만 확인하느라 나를 못 보았을 테지만 이대로라면 내 눈앞을 스쳐 지나갈 텐데? 지나치게 터무니없는 습격 계획이 아닐까?

발걸음 소리가 의류 수거함에서 얼마 떨어지지 않은 장소에서 딱 멈추어 선다. 씨발, 망했다.

"아, 그냥 갈까. 늦으면 선생이…… 그냥 지가 열쇠 찾으면 될걸."

당장이라도 뛰쳐나가 칼을 들이대려 하는데 손목남의 목소리가 들려온다. 손톱을 물어뜯는 것 같은 기묘한 딱딱 소리도 이어 들려온다.

"어휴……."

기나긴 한숨과 함께 다시 발걸음 소리가 들린다. 눈앞으로 부츠를 신고 청바지를 입은 다리가 불쑥 들어온다.

서두를 필요는 없다. 흥분은 싸움에 전혀 도움이 되지 않는다. 빠르지도 느리지도 않게 자연스레 몸을 일으켜 세운다.

자신의 왼편에서 불쑥 솟아오른 내 존재에 놀란 듯 짧은 헉 소리와 함께 손목남이 제자리에서 펄쩍 뛰어오른다. 경악한 듯 눈은 우스꽝스럽게 동그랗고 입은 네모난 모양이다. 대응할 시간을 주지 않고 단검을 목에 들이대고 왼손으로 손목남의 부어오른 오른 손목을 움켜잡는다.

"안녕? 보고 싶었지? 이제 나도 너한테 뭘 좀 할 거야."

왼손에 힘을 주어 부풀어 오른 손목을 비튼다.

"으아아악!"

손목남의 비명이 텅 빈 골목에 울려퍼진다.

"나도 처음에는 살살할게."

더욱 힘을 가하니 손목남이 무릎을 꺾으며 땅바닥에 주저앉는다. 뒤따라 몸을 낮추며 목에 더욱더 칼을 바짝 들이댄다.

"젠장! 씨발! 씨발! 좀!"

"아파? 나도 네 덕분에 지금 손가락이 떨어져 나갈 것처럼 아픈데."

"씨발……. 그거…… 내가 한 거…… 박 사장이 했잖아."

울먹이듯 내 말에 대꾸하는 모습에 내 안에 기묘한 만족감이 차오른다.

"아. 그랬던가? 너는 어제 계속 나한테 처맞기만 했던가?"

문뜩 손목남이 의기양양하게 총을 들이대던 게 떠오른다.

"나한테 총 쐈잖아?"

온몸의 힘을 다 짜내어 손목남의 오른손을 세게 비튼다. 사람의 신체 구조에서 가능할 것 같지 않은 각도로 뒤틀린 손목에서 부러지는 듯, 찢어지는 듯 기괴한 소리가 새어 나온다. 기대했던 손목남의 비명은 뒤따라 오지 않는다. 손목남의 눈에서 초점이 흐려지는 듯싶더니 몸의 힘이 풀리며 바닥으로 무너져 내린다.

"씨발, 이 새낀 진짜."

아까보다도 눈에 띄게 더 부푼 오른쪽 손목을 팽개치고 왼쪽 손목을 잡아 보니 아직 맥은 뛰고 있다. 진짜 놀랐네! 그나저나 이걸 어떡한다?

손목남의 축 늘어진 몸을 바닥에 질질 끌어 의류 수거함 뒤편으로 숨긴다. 문뜩 오한이 엄습해 온다. 이 쌀쌀한 날씨에 종일 외투도 없이 뭐 하는 짓이람, 이게…….

쓰러진 손목남이 입고 있는 가죽 재킷이 눈에 들어온다. 질긴 가죽 재킷을 억지로 벗겨 몸에 걸치니 한결 추위가 덜하다. 찾고 있던 열쇠는 가죽 재킷의 앞주머니 속 고리에 걸려 있다.

자물쇠를 열고 철제 고리로 셔터를 들어 올리자 천둥 치는 듯 요란한 소리가 골목에 울려퍼진다. 언제라도 손목남이 다시 깨어날 거 같아 자꾸만 시선이 의류 수거함 쪽으로 돌아간다. 이 와중에 팔자 좋게 늘어져 있는 모습에 실소가 나온다.

기대했던 대로 셔터를 올리니 오디오 수리점의 자동문이 활짝 열린다.

축 늘어진 손목남의 발목을 잡고 오디오 수리점 안으로 질질 잡아끈다. 우둘투둘한 골목 바닥과의 마찰로 손목남의 티셔츠가 가슴 위로 말려 올라간다. 허옇게 드러난 손목남의 배에 칼로 새긴 듯한 많은 상처가 눈에 띈다. 수리점 안 바닥에 손목남을 똑바로 누여 놓고 철제 고리를 이용해 셔터를 잡아내리자 어둠이 깔린다.

벽을 더듬어 스위치를 찾아 불을 밝히고 커다란 탁자에 놓인 서랍들을 뒤적인다. 역시나 어제 내 손목을 묶었던 플라스틱 고리들이 잔뜩 들어 있다. 팔자 좋게 드러누운 손목남의 몸을 옆으로 돌려세우고 손목과 발목을 몸 뒤로 해서 고리로 묶는다.

이제야 기분이 좀 좋아진다.

눈앞에 서버실로 통하는 철문이 보인다. 김세연이 말한 대로 '반격'할 시간이다. 한번 경험해 보아서인지 철문의 무게가 어제보다 가볍게 느껴진다.

반면에 철문 안의 지독한 냄새와 열기만은 도무지 익숙해지지 않는다. 새로 얻은 가죽 재킷을 벗어들고 코를 틀어막고 어제의 모니터와 키보드 앞으로 걸어간다.

키보드를 조작하자 익숙한 로그인 화면과 익숙한 문구가 떠오른다. 그런데 왜 여기를 직접 들어왔어야 하는 거지?

어제 김세연은 분명히 원격으로 이곳의 컴퓨터를 조작했다. 이번에도 똑같이 하면 되는 거 아닌가? 어제 이곳의 컴퓨터를 조작해서 자기가 만든 프로그램을 설치해 두었으니.

내가 이런 쪽에 전문가는 아니지만 핸드폰에 저장해 온 절차들이 어제 김세연이 하던 것과 거의 유사하다는 정도는 알아볼 수 있다.

어제까지 혼자 원격으로 가능했던 일을 왜 내가 직접 찾아와서 하게 하는 걸까? 더는 원격으로 접속할 수 없어서? 관리자가 새벽에 내 이야기를 듣고 이곳에 무언가 조처를 해 놓은 걸까?

또 다른 이유가 머리를 스치고 지나간다. 유인책, 시간 확보. 좀 전까지 명확하지 않던 불안감의 실체가 뚜렷해지는 것 같다. 김세연은 지금 무언가 할 수 있는 상황이 아니다.

서둘러서 USB를 꺼내 들고 덮개도 없이 외부에 훤히 노출된 컴퓨터의 뒷면에 꽂아 넣는다. 로그인 화면에서 'administrator'를 입력하자 비밀번호 입력란이 나를 반긴다. 잠깐……. 관리자가 무언가 조처를 해 놨다면 비밀번호는 안 바뀌 놨을까?

만약 비밀번호가 바뀌어 있다면.

하지만 고민해 봐야 나로서는 뚜렷한 수가 없다. 빠르게 'domine'을 입력하자 모니터는 하얀 글씨들을 토한다. 안도감에 긴 한숨이 새어 나온다.

관리자 핸드폰에 촬영해 온 사진들을 띄워 놓고 김세연이 설명해 둔 순서대로 작업을 진행한다. 의미 모를 알파벳들을 화면에 입력해 넣고 반응을 지켜보는 걸 몇 번 거듭하고 나니 더 이상 남아 있는 작업 사진들이 없다.

기대했던 요란한 경보음도, 갑작스러운 연락도, 전광판의 문구도 없다. 이걸로 끝이야? 이제 무얼 해야 하지?

초조함에 입술이 말라온다. 김세연에게 연락을 해 봐야 하나? 부적처럼 마음속 깊이 간직하고 있던 11자리 숫자를 떠올려 본다. 뇌에 각인이라도 된 듯 잠시의 머뭇거림도 없이 선명하게 떠오르는 숫자에 마음이 놓인다.

분명 김세연은 동호회 놈들을 유인해서 내게 시간을 벌어 주기 위해 바쁠 것이다. 내가 직접 여기에 들어와서 일을 마친 걸 알 수 없을 정도로 바쁘거나 관리자의 조치 때문에 알 수도 없을 것이다.

지금은 김세연에게 연락하는 게 합리적인 방법이다. 누구의 핸드폰으로? 선생 놈의 선물을 쓰기는 꺼림칙하다. 관리자의 핸드폰을 꺼내 들고 김세연의 전화번호를 입력한다.

통화 버튼을 누르려는데 문밖에 쓰러진 손목남이 신경 쓰인다. 고개를 빼고 오디오 수리점 안을 들여다보니 여전히 팔자 좋게 바닥에 드러누운 채다. 그래도 혹시 모르니…….

서버실로 들어가 철문을 굳게 닫으니 열기와 악취가 견디기 힘들 정도로 농밀해진다. 짧게 숨을 몰아 쉬며 통화 버튼을 누른다.

이거 모르는 번호로 뜰 텐데 김세연이 전화를 받을까? 어쩌면 전화를 받기도 곤란한 상황이 아닐까?

내 걱정을 달래 주기라도 하듯 몇 번 신호가 가지도 않았는데 김세연의 목소리가 들려온다.

"내가 말한 대로 다 했어?"

얘는 어떻게 알지도 못하는 번호였는데 나인 줄 알았을까?

"어. 다 했어. 이제 뭘 해야 해?"

"자세히 설명할 시간 없으니 잘 들어. CNS 오피스텔. 어제 햄버거집에서 멀지 않은 곳이야. 803호. 비밀번호는……."

빠르게 말을 쏟아내는 김세연의 목소리 너머로 경쾌하게 키보드를 두드리는 소리가 들려온다.

"여기까지 다 기억했어?"

"어. 그런데 거기가 왜?"

"오늘 새벽에 네가 자고 간 데랑 구조 똑같은 곳이야. 거기 책상에 내 노트북 놓여 있어. 노트북 비밀번호는…….”

“잠깐만, 거기는 또 어디인데? 오늘 새벽에는 거기가 네 집이라고 했잖아?”

“내 방이라고 했지. 지금 말하는 데도 내 방 중 하나야. 자꾸 말 끊지 말고.”

‘내 방 중 하나’라고? 도대체 방이 몇 개인 건데?

“노트북 바탕화면에 보면…….”

김세연의 목소리가 끊어짐과 동시에 키보드 소리도 멈춘다. 수화기 너머로 문을 두드리는 듯한 소리가 들려온다.

“난 이제 나가야겠다.”

탁 하고 노트북이 닫히는 소리. 옷가지들을 챙겨 들고 몸을 일으키는 소리. 두꺼운 문 너머로 들려오는 듯한 흥분한 남자들의 을러대는 목소리.

“더는 통화 못해. 너 도와주지도 못하고. 이제 네가 나를 도와줘야 해.”

“뭐? 내가…….”

김세연이 어떤 상황일지 짐작이 간다. 감정이 소용돌이치며 속에서부터 쓴 물이 치민다. 누군가 현관의 보안 키패드를 누르는 소리가 들린다.

“이영. 선생은 유령이야. 유령이 사람을 어떻게 겁주지?”

김세연의 그 말을 마지막으로 고압적인 남자의 고함과 함께 통화가 끊어진다. 좋아. 동호회 놈들이 삼촌에 이어 김세연도 데려갔다. 곧 나도 불러들일 게 분명하다.

그 전에 김세연이 시킨 일을 해야만 한다. 여전히 무얼 해야 하는지 명확하지는 않다. 수수께끼 같은 김세연의 마지막 질문의 의미도 모르겠다. 그렇다 하더라도 선생으로부터 호출이 들어오기 전에 김세연의 노트북을 켜 보기라도 해야 한다.

얼마나 시간이 남았을까? 김세연은 무사할까? 어쩌다가 놈들에게 잡힌 걸까? 김세연이 무슨 실수를 한 걸까? 김세연이 실수를 하기는 하나? 그럴 것 같지는 않다. 분명히 이것도 김세연의 계획일 거다. 김세연이 말한 유인책의 연장일 거다.

지금은 그렇게 믿어야만 한다. 익어 버릴 듯한 지독한 열기 속에서도 몸은 차갑게 식는다. 기묘할 정도로 머릿속이 차분해진다.

바닥에 던져 둔 가죽 재킷을 걸쳐 입고 철문을 열자 사무실 안의 시원한 공기가 나를 반긴다. 한결 편안해진 공기를 즐기며 길게 숨을 토해 낸다.

내 숨소리에 화답하듯 바닥에서부터 신음이 들려온다.

“씨…… 발…… 너무 아파…….”

문뜩 김세연의 질문이 머리를 스쳐 지나간다. 유령이 사람을 어떻게 겁주지? 손목남도 관리자도 왜 선생을 겁냈을까? 태연히 사람을 잡아 죽이며 농담까지 하는 흉악한 놈들이 왜 단 한 명의 사람을 두려워하는 거지? 약점을 잡혀 있어서? 단순히 그 이유만으로?

“이것 좀…… 손목이라도 좀…….”

바닥에 쓰러져 칭얼대는 손목남을 바라보니 더러운 것을 볼 때처럼 혐오감이 치밀어 올라온다.

"네가 죽인 사람들이 애원하면 들어준 적 있어?"

"너…… 넌 뭐야? 박 사장 연락받고 왔는데 왜……."

선생은 왜 박 사장, CCTV 관리자를 굳이 죽인 걸까? 사람 죽이는 걸 아무렇지 않게 생각하는 놈이 내게 죄를 뒤집어씌우려고 굳이 동호회 회원을 희생시킬 필요가 있었을까? 손목남도 그렇고 연락받았던 다른 사람들도 그렇고 이건 일종의 벌이 아닐까?

잠깐…… 잘하면 선생에게서 시간을 벌 방법을 찾을 수도 있을 거 같은데?

"선생 지시로 너 죽이러 온 거야."

"뭐?"

선생이 관리자 이름을 뭐라고 불렀더라?

"박호영 사장은 이미 죽였고, 이제 네 차례라고."

"뭐? 너 같은 게 박 사장을 어떻게?"

"나 같은 거……한테 당해서 바닥에 나자빠져 있는 주제에 그렇게 말하면 안 되지."

주머니 속에 찔러 둔 단검을 꺼내어 손목남에 눈앞에 들이민다.

"이 칼 알아보겠어? 이게 누구 거게?"

"그거! 저번에 말레이시아에서 공동구매한……."

"잘됐네! 당신들이 공구한 칼 얼마나 잘 듣는지 몸으로 한번 직접 경험해 봐."

손목남이 흠칫 몸을 움츠린다.

"선생이 우리를 왜……."

"이유 알고 있잖아?"

"……."

내 질문을 한참 곱씹던 손목남의 얼굴이 벌겋게 달아오른다.

"씨발…… 이렇게. 실컷 부려 먹을 때는 언제고……. 이렇게……."

지랄한다, 개새끼가. 정작 신나서 사람 죽인 건 너잖아?

"억울하지? 나도 좋아서 이러는 것도 아니고 진짜……."

혐오를 억누르고 억지로 처량한 목소리를 꾸며 낸다.

"야야, 그러지 말고 이거 손목만 좀 풀어 주고…… 한번 방법을 찾아보자."

고민하는 듯 고개를 떨구고 잠깐 뜸을 들인다.

"……내가 놓아 준대도 선생이 당신을 가만히 두겠어? 다른 누군가를 또 보내겠지. 차라리 선생을 죽여 버릴 수 있다면……."

"선생을 죽인다고?"

이제껏 해 본 적 없는 상상에 매료된 듯 바닥에 뺨을 붙인 손목남의 얼굴에 기이한 표정이 떠오른다.

"그래. 왜? 선생 죽이는 게 무서워?"

모욕적인 말을 듣기라도 한 듯 손목남의 얼굴이 또다시 붉게 달아오른다.

"아니. 씨발. 그 덩치도 좆만 한 새끼 죽이는 건 일도 아닌데."

덩치가 작다고? 손목남은 선생을 만나 본 적이 있다는 이야기인가?

"그럼 따로 보자고 불러내서 죽여 버려. 뭐가 무서워서."

"그런데 너 이야기가 좀 이상하다? 분명 선생이 날 개인 호출했는데……. 왜 또 널 보내서……?"

이런……. 아까 문자로 주고받았던 이야기를 깜빡했다!

"바보냐? 혹시라도 내가 너 죽이는 거 실패했을 때를 위한 보험으로 불렀겠지. 그리고 너만 개인 호출 됐겠어? 무단으로 활동한 사람들 다 따로따로 불러내면서 처치하겠지?"

되는 대로 내뱉은 이야기이지만 선생이라면 분명 그랬을 가능성이 커 보인다.

"그러고 보니 김 원장도 개인 메시지로 호출받았다고……."

"그래. 그러니깐 지금이라도 당신들끼리 연락 주고받아서 선생을 치는 게 살 수 있는 유일한 길 아니겠어?"

내 이야기를 생각해 보는 듯 한동안 말이 없던 손목남이 몸을 꿈틀거리며 바닥에서 자세를 뒤튼다. 바닥에 손목을 부딪치기라도 했는지 또다시 듣기 싫은 신음이 새어 나온다.

"못해……."

"뭐?"

"우리가 선생을 부를 방법이 없다고. 누군지도 모르고, 연락처도 모르고, 항상 일반적으로 연락받아서 만나고, 판 짜준 대로 하는 일만 하는데 어떻게 선생을 부르겠냐고?"

'선생은 유령이야.'

김세연의 목소리가 또다시 머릿속에서 맴돈다.

"너희들 동호회 메신저 있잖아? 그걸로 선생을 부르면?"

손목의 고통이 한층 덜해진 것인지 손목남이 기세등등하게 코웃음을 친다. 저 새끼 손목 한 번 더 차 줘? 너무나도 달콤한 유혹을 억지로 집어삼킨다.

"병신아. 그거 누가 말하는지도 모르게 전부 익명으로만 나오는 메신저야. 그리고 선생은 한 번도 전체 채팅창 통해서 말한 적 없어. 이번처럼 전부 개인 메시지만 보내지."

반대로 말하자면 선생이 전체 채팅창에서 이야기했다 한들 동호회 회원들은 알 수 없었다는 이야기 아닌가?

"너 아까 김 원장이란 사람도 선생한테서 개인 메시지 받았다고 했잖아? 그건 어떻게 알았는데?"

"그건……."

이 상황에서도 뜸을 들이는 손목남의 태도에 또다시 울화가 치밀어 오른다.

"말 안 해도 상관없어. 어차피 당신들 동호회 회원끼리는 익명으로만 전체 채팅방에서 이야기 나누고 실질적으로 어울릴 일 없었지? 선생이 그런 거 좋아할 것 같지도 않고. 그런데 어떻게든 당신들……."

어제 비닐하우스에서 몇 명이 가담했다고 했더라?

"10명……. 10명이 동호회에서 따로 어울리기 시작했겠지. 선생 지시 기다리지도 않고 자기들끼리……. 재미……를 보겠다고."

손목남의 눈동자가 커진다.

"그건! 그건 다 박 사장이 시작한 거야!"

변명하는 듯 다급한 말투엔 좀 전까지의 허세는 어느새 사라지곤 없다. 한결 마음에 드는 태도다.

"박 사장, 그 새끼가……. 원래 우리는 서로 전체 채팅창 말고는 서로 만날 일이 없어. 운반책 하면서 잠깐 활동 주역들 태워 주거나 할 때 빼고는……. 그리고 그럴 때도 누가 시킨 건 아니지만 개인적인 이야기 나누거나 하진 않았어. 사실 그렇잖아? 우리 같은 놈들이 서로의 신상을 알기라도 하면……. 그런데 박 사장 그 똘아이가……."

어제 이야기 들었던 10명에 김 원장까지 더해서 11명의 단독 조직을 동호회 내에 꾸린 게 관리자의 업적이란 이야기다.

"선생이 네가 박 사장 꼬임에 넘어갔건 아니건 그런 걸 신경이나 쓸까? 늦든 빠르든 너희들은 다 박 사장이랑 똑같은 처지 될 거야."

"그럼…… 그럼 어떡해? 선생을 불러낼 방법도 없고."

태도의 변화가 놀라울 정도로 급변하는 놈이다. 이제는 숫제 나한테 의지하는 모양새잖아?

"너 박 사장 말고 김 원장까지 해서 9명 연락처 모두 알고는 있지?"

"전부는 몰라……. 박 사장 하고 김 원장만. 박 사장이 전부 다 알고 있을 거야."

관리자 핸드폰의 연락처에 있던 수많은 이름이 떠올라 괜히 소름이 돋는다.

"너희들 마지막으로 활동……했던 날. 그 여자애 죽일 때. 박 사장한테 연락받은 게 몇 시야?"

내 질문에 대답해도 되는지 확신이 안 서는 듯 손목남은 한참을 머뭇거린다.

"또 손목 뒤틀리기 싫으면 쓸데없이 수작 부리지 마. 어차피 박 사장 통화기록 대조해서 확인하려는 용도야. 좀 번거롭겠지만 내가 직접 알아낼 수도 있는 거야."

뒤따라 올 손목의 통증이 무서운 것인지 내 이야기를 이해한 것인지 손목남의 입이 열린다. 손목남의 입에서 나온 시간과 날짜가 내 머릿속에 천천히 흘러들어온다. 관리자의 핸드폰을 열고 손목남이 이야기했던 시간 전의 통화기록들을 찾아본다. 어차피 직위가 없이 이름만 적힌 연락처는 몇 명 없다.

그다음은 나와 처음 통화를 한 뒤 카페에서 만날 약속을 잡은 이후의 통화기록들이다. 손목남 '김성호'를 포함해서 정확히 10명의 이름이 추려진다.

선생 호출받아서 가고 계신 거죠? 장소 어디입니까?

손목남을 제외한 9명에게 문자를 보냈지만, 대답이 돌아온 건 3명으로부터였다.

비닐하우스요. 어떻게 아셨어요?

대답 곤란한데... 나중에 연락 드릴게요.

박형도 호출받았어요? 이상하네. 사람 이렇게 한 데 모은 적이 있나?
장소는 우리 몇 번 써먹었던 거기요.

홀린 듯 내가 하는 행동을 바라보는 손목남의 눈앞에 답변 문자들을 들이민다.

"봤지? 선생이 너희들을 어떻게 하려는지 이제 좀 감이 오지 않아?"

이제는 나의 열광적인 지지자라도 된 듯 손목남이 열심히 고개를 끄덕인다.

"살고 싶으면 이제부터 내 말 잘 들어."

이게 잘하는 짓일까? 선생이란 자가 지독히 위험한 자라는 건 명확한 일이다. 하지만 이놈들은? 애당초 골목에서 여자애를 죽인 것도, 그 죄를 내게 뒤집어씌우려고 했던 것도, 나를 납치해서 고문했던 것도 이놈들이잖아?

애써 머리를 흔들며 의혹을 떨쳐낸다. 김세연이 무얼 준비해 둔 것인지는 알 수 없다. 분명 대단한 무엇이겠지. 하지만 그게 선생과 선생이 관리자 일당을 해치우기 위해 준비해 둔 수단으로부터 삼촌과, 어쩌면…… 김세연까지 구해내기에, 과연 충분할까?

지금의 내게는 이 살인범 일당들이 필요하다. 나와 김세연 혼자서 선생에게 맞설 수는 없다. 결의를 굳히며 주머니에서 칼을 뽑아 들고 손목남에게 걸어간다.

"잠…… 잠깐만. 고개 끄덕였잖아! 하란 대로 다 한다니깐?"

짜증이 솟구치며 눈살이 찌푸려진다.

"손목 묶은 거 끊어 주려고 그러는 거야……. 싫음 말고."

안도의 한숨이 손목남의 입에서 새어 나온다.

"야. 그런데 그거 말고 책상 두 번째 서랍에 보면 니퍼 있거든? 그걸로 하는 게 깔끔하고 아프지도 않을 거니깐."

그것까지 내가 신경 써 줄 필요는 없잖아? 우악스럽게 손목남의 묶인 손목을 들어 올린다. 손목남의 입에서 징징대는 소리가 터져 나오기 전에 칼을 플라스틱 고리에 들이댄다. 단번에 끊으려 했는데 좀처럼 쉽지가 않다.

"씨발……. 그거 잘 안 끊긴다고! 씨발."

이제 숫제 훌쩍이는 손목남의 투정을 무시하고 몇 번의 칼질을 하자 투둑 하는 소리와 함께 플라스틱 고리가 끊어진다. 갑작스럽게 덤벼들 걸 대비해 몸을 뒤로 빼 보았지만 손목남은 조심히 오른손을 받쳐 들고 끙끙거리고만 있다.

"그래서 내가…… 뭘해야 하는데?"

"선생한테 개인 메시지 받았다고 했지? 거기다가 문자 하나 보내."

"뭐라고?"

"동호회 조직에 위험될 만한 애 발견했다고. 찾아가서 처치해야겠다고."

"아니, 우리가 멋대로 행동하면 안 된다……."

"이미 멋대로 행동해 놓고 갑갑한 소리 하지 마! 그냥 되는 대로 아무 말이나 해! 어찌 되었든 선생이 나를 불러들일 때 내가 시간을 끌 만한 핑계만 네가 만들어 주면 되는 거니까. 이해했어?"

미심쩍은 얼굴이지만 천천히 손목남의 고개가 위아래로 끄덕인다. 긴 한숨을 내뱉으며 새로 얻은 가죽 재킷의 안주머니를 뒤적인다.

"그리고 김 원장한테 전화해서 선생이 당신들 다 죽이려 한다고 말해. 살 방법은 선생을 치는 수밖에 없고. 그러려면 소집당한 비닐하우스에서 어제 커피숍에서 잡으려 했던 애 말 들으라고도 해. 당장은 선생이 당신들 죽이려 했다는 거 눈치챈 거 감추라고도 하고. 이해했어?"

좀 전보다는 빠르게 손목남의 고개가 위아래로 움직인다. 손목남이 이해를 했을까? 과연 내 말대로 할까? 상관없다. 그냥 짧은 시간이나마 벌어 줄 수 있다면 그만이다. 재킷의 안주머니에서 손목남의 핸드폰을 꺼내 손에 던져 준다.

"이거…… 발목은 안 풀어 줘?"

"그것까지 풀어 줬다가 나한테 덤비기라도 하면 어쩌려고? 적당히 책상까지 기어가든가 해서 니퍼 꺼내서 끊어."

또다시 손목남의 고개가 끄덕인다. 저건 알아서 발목 풀겠다는 거야? 아니면 진짜 나한테 덤빌 의도가 있었다는 거야?

더는 시간을 지체할 수는 없다. 관리자의 핸드폰으로 손목남에게 말했던 내용과 같은 내용의 문자를 아까의 9명에게 전송한다.

대답을 기다리지 않고 오디오 수리점을 나서는 내 등 뒤에서 손목남의 신음이 들려온다.

골목으로 나오니 내리깔린 어둠과 서늘한 밤공기가 나를 맞이한다. 잊고 있던 온몸의 통증들이 일제히 되살아난다. 머리가 핑 도는 느낌과 함께 지독한 두통이 밀려 온다. 어제 새벽에 김세연이 사 준 햄버거를 먹은 이후로 몇 시간째 아무것도 먹지도 마시지도 못한 게 떠오른다.

좀처럼 내 몸처럼 느껴지지 않는 몸을 억지로 이끌고 오토바이를 세워 둔 골목 입구로 걸어간다. 사이드 스탠드를 올리고 힘겹게 오토바이를 바로 세우고 올라탄다. 자그마한 팔의 움직임 하나하나에도 온몸의 기운이 빨려 나가는 듯하다.

이럴 시간이 없어……. 움직여야 해…….

오토바이의 시동을 거니 익숙한 진동이 손끝을 타고 몸으로 퍼져나간다. 온몸을 두들겨 깨우는 듯한 진동에 한결 머리가 맑아진다. 엔진과 배기구가 내뿜는 열기에 몸이 따듯해진다.

김세연이 말한 오피스텔까지 가는 길은 이미 알고 있다. 떨어져 나갈 듯 욱신거리는 오른손 중지로 스로틀을 강하게 움켜쥔다. 속도를 높여 나아가는 내 등 뒤에서 입을 활짝 벌린 괴물 같은 골목길이 나를 노려본다.

* * *

김세연이 알려 준 오피스텔 입구 근처 인도에 오토바이를 세워 두고 시계를 확인하니 오후 8시다.

요란한 엔진 소리 때문인지 길을 오가는 사람들의 시선이 내게로 쏟아진다. 사람들로 가득 찬 엘리베이터에 올라타 8층 버튼을 누르는 순간에도 사람들의 이목은 내게서 떨어질 생각을 하지 않는다. 몸에서 풍기는 땀과 피와 상처의 냄새 때문인가? 어쩌면 서버실에 남아 있던 지독한 악취가 내 몸에 뱄기 때문일까? 어쩌면…… 어쩌면 이 사람들도 다 동호회 회원이기 때문일까?

엘리베이터는 지리멸렬한 속도로 움직이며 층층이 멈춰 사람들을 뱉어낸다.

8층에 도착하자 나 혼자만 엘리베이터를 나선다. 등 뒤로 닫히는 자동문 틈새로 흘긋거리며 나를 훔쳐보던 사람들이 안도하는 게 느껴진다. 내게는 이미 익숙한 시선과 익숙한 안도의 감정이다.

별다른 노력을 기울이지 않고도 803호는 금방 눈에 띄었다. 김세연이 알려 준 비밀번호를 입력하고 현관문을 연다.

묵직한 현관문이 내 등 뒤에서 닫히는 소리가 나니 입에서 긴 안도의 한숨이 새어 나온다. 김세연의 말대로 방 안은 오늘 오후까지 머물러 있었던 방과 거울상처럼 닮아 있는 구조다. 잠깐이라도 안전한 곳에 있다는 생각에 또다시 잊고 있던 고통과 피로가 온몸을 덮친다. 5시간 전까지만 해도 바닥에 머리를 대고 자고 있었다는 사실이 좀처럼 믿어지지 않는다.

잠깐만 쉴까? 딱 10분이라도……. 딱딱한 바닥이지만 그 위에 물에 젖은 솜처럼 묵직한 몸을 누일 수 있다면……. 잠깐이라도 목 위에 달린 묵직한 짐 덩어리처럼 느껴지는 머리의 무게를 덜어낼 수 있다면…….

뺏어 온 재킷 속에서 갑작스럽게 터져 나온 아이돌 음악 소리가 나를 채찍처럼 후려친다. 몸서리를 치며 주머니 속 관리자 핸드폰을 꺼내든다.

'김 원장'.

그러고 보니 손목남에게 관리자가 죽은 사실을 밝히지 말라는 이야기를 하지 않았다. 어떻게 해야 하지? 손목남이 김 원장에게 그 이야기를 했을까? 김 원장은 정말로 관리자가 죽었는지 확인을 하려고 전화를 건 걸까? 이런 놈들이 관리자가 죽었건 살았건 그걸 크게 신경이나 쓸까? 정말로 신경을 쓰는 건 뭘까?

답은 명확하다.

손목남과 주고받은 몇 번의 문자로 죽은 관리자의 말투를 흉내 내는 건 식은 죽 먹기다. 통화 종료 버튼을 누르고 잠깐의 뜸을 들인 후에 문자를 보낸다.

지금 통화 곤란합니다. 무슨 내용인가요?

김성호 이 사람이 자꾸 이상한 이야기 하는데요. 혹시 연락받으셨나요?

그 사람 말 전부 사실입니다. 길게 이야기할 수 없으니 말대로 하세요. 선생이 우리 모두 처치하려 계획 중이니 우리도 이대로 당할 수만은 없잖아요? 선생이 눈치채지 못하게 해야 합니다.

급하게 작성하느라 좀처럼 설득력 있고 정돈된 문자를 보내기가 힘들다. 마지막 문자를 보내고 한참을 기다려 보았지만, 답장은 돌아오지 않는다. 하지만 지금은 얼굴 한 번 본 적 없는 김 원장을 신경 쓸 때가 아니다.

치장 하나 없이 살풍경한 김세연의 방 안 바닥이 끊임없이 자석처럼 나를 끌어당긴다. 나를 잡아끄는 바닥의 인력을 애써 견뎌내며 노트북 하나만 덜렁 놓여 있는 커다란 책상 앞 의자에 주저앉는다. 노트북은 손가락을 대는 것만으로도 화면이 밝아지며 저절로 구동된다.

김세연이 말해 주었던 비밀번호를 새삼 상기할 필요도 없다. 로그인 화면이 나오자 생각을 거치지도 않고 내 손가락이 수십, 수백 번을 반복한 행위인 양 자연스럽게 비밀번호를 입력한다. 검은색으로 도배된 단순한 바탕화면에는 몇 개의 아이콘과 폴더명만이 보인다. 이제 뭘 해야 하지? 김세연이 마지막으로 말한 건 '바탕화면을 보라'는 것과 '자기를 도우라는 거'였다.

안전한 실내가 잠시 가리고 있던 상황들이 머릿속에 떠오른다. 삼촌은 아직 무사할까? 김세연은……. 초조함을 떨쳐 보려 하지만 무얼 해야 할지 모르겠다. 한 치 앞도 보이지 않는 막연함에 숨이 막힐 것만 같다. 마지못해 온몸으로 피를 흘려보내는 느릿한 심장 소리가 귓가에 맴도는 듯하다.

온갖 감정들이 파도처럼 밀려오고 물러간다. 그 사이의 공백을 통증이 채워 넣는다. 거대한 거인의 손에 온몸이 붙잡히기라도 한 듯 꼼짝을 할 수가 없다.

침착하자. 일단 김세연의 마지막 말에 집중하자. 저번에 보았던 김세연의 노트북 바탕화면이 떠오른다. 얼핏 보았지만, 도에 지나칠 정도로 깔끔한 화면이었다. 아니, 깔끔한 걸 넘어서 컴퓨터가 고장난 건 아닐까 싶을 정도로 보이는 게 하나도 없는 화면이었다. 반면 지금은…….

바탕화면에 있는 폴더명을 하나씩 읽어 보니 조금은 감이 잡힌다. 'CCTV', 'SDA Remote' ,'Messenger','DB Killer'. 분명 김세연은 이것들을 내가 보고 사용하라고 이름을 지어 주고 바탕화면에 바로 가기를 끌어다 둔 거다.

몇몇은 이름만 보아도 쓰임새가 짐작 간다. 이를테면 'CCTV'는 김세연이 내 벌거벗은 모습을 지켜보고 보안 문들을 열어 주고 골목길에서 뜀박질을 시킬 때 사용했던 프로그램일 것이다. 반면 'SDA Remote'와 'DB Killer'는 뭐에 쓰는 프로그램일지 짐작이 가지 않는다. 그중 가장 강렬하게 내 눈을 끌어당기는 건 'Messenger'다.

폴더 아이콘을 더블 클릭하자 몇몇 의미 없는 파일들과 단순하지만, 눈에 익은 아이콘을 가진 파일이 보인다. 관리자의 핸드폰을 꺼내 바탕화면을 확인해 본다. 색상은 다르지만 거의 같은 모양의 'Messenger' 아이콘이 눈에 띈다. 막막하던 상황에 작지만 눈부신 빛이 비치는 기분이다. 마지못해 둔중하게 움직이던 심장이 빠르게 요동친다. 김세연의 노트북과 관리자 핸드폰의 'Messenger'를 동시에 실행한다.

거의 유사하지만 몇몇 부분은 확연히 다른 모양이 크고 작은 화면에 나타난다. 관리자 핸드폰의 화면은 며칠 전에 주고받았던 대화가 마지막인 전체 채팅창만이 보인다. 반면 김세연 노트북의 화면은 3개의 탭으로 구분되어 있다. 첫 번째 탭은 관리자 핸드폰의 화면과 같은 살인 동호회 놈들의 전체 채팅창이다. 마지막 탭은 쉽게 의미를 파악하기 힘든 영어 단어들이 나열되어 있다.

내 눈을 사로잡은 건 두 번째 탭이다. 이미 내가 알고 있는 두 명을 포함한 102명의 이름을 나열한 명단. 유기견을 돌보는 여자아이를 납치해서 골목길의 쓰레기 더미에 처박아 버린 살인자들의 명단. 죽기 직전에 내게 침묵을 부탁했던 관리자, '박호영' 사장의 이름을 더블 클릭한다.

유령으로부터의 전언

노트북에 글자 한 자 한 자를 입력할 때마다 오른손 중지가 떨어져 나갈 것 같다. 통증에 덜덜 떨리는 오른손을 억누르며 엔터키를 누른다. 관리자의 핸드폰이 두려움에 떨 듯 웅웅거린다. 알림창이 관리자 핸드폰의 화면을 가득 메운 전체 채팅창을 덮어 버린다.

Message from 선생 : 유령으로부터의 전언

기묘한 감각이 몸을 사로잡는다. 선생은 유령이다. 유령은 실체가 없다. 벽 너머에서, 꿈속에서, 침대 아래에서 들려오는 목소리로 사람들을 겁 준다.

김세연은 유령으로부터 목소리를 훔쳐냈다. 이제 내가 유령이다. 유령의 목소리로 102명이었다가 101명이 된 살인마들을 겁줄 수 있다. 이 메신저 안에서는 내가…… 내가 바로 선생이다. 나는…… 김세연은 선생과 동호회 회원들을 상대할 수 있는 궁극의 무기를 손에 넣었다.

그런데 김세연은 왜 사라진 걸까? 왜 도움이 필요한 걸까?

노트북의 우측 아래에서 갑작스럽게 비집고 올라오는 알림창에 내 상념은 깨어졌다. 'SDA Remote'라고 쓰여 있는 알림창에 나오는 메시지는 'SDA Arrived'라는 단순한 메시지였다.

뭐가 도착했다는 이야기지? 김세연이 지금까지 보여 주었던 능력들을 하나씩 되짚어 보자 해답은 금방 나온다. 그 무인 자동차다. 이건 김세연이 무인 자동차를 조종할 때 쓰던 프로그램이다.

'CCTV' 폴더를 열어 프로그램을 실행한다. 익숙한 전국 지도가 펼쳐지며 셀 수도 없이 많은 감시 카메라 모양의 아이콘이 떠오른다.

새벽에 무인 자동차 안 내비게이션에서 보았던 주소를 떠올려 본다. 대충 비슷한 위치쯤 되는 곳으로 지도를 옮겨 확대를 해 보았지만, 여전히 감시 카메라 모양의 아이콘이 너무 많다. 초조함이 밀려오자 또다시 오른손 중지가 욱신거린다. 씨발,

진짜.

그때 수많은 감시 카메라 아이콘 아래에 유독 몇 개만 날짜와 시간이 보이는 게 눈에 띈다. 그중에서도 오늘 새벽 시간을 나타내는 아이콘을 누르자 열악한 화질의 동영상 창이 떠오른다. 밤이라 좀처럼 화면을 분간하기는 힘들지만, 비닐하우스의 입구인 것은 알아볼 수가 있다.

내가 새벽에 김세연이 준비해 둔 무인 자동차에 올라탔던 바로 그 장소다. 잠시 후 바로 그 무인 자동차가 다시 비닐하우스의 입구에 도착한다. 어두침침하고 화질도 별로인 화면에서도 무인 자동차의 문이 열리고 거기서 내리는 김세연을 똑똑히 알아볼 수 있었다.

지도를 좀 더 크게 확대해 비닐하우스 입구 바로 옆에 있는 카메라 아이콘을 누른다. 내가 벌거벗은 채로 묶여 있었던 책상 근처에 남자들 몇몇이 모여 있다. 김세연이 비닐하우스 안쪽으로 들어가자 남자들이 몸을 틀어 길을 비켜 준다.

카메라가 비추는 곳은 거기까지이다. 비닐하우스의 깊숙한 곳에서 일어나는 일은 확인할 방법이 없다.

김세연과의 마지막 통화를 떠올려 본다. 오피스텔 외부에서 누군가 들어오려 하는 듯한 상황이었다.

반면 비닐하우스로 걸어 들어가는 김세연의 모습은 누군가에게 잡혀가는 것처럼 보이지는 않는다.

무인 자동차도 분명 김세연이 직접 불러서 타고 간 것일 거다. 비닐하우스의 주소는 어떻게 알았을까? 김세연은 거길 왜

간 걸까? 마지막 통화 때의 상황은 어떻게 헤쳐 나온 걸까? 분명 이제 내가 김세연을 도울 차례라고 했지?

이 노트북은 김세연이 내게 준 무기이다. 아직 확인해 보지 않은 마지막 폴더를 열어 프로그램을 실행한다. 아무런 반응도 없이 기다란 막대기만 나오는 창이 떠오른다. 무언가의 진척도 같아 보이는데 좀처럼 진행이 될 기미가 보이지 않는다. 창을 닫고 노트북을 접어 전원케이블을 챙기는데 선생으로부터 선물 받은 핸드폰이 진동한다.

"이영 군. 잠깐의 자유는 마음껏 즐겼나? 다행히도 아직 무사한가 보군. 자네 삼촌과 자네의…… 조력자와의 재회를 위해 돌아와야 할 시간일세."

김세연이 나를 위해 확보해 준 시간이 끝났다.

'다행히도 무사하다'고 했지? 적어도 손목남이 내 지시를 잘 따르고 있는 것 같기는 하다. 선생의 목소리에는 이제껏 들어본 적 없는 만족감이 배어 나온다. 그것은 나의 조력자, 동호회가 가장 두려워하는 적, 김세연을 확보한 데서 나오는 만족감일 것이다.

"주소…… 알려 줘."

어디로 가야 할지는 이미 알고 있다. 하지만 내가 주소를 알고 있다는 걸 굳이 알릴 필요는 없다. 선생은 나를 자신의 손안에서 놀아나는 무력한 장난감처럼 여기고 있을 것이다. 그 정도가 딱 좋다. 내가 선생의 비닐하우스 안에 모인 남자들에게 어떤 소문을 퍼트렸는지, 손에 쥔 김세연의 노트북으로 무얼 할 수 있는지, 그리고 거기에서 무얼 할지 선생은 알 수 없을 것이다.

"주소는 문자로 보내 주도록 하지. 부디 조심해서 오도록 하게나. 반가운 얼굴들과 만나는데 어디 다치기라도 하면 곤란하지 않겠나?"

그래…… 언제까지 그렇게 신나 있을지 보자.

선생은 여태까지와는 달리 언제까지 오라는 제약을 내걸지 않는다. 더 이상 나와 나의 조력자가 자신에게 어떤 해를 끼치지 못하리라는 확신이 들어서일 것이다.

그렇다고 마냥 늘어져 있을 수만은 없다. 삼촌의 상태도 걱정되지만, 선생이 김세연에게 무슨 짓을 할지도 모른다는 게 너무 두렵다.

책상 아래에 김세연이 늘 매고 다니는 것과 비슷한 백팩이 보인다. 노트북과 전원케이블을 집어넣고 백팩을 둘러매고 문을 나서니 선생의 선물이 문자가 도착했음을 요란하게 알린다. 비닐하우스의 주소다.

엘리베이터에 올라타 내비게이션에 주소를 입력한다. 도착 예정 시간은 9시 40분이다. 지금 시간이 8시 50분이니 50분이 걸린다는 이야기다.

가죽 재킷 주머니에 손을 넣어 관리자와 손목남이 공동구매한 단검의 손잡이를 힘주어 잡아 본다. 두툼한 단검의 가죽 손잡이가 끊임없이 욱신거리는 오른손의 통증을 흡수하기라도 하는지 한결 마음이 안정된다.

오피스텔의 현관을 나서 삼촌의 오토바이로 걸어간다. 늘어진 백팩의 줄을 짧게 고쳐 맨다. 딱딱한 노트북이 등에 바짝 밀착된다. 두툼한 가죽 안장 위에 올라타 시동을 건다. 상처 입은 짐승이 깨어난다. 성난 듯 으르렁대면서 거리를 향해 포효를 내뱉는다.

선생과 살인자들과 삼촌과 김세연의 얼굴을 보러 갈 시간이다. 50분이나 걸리지는 않을 거다.

* * *

차량 후미등의 불빛이 기다란 붉은 선을 남기며 등 뒤로 흘러 지나간다. 고막을 찢을 듯한 바람 소리와 낮고 굵게 으르렁대는 엔진 소리와 위협하듯 울리는 클랙슨 소리가 어우러져 지독한 불협의 합창곡을 연주한다.

불빛으로 가득한 높은 빌딩과 온통 유리로 뒤덮인 거대한 기차역이 스쳐 지나간다. 끝이 보이지 않을 정도로 쭉 뻗은 도로와 노란색 불빛으로 가득한 터널과 뱀이 지나간 길처럼 구불구불한 지하차도를 지나간다. 높고 낮은 언덕길 사이로 수많은 아파트가 모습을 드러냈다 사라진다.

점점 불빛이 사그라지고 어둠이 짙어진다. 갑작스럽게 기온이 내려가며 산들이 나를 둘러싼다. 완만하게 휘어진 길들을 지나 온통 패이고 울퉁불퉁한 길로 들어선다. 곧 포장되지 않은 흙투성이 길이 나온다.

내비게이션은 '사유지 출입금지'라고 적힌 팻말 앞에서 안내를 종료한다. 주위를 둘러보아도 버려진 것처럼 보이는 논과 산뿐이다. 저 멀리 산자락에 거대한 비닐하우스가 보인다. 거대한 검은 차양이 달빛을 가리며 불길한 그림자를 비닐하우스에 드리운다. 시계를 보니 9시 20분이다.

쉴 새 없이 달려오느라 잊고 있었던 통증이 일제히 되살아난다. 이제는 익숙하다 못해 친숙하게까지 느껴지는 통증이다.

흙길에 미끄러지지 않으려 애쓰며 조심스럽게 오토바이를 몰아 나아간다.

비닐하우스의 앞은 기억하고 있는 것보다 훨씬 더 넓은 공터다. 수많은 자동차가 공터에 나란히 세워져 있다. 한눈에 보기에도 고급스럽고 비싸 보이는 차들이다. 그 옆에는 김세연의 무인 자동차가 아무렇게나 버려져 있다.

비닐하우스 입구의 문은 굳게 닫혀 있다.

갑작스러운 충동에 도발적으로 길게 경적을 울리고 왼손으로 클러치 레버를 움켜쥐고 오른손으로 스로틀을 확 잡아 감는다. 산으로 둘러싸인 공터에 짐승의 포효가 길게 울려 퍼진다.

비닐하우스 안으로부터는 어떤 반응도 없다. 오토바이를 입구 바로 옆에 세워 두고 비닐하우스의 문을 잡아당긴다. 이미 보안을 풀어 두었는지 육중한 철조에 두툼한 천을 몇 겹이나 대놓은 문은 수월하게 열린다.

비닐하우스 안으로 발을 내딛자 수많은 형광등 불빛이 은은한 달빛에 익숙해진 내 망막을 찌르듯 괴롭힌다. 눈을 찡그리며 비닐하우스 안을 둘러본다. 왜인지 새벽에 보았던 것보다 훨씬 더 넓게만 느껴진다. 비닐하우스의 벽에는 계란판 같은 것들이 빼곡하게 덧대어져 있다. 바닥에 깔린 비닐에는 여전히 피 같은 액체가 묻어 있다. 저게 내 피일까? 아니면…….

내 등장을 본 남자들 사이로 작은 웅성거림이 퍼진다.

비닐하우스 안으로 천천히 발걸음을 옮기며 숫자를 세어 본다. 익숙한 손목남의 얼굴은 보이지 않는다. 총 9명. 어제 관리자가 지켜주려 했던 김 원장이라는 사람도 온 걸까? 점점 가까이 다가가자 남자들의 표정이 뚜렷이 보인다. 몇몇은 긴장한 듯 마른침을 삼키며 나를 바라본다. 골프복 같은 것을 입은 배가 나온 중년 남자는 내게 시선을 주지도 않고 비닐하우스 바닥만을 보며 서성거린다.

다들 손목남이 보낸 문자를 받은 걸까? 나를 어떻게 대해야 할지, 선생을 어떻게 대해야 할지 아직 확신이 안 서서 저러는 걸까?

"이영 학생!"

어제 바이스 플라이어가 튀어나왔던 책상 옆 캐비닛에 기대서 있던 남자가 친근한 목소리로 내게 말을 건다. 낯선 이의 입에서 나온 내 이름이 생경하게 느껴진다. 잘생긴 인상에 키가 훤칠한 중년 남자다. 다른 이들과 달린 오랜 친구라도 만난 듯 반가움이 가득한 표정이다.

"오른손. 많이 다친 거 같은데? 붕대라도 꺼내 줄까?"

눈웃음을 치며 배려해 주는 듯 친절이 묻어나오는 목소리는 자상하게까지 들린다. 씨발 새끼. 니놈들이 누군지 내가 뻔히 알고 있는데. 혹시 손목남이 보낸 것 때문에 이제 나도 자기들 편이라고 생각하는 거야?

내 대답을 기다리지 않고 캐비닛 옆 책상 서랍을 뒤적거리는 중년 남자를 무시하고 지나쳐 간다. 고개를 들어 위를 보니 익숙한 CCTV의 렌즈가 보인다.

비닐하우스 안쪽 구석에는 김세연이 바닥에 주저앉아 턱을 괴고 나를 물끄러미 바라보고 있다. 다치거나 놀란 것처럼 보이지는 않는다. 이런 상황에서도 김세연의 얼굴에는 어떤 감정도 드러나 있지 않다. 그저 나를 뚫어지게 바라만 보고 있다.

아니, 김세연은 나를 보는 게 아니다. 내가 등 뒤에 맨 백팩을 보고 있는 거다. 나도 모르게 김세연에게 고개를 끄덕여 준다.

김세연은 대꾸 없이 나를 응시한다.

"잠깐만 손 줘 봐."

갑작스럽게 내 왼쪽 어깨를 붙잡는 중년 남자의 손길을 화들짝 놀라며 뿌리친다. 잘생긴 중년 남자가 두 손을 펴 보이며 한 걸음 뒤로 물러난다.

"그 손가락. 심하게 골절된 거 같은데 그대로 놔두면 신경 조직까지 다쳐서 영영 못 쓸 수도 있어."

그래…… 골절에 대해서 당신들처럼 잘 아는 사람이 또 누가 있겠어.

"필요 없어."

"그럼 여기 바닥에 약이랑 붕대만 둔다."

중년 남자가 조심스럽게 구급상자를 내려놓는다. 염병할 놈이 괜한 소리를 하니 잊고 있던 온몸의 통증이 또다시 되살아난다. 터져 나오려는 신음을 억누르며 한발씩 더 깊숙이 비닐하우스 안으로 들어간다.

선생은 9명의 살인마 무리와는 동떨어진 곳에, 김세연의 오른쪽, 비닐하우스의 벽 한가운데 놓인 간이 의자에 다리를 꼬고 앉아 나를 지켜보고 있다. 그래, 네가 바로 선생이지. 확인을 위해 누구에게 물어볼 필요도 없다. 조잡한 간이 의자가 왕좌라도 되는 양 거만하게 앉아서 비닐하우스 전체를 내려다보고 있는 꼬락서니를 보고 있자니 명치 아래가 뜨겁게 달구어진다.

선생의 왼쪽 구석 바닥에서 고깃덩어리처럼 보이는 커다란 물체가 꿈틀거린다. 비닐 바닥이 구겨지며 거슬리는 소리가 난다. 바닥에 놓인 고깃덩어리의 입이 열리며 신음이 흘러나온다.

"이영…… 이 염병할 새끼. 내가 사고 치고 다니지 말라고 했지……."

거인의 주먹에 두들겨 맞기라도 한 듯 온통 부어오르고 피투성이가 된 삼촌의 얼굴에서 입으로 짐작되는 부위가 들썩거린다. 을러대는 말의 내용과 달리 너무나도 나약하고 힘겨운 목소리다.

지금까지 두르고 있던 감정의 갑주가 깨어져 나간다.

"나……."

입을 열어 대답하려 하지만 말보다 먼저 눈물이 흘러내린다. 숨쉬기가 힘든 듯 가쁜 숨이 삼촌의 입에서 들고 나간다.

"……이번에는 내가…… 한 거 아니야. 그냥……."

갑작스럽게 치밀어 오르는 서러움에 말을 이어가기 힘들다.

"뭐? 찡얼대지 말고 똑바로 말을 해, 새끼야!"

내가 저지른 잘못에 대해 변명을 할 때마다 늘 짓는 짜증 섞인 표정이 만신창이가 된 삼촌의 얼굴에 떠오른다. 평소였다면 길고 긴 주먹질이 뒤따라 왔을 거다.

의자에 앉은 선생이 경멸 섞인 미소를 띠고 나와 삼촌을 바라본다.

"내가 잘못한 거 아니라고! 그냥 학교 가다 우리 학교 여자애 시체 발견한 그거밖에 없어! 처음부터…… 처음부터 이 새끼들이 잘못한 건데! 재미로…… 순전히 재미로 무고한 사람들 죽이고! 그거 나한테 뒤집어씌우려고 하고! 삼촌도……."

"그럼 됐어."

예상도 못한 삼촌의 대답에 말문이 막힌다. 힘이 빠진 듯 나른한 목소리다.

"뭐?"

"네가 잘못한 거 아니면 됐다고. 남자 새끼가 떳떳한데 왜 병신같이 울고 짜고 지랄이야……."

옛날부터 내가 잘못한 거 아닌 거 알아도 자기 짜증 난다고 맨날 때렸으면서.

"이영 군. 삼촌과의 감격스러운 재회를 방해해……."

"그나저나 이영 너도 어지간히 머리 안 돌아간다."

연극을 하듯 거만하게 내뱉던 선생의 말이 삼촌의 걸걸한 목소리에 가로막힌다. 예상 못한 훼방에 당황한 것인지 화가 난 것인지 선생의 무표정한 얼굴이 일그러진다.

"그냥…… 그냥 도망가지 그랬냐. 암만 내가 죽는소리 했다고 해도 대책도 없이 여기를 왜 왔어? 어차피 이런 또라이 새끼들이 네가 암만 하란 거 다 한다고 우리 둘 다 살려 주겠냐……. 하여간 나도 다를 거 없지만 너도 정말 어지간한 돌대가리야."

힘겹게 말을 마친 삼촌이 피식 웃음을 터트린다. 시커멓게 부어오른 삼촌의 눈자위가 우스꽝스럽게 떨린다. 삼촌은 내가 뭘 준비해 왔는지 짐작도 못할 거다. 생각과는 무관하게 삼촌의 웃음에 동조하듯 내 입에서도 웃음이 터져 나온다.

"그만! 그쯤하고 자네 가방 이리 주게."

한번 터져 나온 웃음은 좀처럼 참기가 힘들다. 바닥에 드러누운 삼촌은 이제 요란하게 어깨까지 흔들어 대며 웃고 있다.

"……안 그만하면? 뭐 어쩌려고? 직접 때리기라도 하게? 늘 사람들 시켜 먹기만 하던 게……."

선생의 얼굴이 벌겋게 달아오른다. 분명 내 등 뒤의 살인자들에게 지시를 내리겠지. 제아무리 대단한 선생이라 해도 그 살인자들에게 내가 어떤 의심을 심어 넣었는지 상상도 못하고 있을 거다.

예상과 달리 선생은 말없이 의자를 박차고 일어선다. 크지도 작지도 않은 키에 너무나도 평범한 체격이다. 어느새 무표정을 되찾은 얼굴 역시 지극히 평범하다. 이런 사람이 저 살인자 놈들을 벌벌 떨게 하는 선생이라고?

문뜩 며칠 전 인터넷에 올라온 내 사진에 달린 댓글이 떠오른다. 나도 다른 사람들과 생각하는 게 별다를 것도 없잖아?

내 쪽으로 걸어오며 팔을 길게 뻗는 선생을 피해 뒷걸음질 친다. 등 뒤의 백팩을 벗어서 방패처럼 앞으로 내세운다.

"그만 오는 게 좋을 텐데? 이 안에 뭐 들었는지 알아?"

그저 이 상황이 너무 웃겨서 자꾸만 웃음이 흘러나온다. 선생이 미간을 찡그리며 자리에 멈추어 선다.

"이영. 그만하고 나한테 노트북 넘겨."

김세연의 얼굴에는 알아차리기 힘들 정도로 작은 미소의 흔적이 남아 있다. 쟤도 우리 따라 웃었던 걸까?

"아니. 너한테도 넘기지 않을 거야."

"뭐?"

김세연은 내 등 뒤의 살인자 무리가 선생에 대한 의혹을 품고 있다는 걸 알지 못한다. 반면 나는 김세연이 어떤 행동을 하려 했는지 짐작하고 있다.

"당신이 원하는 건 김세연이 빼앗아간 동호회 메신저 사용 권한 되찾는 거지? 익명의 채팅창 뒤에 숨어서 살인자들 조종할 수 있는 당신의 무기 말이야."

내 말을 곱씹는 듯 선생이 대답 없이 제자리에 멈추어 선다. 김세연이 호기심 가득한 표정으로 나를 바라본다. 나를 바라보는 김세연의 표정에 공포와 흥분으로 거칠게 뛰고 있던 심장이 안정을 되찾는다.

"김세연은 메신저 관리권 당신한테 다시 넘겨 주는 대가로 당신과 거래를 하려 했겠지. 그런데 난 당신이랑 그런 거래 할 마음 없어."

여전히 선생과 김세연으로부터는 어떤 반응도 돌아오지 않는다.

내 말을 재 보는 듯 시선만 고정한 채로 깊은 생각에 빠진듯한 모습이다.

"뭣보다 당신 같은 사람을 어떻게 믿어?"

선생에게 한 발짝 다가가 목소리를 한 것 낮춘다.

"조금이라도 해를 끼친다고 생각하면 자기가 만든 살인 동호회 회원들도 다 죽이려고 하는 사람인데. 오늘 여기에 불러 모은 사람들도 다 죽이려고 모은 거지?"

"그게 무슨……."

소리 죽여 선생과 대화를 나누는 내 모습이 의심스러운지 등 뒤에서 웅성거리는 소리가 커진다. 당황해서 말을 제대로 잇지도 못하는 선생의 모습을 바라보는 게 너무나도 즐겁다. 상황이 흥미로운 듯 김세연의 눈은 눈부실 정도로 반짝이고 있다. 세상에 이보다 더 재미난 일은 없다는 듯 나를 바라보는 김세연의 표정이 너무나 황홀하다.

"시치미 떼지 마. 나한테 관리자…… 박호영 사장 죽이게 하고 김성호도 죽이라고 했잖아."

두 번째 이야기는 거짓말이지만 효과는 확실해 보인다.

"……새빨간 거짓말이야. 나는……."

"당연히 거짓말이지. 하지만 내가 그 말 하면 내 등 뒤에 모인 저 미치광이 살인자들도 똑같이 생각할까?"

노트북을 열어 미리 띄워 둔 메신저를 구동한다.

"동호회 메신저에 미리 입력해 둔 공지 올릴 거야. 엔터키 한 번만 치면 돼. 선생이 당신들 모두를 죽이려 한다고. 오늘부터 동호회는 폐지되니 살고 싶으면 어떤 수를 써서든 선생을 죽이라고. 물론 내 등 뒤의 미친놈들도 똑같은 메시지 받겠지? 거기에다 직접 이야기해 줄 거야. 박호영 사장이랑 김성호 이야기. 이 가죽 재킷이랑 단검 누구 건지 저 사람들은 금방 눈치 채겠지?"

선생의 눈동자가 쉴새 없이 흔들린다. 나와 시선을 마주치지도 못하고 가쁜 숨을 몰아 내쉬더니 입을 굳게 다물고 무섭게 나를 바라본다.

"내가! 내가 누구인 줄 알고 이런 협박을……."

"씨발 새끼야. 네가 누구인 줄 내가 알 게 뭐야? 아직도 상황 파악이 제대로 안 돼? 항상 뒤에 숨어서 쉰 목소리로 똥폼 잡으며 이놈 죽여라, 저놈 죽여라. 지시만 내리다 보니깐 감이 안 오나 본데, 저기 있는 저 미친놈들 9명이랑 붙어서 네가 무사할 거 같아? 네가 자기들 죽이려는 거 알게 된 순간 온갖 해괴한 도구로 니 몸 찌르고, 뽑고, 뜯어내려고 안달을 낼걸?"

유쾌하지 않은 기억을 떠올린 것에 항의하듯 오른손 중지에서 찌르르한 통증이 온몸으로 퍼져나간다. 비명을 지르지 않고, 몸을 떨지 않으려 이빨을 꽉 깨문다. 조금은 아물어 가던 상처가 터져나가며 입안 가득 피 냄새가 번진다.

선생이 눈주름이 깊게 패도록 눈을 감는다. 격렬하게 떨리던 선생의 어깨가 순식간에 평온을 되찾는다.

"그래. 내게 원하는 게 뭔가. 이영 군."

개새끼가 허세 떨고 자빠졌네…….

"당장 삼촌이랑 김세연부터 풀어 줘. 내가 박호영 사장 죽이는 것처럼 보이게 녹화된 동영상도 가지고 있지? 그것도 지워. 삼촌이랑 김세연 무사히 도망간 거 확인하고 나면 나도 알아서 도망갈 테니 비닐하우스 밖까지 무사히 내보내 줘. 노트북은 그때 건네줄 거야. 그리고 나도 안심할 수 있는 위치까지 가면 노트북 비밀번호 넘겨 줄 테니까."

"자네가 노트북 비밀번호를 정말로 넘겨줄 거란 보장이 없지 않은가?"

"그거야 알아서 믿든 말든 하시고. 잘난 척하더니 노트북 비밀번호 하나 금방 못 푸는 거야? 김세연이었다면 내가 도망가기 전에도 가능할 거 같은데? 어찌 되었건 네가 죽이려고 불러 모은 사람들 잘 구슬려서 돌려보내고 살아남을 수 있는 시간은 충분하니까 알아서 하라고."

또다시 내 말을 곱씹는 듯 선생의 눈이 깊게 감긴다.

"그건 곤란할 거 같군."

선생의 목소리에 이제껏 들어본 적이 없는 감정이 실린다.

두려움이다.

“뭐? 내 말대로 안 하면 당신도 곤란…….”

“그 사람은 안 하는 게 아니라 못하는 거야, 이영.”

목소리를 낮추어 주고받던 나와 선생의 대화에 김세연의 높고 청량한 목소리가 파고 들어온다.

“뭐? 왜? 내가 뭘 잘못 생각…….”

“아니. 이영 네가 파악한 것도, 추측한 것도, 계획한 것도 모두 이치에 맞아. 문제는 협박의 대상이 올바르지 않았다는 거야. 이 사람은 네 협박을 들어줄 만한 권한이 없는 사람이거든.”

“그게 무슨…….”

“내가 선생은 유령이라고 한 거 기억나? 유령이 사람들 앞에서 실체를 드러내는 걸 본 적이 있어?”

비닐하우스 중간에 모인 사람들도 들으라는 듯 김세연이 커다란 목소리로 말한다.

“이 사람은 선생이 아니야.”

선생이 말없이 김세연을 바라본다. 등 뒤의 웅성거림이 걷잡을 수 없을 정도로 커진다.

“재가 뭐라는 거야? 우리가 직접…….”

“……나도 저 사람……. 항상…….”

파편적으로 들려오는 목소리와 문장들에는 의구심이 가득하다. 돌발적으로 터져 나온 짝! 하는 요란한 박수 소리가 비닐하우스 안을 가득 메운다.

“자! 회원님들. 우리 김세연 군 이야기 들었죠?”

내게 구급상자를 건네던 잘생긴 중년 남자의 목소리다. 그리 목소리를 키운 것 같지도 않은데 다른 이들의 목소리를 손쉽게 제압하고 귓가를 파고 들어온다. 남자가 주머니를 뒤지더니 조그마한 리모컨 같은 걸 꺼내 든다.

"저기 박 경위님 문가에서 조금만 비켜……. 네……. 그 정도면 됐어요."

박 경위라고 불린 남자가 작게 중얼거리며 잘생긴 남자의 지시에 따라 비닐하우스 입구에서 비켜 선다. 어젯밤에 경찰차를 가지고 집으로 찾아온 사람이 저 사람일까?

잘생긴 남자가 리모컨을 누르자 철컥 하는 소리가 비닐하우스 입구에서 들려온다. 살인마 무리가 의아한 눈빛으로 남자를 바라본다.

"확실히 하자고요. 그나저나 오래간만에 써 봤는데 잘 먹히네요."

남자가 어깨를 으쓱하며 변명하듯 말한다.

"뭐 하려는 겁니까?"

살인마 무리 중 한 명이 불만스러운 듯 질문을 던지자 잘생긴 남자가 철제 캐비닛 쪽으로 걸어가며 대답한다.

"잠깐만요. 지금 준비할 게 있어서……. 잠깐만요. 바로 설명해 드릴게요."

남자가 철제 캐비닛의 다이얼 록을 돌리고 문을 열자 검은색 쇳덩어리들이 무너져 바닥으로 흘러 내린다.

"아! 이런……. 장전까지 다 해 놨는데 위험하게. 저기 안 부장님, 저 좀 도와주시겠어요?"

안 부장이라고 불린 골프복을 입은 남자가 고개를 갸우뚱하며 잘생긴 남자에게 다가온다.

"보자, 우리 8명에……. 저쪽에……."

잘생긴 남자가 시선을 돌려 선생과 김세연과 나를 바라본다. 잘생긴 남자를 바라보는 선생의 얼굴에 떠오른 감정이 공포라는 것은 이제 너무나도 확연하다.

"……나는……."

선생의 입이 열리며 떨리고 메마른 목소리가 새어 나온다.

"잠깐! 잠깐……. 이거 정리 좀 일단 하자고요!"

잘생긴 남자가 검지를 세워 입가에 가져다 대고 조용히 하라는 듯한 몸짓을 취한다. 놀랍게도 선생의 입이 즉시 굳게 닫힌다. 의자에 못이라도 박힌 듯 선생은 자리에서 꼼짝을 못하고 있다.

김세연이 나를 바라보며 손짓을 한다. 이제껏 본 적이 없던 긴장된 표정이다.

"이영. 이쪽으로 더 가까이 와."

비닐하우스 한쪽 끝에 등을 바짝 대고 몸을 웅크린 채로 김세연이 말한다.

"왜……."

영문도 모르고 다가가자 김세연이 목소리를 낮추고 내 귓가에 속삭인다. 김세연의 숨결이 닿은 얼굴이 화끈거리며 달아오른다.

"여기 정도면 사각이 얕게 나올 거야. 무슨 일 벌어지면 바닥에 엎드리면서 노트북으로 사선 가로막을 각도 고려해서 얼굴 앞에 세워."

사각은 뭐고 사선은 또 뭐야?

"무슨 일……."

김세연은 내 질문에 대답하지 않고 잘생긴 남자의 행동만을 유심히 관찰하고 있다.

"이게 그때 세관에서 빼 온 물건인가요?"

안 부장이라고 불렸던 남자가 호기심을 가득 담아 잘생긴 남자에게 질문한다.

"네. 컴파운드 크로스 보우요. 통관 안 되는 물건을 김성민 회원님이 애 좀 써 주셨죠."

잘생긴 남자가 대답하자 안 부장이 잠깐 얼굴을 찌푸린다.

"장전된 거니깐 다치시지 않게 조심히 다뤄 주세요. 다른 회원분들도 위험하니 저 문가 쪽까지 좀 떨어져 서 계시겠어요?"

"아니, 뭘 하려고……."

언제나 웃는 낯인 잘생긴 남자의 얼굴에 처음으로 짜증스러운 표정이 스쳐 지나간다.

"아까 김세연 군이 하는 이야기 들었잖아요? 괜히 할 일 없어서 우리가 여기에 모인 겁니까? 선생이 괜히 준비도 없이 우리를 불러 모았겠느냐고요? 조금만 생각을 좀 해 보세요! 아무튼, 시간 없으니 일단 준비해 놓고 설명해 드릴게요. 조금만 더 뒤로……."

잘생긴 남자가 빠르게 말을 이어가자 불만 섞인 말을 내뱉으면서도 살인마들은 비닐하우스의 입구 쪽으로 몰려간다.

"안 부장님, 그쪽 네 개만 입구 쪽으로 화살 향하게 해서 바닥에 한…… 10센티 간격으로 나란히 놓아 주세요. 나머지 다섯 개는 내가 배치할게요."

여전히 의아한 표정을 띤 채지만 안 부장이라 불린 남자는 잘생긴 남자의 말을 묵묵히 따른다. 바닥에 늘어 놓은 쇳덩어리들은 남자의 말대로 검은색 금속 대에 몇 겹의 줄과 도르래 같은 것이 잔뜩 달린 석궁이다.

"생각보다 안 무겁고 괜찮죠? 이따 안 부장님도 한번 쏴 보셔야죠. 골프채 같은 거보다는 이게 훨씬 깔끔하다니깐요?"

남자의 친근한 말에 안 부장이 너털웃음을 터트린다. 명치 끝에서부터 기묘한 불쾌감이 치밀어 오른다.

"준비해, 이영."

김세연이 도약 직전의 야수와 같은 자세를 취하며 내게 속삭인다.

"안 부장님도 잠깐 문가로 좀……."

안 부장이 남자의 말대로 문가로 걸어가자 남자가 석궁 하나를 바닥에서 집어 들고 몸을 돌려 선생을 바라본다.

"선생 나는……."

선생의 말은 퉁 하는 경쾌한 소리에 가로막힌다. 쉭 하고 바람 가르는 소리가 뒤따라오더니 비명 하나 없이 선생이 고개를 떨군다. 선생의 뒤통수에 새로 생긴 조그마한 구멍에서 피가 뒤섞인 기묘한 색깔의 액체가 흘러내린다. 선생의 머리를 관통한 화살은 비닐하우스 벽에 작은 구멍을 낸 채 박혀 있다.

"장력을 너무 세게 맞췄나 봐요."

축 늘어진 선생의 머리를 잠시 보던 남자가 몸을 돌려 살인마 무리에게 변명하듯 말한다. 갑작스러운 선생의 죽음에 얼이 빠진 건 나뿐만은 아니었던 모양이다. 살인마 무리도 좀전의 광경을 해석하기 바쁜 듯 아무런 말과 행동을 보여 주지 않는다.

"이게 무슨?"

"무슨 일은요. 오늘 우리가, 그리고 당신이 하려던 일이죠."

남자가 대답하며 손에 든 석궁을 비닐하우스 한편에 던져 버린다. 물 흐르는 듯 자연스러운 동작으로 바닥에서 왼쪽 끝에 놓인 석궁을 집어 든다. 잘생긴 남자가 좀 전에 대화한 남자를 겨냥하고 방아쇠를 당기자 뼈가 으스러지는 소리와 쇳덩어리가 우그러드는 소리가 함께 들린다. 석궁의 화살은 시체의 머리를 비닐하우스 문의 철제빔에 고정한 채 박힌다. 조금도 지체하지 않고 잘생긴 남자는 석궁을 내버리고 바닥에서 새로운 석궁을 집어 든다.

"이거 문 열……!"

퍽 하는 소리와 함께 누구에게 외친 것인지 알 수도 없이 안 부장이라 불린 남자의 고함이 사그라진다. 안 부장의 시체가 바닥에 쓰러지기도 전에 남자는 새로운 석궁을 집어 든다. 또다시 퉁 하는 소리가 허공을 가르자 갈피를 못 잡고 방황하던 살인마 무리 둘이 하나의 화살에 꿰뚫려 바닥으로 쓰러진다.

"우와!"

남자의 입에서 어린아이의 환호성 같은 작은 탄성이 흘러나온다. 그 와중에도 남자의 몸은 한 치의 낭비 없이 기계적인 동작을 반복한다. 문가에 얼어붙어 있던 두 명의 살인마가 괴성을 지르며 동시에 남자에게로 달려든다.

"진작 이랬어야지!"

남자가 왼손으로 바닥에서 석궁 하나를 더 집어 들고 양손으로 화살을 발사한다. 이제까지와는 달리 퍽 하는 둔중한 소리가 연달아 들려온다. 달려오던 두 명의 살인마는 그 기세 그대로 바닥을 뒹굴며 쓰러진다.

"으아아아!"

"미안하지만 급한 마음에 겨냥을 제대로 못 해서…… 이선규 기사님은 나중에!"

바닥을 구르며 연신 비명을 내지르는 살인마에게 변명을 늘어놓으면서도 남자는 새로운 석궁을 집어 든다. 시체가 늘어선 비닐하우스 입구에는 바닥에 못으로 박힌 듯 꼼짝을 못하는 두 명의 살인마만이 남아 있다.

"개새끼! 배신……."

또다시 석궁이 발사되자 이름 모를 살인마가 내지른 분노의 고성도 금방 사그라진다.

"자, 이제…… 장 대표님만 남으셨네."

장 대표라 불린 사람은 잘생긴 남자를 차마 바라보지 못하고 고개를 돌려 외면한다. 몸을 돌려 고개를 떨구고 비닐하우스 구석만을 바라보는 장 대표를 보며 잘생긴 남자가 한심하다는 듯 혀를 찬다. 잘생긴 남자가 무심하게 손을 들어 석궁을 쏘자 심하게 떨리던 장 대표의 어깨가 움직임을 멈추더니 바닥으로 무너져 내린다.

이선규 기사라 불린 사람이 배를 부여잡고 이를 악물며 몸을 일으키려 한다. 잘생긴 남자가 이선규에게 걸어가 발끝으로 어깨를 짓밟으며 재킷에서 단검을 끄집어낸다. 내가 관리자로부터 가져온 것과 같은 모양의 단검이다. 칼집에서 단검을 뽑아 든 남자가 이선규의 목을 찌른다. 꿀렁거리며 터져 나온 피가 남자의 손을 더럽힌다. 더러운 것이 묻었다는 표정이 된 남자가 얼굴을 찌푸린다.

"물티슈가 어디 있었더라."

남자가 바이스 플라이어가 나왔던 책상으로 걸어가 서랍을 뒤적인다. 정신없이 돌아가는 상황에서도 찰나의 깨달음이 내 머리를 스쳐 지나간다. 지금이 기회 아닌가?

고개를 돌려 김세연을 바라본다. 김세연이 나와 눈을 마주친다. 늘 무표정하던 김세연의 얼굴에는 좀처럼 해석하기 힘든 표정이 가득하다. 재도 무서운 걸까? 아니면…….

주머니 속에 넣어 둔 단검을 꺼내 김세연에게 보여 준다. 김세연이 고개를 끄덕인다. 발소리를 내지 않으려 조심하며 몸을 일으킨다. 김세연도 노트북을 양손으로 꽉 잡고 나를 따라 몸을 일으킨다.

"이런, 그러고 보니 의도치 않게 석궁 하나가 남아 버렸네?"

잘생긴 남자가 웃음을 터트리며 몸을 돌려 우리를 바라본다. 바닥에 놓인 마지막 석궁을 집어 든 채 남자가 물티슈로 손을 닦는다.

"편하게 앉아 있어. 김세연 군과는 할 이야기가 많거든……. 아! 이영 군과도 조금은……."

"항상 뒤에서 숨어만 있던 당신이 왜 직접 나섰지?"

김세연이 목소리는 화가 난 듯, 긴장한 듯 날카롭고 격앙되어 있다.

남자가 꼼꼼하게 손에 묻은 오물을 닦아내고 물티슈를 바닥으로 던져 버린다. 김세연의 질문을 곱씹어 보는 듯하더니 어깨를 으쓱하며 양팔을 들어 올린다.

"말했잖아. 김세연 군과 할 이야기가 많다고. 세상엔 김세연 군 같이 직접 얼굴을 마주 보며 이야기해야 마땅한 대상도 있는 거잖아? 그리고 때때론 나나 김세연 군 같은 사람도 직접 손에 피를 묻혀야 하는 법이고."

바닥에 드러누운 삼촌의 입에서 가느다란 신음이 터져 나온다. 남자가 석궁을 들고 김세연과 내 쪽으로 한 걸음 다가온다. 언제라도 석궁을 겨누고 쏠 것만 같아 몸이 위축된다.

"이영 군! 그리 긴장할 필요 없어."

남자가 내 모습을 보고 너털웃음을 터트린다.

"원래부터 김세연 군과 이영 군을 쏠 석궁은 준비해 오지도 않았다니까? 지금 이건 내가 생각했던 것보다 더 큰 성과를 거

둔 데서 따라오는 선물 같은 거고."

"쏠 생각 없으면 그거 치워 버리면 되잖아."

남자가 한 걸음 더 다가온다. 그의 얼굴에 맺힌 꼴 보기 싫은 미소가 한층 더 진해진다.

"이영 군이 재킷 안주머니의 단검을 나를 대비한 보험으로 생각하고 있으니 나도 보험 하나쯤은 들고 있어야 하지 않겠어? 그러고 보니 이영 군이 입고 있는 가죽 재킷은 김성호 씨가 작년 9월에 압구정의 백화점 5층에서 구입한 물건이군. 좋은 가죽이야."

남자가 또다시 한 걸음 다가온다.

"의자에서 선생 시체 치우고 거기에라도 앉지그래? 시간도 충분하니 편하게 앉아서 서로 담소를 나눠 보자고. 아! 정신을 잃은 이영 군의 삼촌은 내부 출혈이 일어난 듯하네……. 불행히도 이영 군의 삼촌에게는 여유 부릴 시간이 없을 듯하지만 내가 관심 있는 건 둘 뿐이니, 뭐."

"선생의 시체라고? 저 사람…… 당신은……."

"이영. 일일이 귀담아들을 필요 없어. 눈앞의 저 사람이 우리가 선생이라고 생각하는 바로 그 사람이 맞아."

남자가 발걸음을 멈추고 어깨를 으쓱한다.

"개념적으로는 말이지. 하지만 저 초라한 옥좌에 걸터앉아 계신 양반은 진짜 선생이라고. 불미스러운 사고를 쳐서 여고 교감 자리가 위태로워진 것을 내가 약간 도와주었지."

우리에게서 다섯 발자국 정도 떨어진 곳에 멈추어 서서 남자는 발밑 바닥을 살펴본다. 구둣발로 바닥을 다지는 듯하더니 털썩 주저앉아 석궁을 오른손 옆에 내려놓는다.

“봤지? 김세연 군과 이영 군을 더 이상 겁먹게 하고 싶지는 않아. 그러니까 이제 긴장 좀 풀지?”

삼촌의 입에서는 가느다란 신음이 끊기지 않고 흘러나온다. 비닐하우스 입구에 늘어진 시체들이 눈에 들어온다.

“저런 짓 저질러 놓고……. 당신 같은 사람을 어떻게 믿어?”

“저런 짓? 납치와 고문과 살인을 즐기는 범죄자들, 사회에 해악을 끼치는 검은 양들을 직접 해치운 걸 말하는 거야?”

“다 당신이 시킨 거잖아! 저런 놈들 모아놓고! 무고한 사람들 납치하고! 죽이고!”

남자의 입에서 유쾌한 웃음소리가 터진다.

“5년 동안 4건의 절도와 8건의 폭력 사건을 저질러 소년원 문턱을 한 발짝쯤 밟고 있는 이영 군으로부터 도덕적인 훈계를 듣다니! 색다른 기분인걸? 마음 한구석이 불편해서 변명을 늘어놓자면…… 내가 한 거, 나는 그냥…… 잠재적 살인자들을 발굴하고 그들에게 길을 보여 줬지. 자기의 본성을 깨닫게 해 줬고. 본능에 충실하고도 처벌받지 않을 방법이 있다는 걸 알려 줬고. 무엇보다 협동의 소중함을 일깨워 줬지! 상생과 협동이라니! 선생이 운영하던 동호회 회원들 같은 쓰레기들이 보통의 방법으로는 절대 깨닫기 힘든 미덕 아니겠어? 불행히도 결국엔 돌출분자들이 생기고 화합이 깨져 버렸지만.”

“선생은 단지 당신이 내세운 그림자 무사 이상이었지?”

남자의 끝없는 장광설을 묵묵히 듣고만 있던 김세연이 돌연 질문을 던진다. 김세연의 질문을 곱씹듯 잠깐 말을 멈추었던 남자가 천천히 고개를 끄덕인다.

"재미난 건, 역할을 주고 그걸 수행하는데 걸맞은 힘을 쥐여 주면 누구라도 엄청난 명배우가 된다는 거야. 평생 저지른 나쁜 짓이라고는 복도 지나다니는 여학생들 몸을 훑어보고 급식 업체로부터 뒷돈을 받은 정도가 전부이던 사람이 카리스마 넘치는 살인 동호회의 수장이 되는 걸 상상해 본 적이 있어? 내가 한 일이라곤 인프라를 만들어 주고, 정보를 모아 주고, 잘 작동하는 계획을 암시해 준 것뿐이지. 매주 금요일 10시마다 광화문역 5번 출구 근처에서 택시를 타는 여자가 있다. 동호회에는 마침 택시 기사가 있다. 때마침 사람이 드나들지 않는 사유지에 은밀한 비닐하우스도 있다. 납치 장소에서 사유지까지의 이동 경로에 놓인 CCTV들 관리 업체의 대표도 동호회 회원이다. 재미를 볼 사유지에서 15분 거리에 사는 도공 회원은 마침 소각로 대용으로 쓰기 좋은 널찍한 화덕도 가지고 있다. 모든 상황의 요소요소에 면식도 없는 회원들이 재미를 볼 회원의 알리바이를 적극적으로 증명해 줄 수 있다. 이영 군!"

장광설을 늘어놓던 남자가 갑자기 석궁을 집어 들고 그 끝으로 나를 가리킨다. 숨이 막혀 침도 삼키기가 힘들다.

"말해 봐. 나는 단지 이야기만 했을 뿐이야. 구체적인 살인 계획을 짠 것도, 사람을 납치한 것도, 고문하고 살해한 것도, 그 시체를 태우고 알리바이를 만든 것도 모두 다른 사람이야.

그런데도 이영 군은 내가 이자들에게 살인을 시켰다고 나를 비난할 수 있어?"

"뭐래, 개새끼가! 사람을 병신으로 아나……. 애당초 네가 사람을 조종하고 죽이려는 마음을 먹었고, 다른 사람들 그렇게 유도한 거잖아! 순전히 재미로!"

남자의 얼굴에서 웃음기가 사라진다. 찌르는 듯한 시선으로 나를 바라본다. 괜히 지기 싫은 마음에 눈을 마주 쏘아보지만 언제라도 석궁에서 퉁 하는 소리가 들려올 것만 같다.

"그래. 이영 군에게는 조금 받아들이기 어려운 개념이었을지도 모르겠군."

어깨에 힘을 풀고 다시 바닥에 석궁을 내려놓은 남자의 얼굴에 미소가 되돌아온다.

"그래. 그럼 김세연 군에게는 조금 다른 질문을 던져 볼까? 아까 저녁에 김세연 군의 오피스텔을 습격한 동호회 회원들은 어떻게 처치한 거지? 아무리 김세연 군의 압도적인 탁월함을 고려하더라도 살인에 이골이 난 성인 남성 두 명을 그토록 깔끔하게 제압한 건 나로서도 풀기 힘든 난제거든."

아까 마지막으로 김세연과 통화할 때 수화기 너머로 들리던 문 두들기던 소리가 떠오른다.

"스스로 대답 찾지 못하겠으면 모르는 채로 있어. 당신이 알 바 아니야."

냉랭한 김세연의 대답에 통쾌한 기분이 든다. 남자가 또다시 조금은 과장된 웃음을 짓는다.

"이거…… 여태까지 순순히 김세연 군과 이영 군의 질문에 대답해 준 내게는 공평하지 못한 처사인걸? 그리고 나는 궁금한 건 못 참는 성격이라서. 그래……. 이렇게 하면 되겠군. 남아 있는 석궁 한 발을 이영 군 삼촌의 머리에 꽂아 주지. 이영 군은 김세연 군에게 제발 대답을 해 주라고 애걸복걸해서 나를 좀 도와 달라고."

남자가 석궁을 집어 든다.

"당신이 결국에는 내 위치 알아낼 거라 생각하고 있었어."

몸을 움직여 남자와 삼촌의 앞을 가로막으려 하는데 지체없이 김세연의 입이 열린다.

"일부러 조금씩 보안 레벨을 낮추며 거짓 정보를 흘려서 시간을 지연시켰지만 그리 오래 가지 못할 거라는 것도 알고 있었어."

지연책. 김세연이 아까 말하던 게 저거였구나.

"당신들 동호회 메신저 관리자 계정은 진즉에 손에 넣었지. 대화 기록과 활동 내역 뒤져서 당신이 내게 보낸 사람들과 안면 없을 사람들을 불러서 오피스텔 옆에 매복시켰어. 물론 처리반도 같이. 다들 조금의 의심도 하지 않고 시킨 일 제대로 해내던데? "

그렇게 벗어난 거였구나! 그런데 김세연은 왜 결국 여기에…… 제 발로 온 걸까?

남자가 석궁을 내려놓고 손뼉을 친다.

"그래서 연락도 되지 않는 거였어! 발상은 단순하지만 효과적이야! 무엇보다 살인범들의 손을 빌리는 걸 꺼리지 않는 그 과단성이 놀라워! 의아한 건 말이야……."

남자가 얼굴을 찌푸리며 김세연을 뚫어지게 바라본다.

"지금도 그렇고…… 김세연 군 같이 거리낌이 없는 천재가 왜 스스로의 족쇄를 깨부수지 않고 거기에 묶여 있냐는 건데."

남자가 나를 바라보며 눈을 가늘게 뜬다.

"왜 김세연 군이 스스로 이 위험천만한 곳으로 왔는지 이영 군도 궁금하다는 표정이니 설명을 해 줄까? 내가 김세연 군의 어머니를 인질 삼아 협박했거든. 이영 군이 단잠을 잔 세곡동 오피스텔 앞 요양병원 특실에 입원 중인……."

남자의 말에 김세연의 미간이 찌푸려진다.

"김세연 군을 열렬히 흠모하는 이영 군에게 조금은 희망적이고 조금은 절망적인 이야기를 더 해 주자면 김세연 군이 스스로 이곳에 온 건 단순히 어머니 때문만은 아니야."

의아한 내 표정에 화답하듯 남자가 푸근한 미소를 지어 보인다.

"그래. 이영 군. 자네한테 가지고 있는 죄책감 역시 큰 이유겠지. 아무리 보통 사람보다 조금 나은 수준의 지적능력이나 간신히 가지고 있는 이영 군이라도 궁금해 본 적이 없었어? 도대체 왜? 김세연 군은 이런 위험을 무릅쓰며 이영 군을 도와주는 걸까?"

나 스스로 답을 내놓고도 계속 부정해 오던 질문이다.

"그게 무슨."

"5년 전 불미스러운 사고를 겪고 난 뒤 이영 군을 괴롭힌 건 단순히 부모님의 죽음만은 아니지?"

소문들. 계속 나를 따라 다녔던…….

"이영 군 개인에겐 크나큰 비극이었지만 언론에서는 그리 큰 비중을 두는 뉴스는 아니었지. 하지만 그 화제성과 대조적으로 수많은 가십이 집요하게 인터넷과 SNS에 돌아다니는 걸 의아하게 생각해 본 적이 없어?"

누군가가 틀어막기라도 한 듯 내 입이 굳게 닫힌다. 그러지 않으려 애를 써 보지만, 시선이 김세연을 향하는 걸 멈출 수가 없다.

"자네가 들고 온 김세연 군의 노트북을 열어 직접 확인해 봐. 김세연 군이 자료들을 저장하는 네트워크 드라이브에 손쉽게 접근할 수 있을 거야. 생성일이 자네가 사고를 겪고 난 뒤로부터 얼마 지나지 않은 폴더를 찾아서 열어 보라고. 거기에 담겨 있는 자네의 사진과 결정적으로 가십에 불을 붙인 불에 타죽은 자네 부모님의 비참한 시체 사진과 자네의 악명을 만들어 준 무수히 많은 기록을 확인해 봐."

"귀담아들을 필요 없는 이야기야."

저건 부정이 아니다. 김세연이 남자의 말을 부정한 게 아니다. 알 수 없는 곳으로부터 시작된 떨림이 온몸으로 퍼져나간다. 온몸의 감각이 마비되기라도 한 듯 더 이상 어떤 고통도 느껴지지 않는다.

"안쓰럽군. 김세연 군, 이영 군의 표정을 좀 보라고!"

남자의 조롱이 머나먼 곳에서부터 들려오는 것 같다. 귀가 먹먹해지고 눈앞이 흐릿해진다.

김세연이 대답 없이 어금니를 꽉 깨물며 입을 꾹 다문다.

"말해 봐, 김세연 군. 이영 군을 상처 입혀서 괴로운가? 수년 전부터 김세연 군과의 대화를 거부하는 어머니가 신경 쓰여 이런 위험을 감내한 건가?"

"……."

김세연의 굳게 닫힌 입은 열릴 생각을 하지 않는다.

이 모든 상황이 꿈처럼 느껴진다.

남자의 얼굴에서 웃는 표정이 사라진다. 짜증스러운 표정으로 또다시 바닥에서 석궁을 집어 든다.

"이번에는 그냥 이영 군을 쏴 버리는 게 낫겠군. 망가진 장난감에는 더 이상 흥미가 생기지 않거든."

"……그래. 그렇다고 할게."

남자가 내 얼굴을 향해 석궁을 겨눈 채 어깨를 으쓱한다. 찌를 듯 날카로운 석궁의 끄트머리도 아까처럼 날카롭게 느껴지지 않는다. 모든 게 흐릿하다.

"너무나 안타깝군. 왜 도덕이란 족쇄로 스스로를 옭아매지? 김세연 군. 늑대가 양 떼들의 법과 도덕을 따라야만 하나?"

"……."

"저 바닥에 너부러진 살인마들이나 이영 군 같은 사람들이 보통의 사람들과 다른 검은 양일지 몰라도 그 본질은 여전히 양 떼들이지. 양 떼들의 법과 도덕에 의해 규정지어지고 보호를 받는…….”

남자가 김세연의 대답을 기다리지 않고 말을 잇는다.

“사회적으로 부여받은 이름과 신분으로 누군가의 누군가가 되어 관계와 시스템 내의 역할로서만 스스로를 규정할 수 있는 양 떼. 하지만 김세연 군과 내게 그런 게 필요하나? 우리는 누구의! 그 어떤 시스템의 인정도 필요 없지. 왜냐하면…….”

새벽에 김세연이 남자가 했던 것과 비슷한 이야기를 했던 게 떠오른다. 남자의 목소리는 좀 전까지 가득했던 비웃음이 사라지고 이제 꿈을 꾸듯 진지하고 열의가 가득하다.

“나와 김세연 군은 양 떼들의 세상에 홀로 버려진 늑대들이니깐! 어쩌면 이 세상에 오직 둘밖에 없는! 그 누구도 우리를 이해하지 못하고 우리 역시 타인들을 이해하기 힘들지. 왜냐하면 저들의 본성은…….”

선생의 석궁으로 나를 찌르기라도 할 듯 팔을 뻗어 나를 가리킨다.

“풀을 뜯어 먹으며 서로서로 어울려 사는 데에 있지. 하지만 우리의 본질은…… 양 떼를 두려움에 떨게 만들고 그 공포를 즐기며 그들의 고기를 뜯어 먹는 데 있어. 김세연 군의 부모도 어느 순간부터 김세연 군을 이해하지 못하고 정체 모를 괴물을 보듯 대했지?”

학교 아이들 모두가 김세연을 두려워한다. 저 남자의 말대로 모두가 다 본능적으로 김세연의 정체를 안 걸까?

“지적사고가 원활히 작동하기 시작하는 바로 그 순간부터 우리는 사람들을 두렵게 해. 그 어떤 대가의 교향곡을 듣거나 명화를 보더라도 다른 이들처럼 수학적 균형과 비례가 쌓아 올린 아름다움을 즐기는 게 아니라 그 속에 숨어 있는 불협과 불균형을 찾아내게 되지. 제아무리 대단한 성취와 아름다움을 접하더라도 우리는 만족할 수 없어! 특출난 재능을 가진 이들이 수년, 수십 년 동안 애써 힘겹게 쌓아 올리는 성취도 우리에게는 가벼운 여흥 거리의 부산물처럼 쉽게 따라서 오지. 왜냐하면! 그건 모두 양 떼들의 세상에서 양 떼들을 위해 만들어진 것이거든!"

김세연이 대답 없이 호기심 어린 표정으로 남자를 바라본다. 처음 보는 김세연의 표정이 나를 너무나 두렵게 만든다.

"김세연 군에게 만족을 주고 재미를 주는 건 그런 게 아니지? 상용 사물 인터넷 API의 80% 이상을 직접 만들어 백도어를 심어 놓고 서로 다른 아이디로 배포한 것도, 전 세계 가상화폐 채굴 프로그램의 70% 이상을 초기에 만들어 배포해 수수료를 모아둔 것도 단순히 돈을 벌기 위한 목적은 아니었지? 물론 우리 같은 부류의 지적 활동에는 부산물처럼 부가 따라오긴 하지만……."

그놈의 우리……. 김세연과 나. 김세연과…….

"김세연 군이 축재해 둔 거대한 부가 목적은 아니었을 거야. 내가 동호회를 만든 것과 김세연 군이 만들어서 활용하는 모든 놀라운 업적들은 결국엔 같은 이유에서 시작된 것이지."

같은 이유가 아니다! 저 빌어먹을 입을 좀처럼 다물 줄 모르는 개새끼는 그 잘나신 두뇌로 기껏 살인 동호회를 만들어서 사람들을 죽였고 김세연은…… 김세연은 나를 도와주었고, 도와주고 있다. 김세연이 정말로 남자가 이야기하는 그런 사람인가?

"비록 하루도 채 안 되는 시간이지만 김세연 군을 발견하고 나는 살면서 처음 겪는 감정을 느꼈어……. 그건…… 어쩌면 세상에 오직 하나뿐일 나의 이해자를 드디어 발견했다는 희열이지! 내 고독과 권태를 이해하고 나를 승계할 수 있는 유일한 존재!"

"킥……."

갑작스럽게 명치 끝 깊숙한 곳으로부터 터져 나온 웃음이 모든 현실감과 고통을 되살린다. 한번 터져 나온 웃음은 좀처럼 멈출 생각을 하지 않는다. 어찌나 웃긴지 어깨가 부들부들 떨려온다.

김세연이 남자를 바라볼 때보다 더 호기심 가득한 표정으로 나를 바라본다. 어쩌면 입가에 작은 미소가 맴돌고 있을지도 모르겠다.

남자는 꿈꾸는 듯한 표정에서 좀처럼 벗어나지 못하고 몽롱한 눈길로 나를 바라본다.

"내 말이 뭐가 그리 웃기지? 이영 군."

남자가 위협적으로 들이민 석궁 끝이 더는 두렵게 느껴지지 않는다.

"개새끼가…… 쉴 새 없이 주절주절 헛소리 늘어놓은 게 결국엔…… 김세연한테 수작 부리려고……. 진짜…… 내가 역겹고 더럽고 웃겨서…….”

웃음이 연신 터져 나와 좀처럼 말을 이어가기가 힘들다. 남자가 표정을 굳히며 무섭게 나를 바라본다.

“확실히 이영 군은 천박한 입담에 있어서만은 비범함을 뛰어넘는 재능을 가지고 있어. 하지만 김세연 군과 내가 교감을 나누고 있는데 방해를 하지는 말아 줬으면 좋겠는데?”

“왜? 날 쏘기라도 하게? 교감? 사람 위협해서 꼼짝 못하게 해 놓고 일방적으로 떠벌리는 게 교감이라고? 그리고 김세연이 너 같은 새끼랑 같은 부류라고? 네가 동호회 만들어 놓고 한 짓이라곤 사람 죽인 거밖에 없지만 김세연은 이유가…… 이유가 뭐든 간에 나 구해 주려고 했어! 지금도 계속 나랑 삼촌 걱정해서…….”

“아니, 이영. 이 사람 말에도 일리는 있어. 끝까지 말해 봐. 그래서 당신이 나한테 원하는 건 뭐지?”

김세연이 단호하게 내 말을 자른다. 들끓어 오르던 감정이 순식간에 식는다. 남자의 얼굴에 다시 만족감이 가득한 미소가 피어오른다.

“김세연 군. 내가 감히 김세연 군의 ‘선생’을 자처할 수는 없을 거야. 하지만 이 세상에 오롯이 둘만 있는 존재로 내가 먼저 겪고 실수하고 방황했던 것들을 건너뛰게 해 줄 수는 있어. 아니. 김세연 군은 나보다 더 대단하고 위대해질 수 있어!”

“위대하고 대단한 거 지랄하네. 사람 죽이는 게…….”

남자와 김세연은 내 쪽을 바라보지도 않는다.

“딱 하나 자네를 구속하는 족쇄를! 도덕이란 이름의 족쇄를 벗을 수만 있다면!”

“내가 당신이 만든 동호회를 뺏었는데도 상관없겠어?”

남자가 김세연을 바라보면 미소를 짓는다.

“상관없어! 동호회 따위는 무료한 일상에서 즐긴 한때의 여흥이야! 김세연 군이 잘 활용해 준다면 나로서는 오히려 영광이라 할 수 있을 거야.”

“당신은 정말 재미난 사람이야.”

김세연의 뜻 모를 말에 남자가 고개를 까닥해 보인다.

“어떻게 눈앞에서 나를 보면서도 내가 뻔히 시간을 끌고 있다는 걸 모를 수가 있지? 지금이 몇 시지? 당신과 대화를 나눈 지 20분쯤 지났나?”

갑작스러운 김세연의 질문에 남자의 입이 굳게 닫힌다.

“그럼 다시 물어볼게. 내가 당신의 동호회뿐만 아니라 당신이 구축해 놓은 모든 것, 동호회 회원들의 인적 사항과 약점, 당신의 수많은 가상 신분들, 수많은 차명 계좌, 당신이 말하는 양 떼들의 사회에서 당신이 당신임을 입증하기 위한 모든 연결 고리를 지금 막 파괴했는데도? 그래도 상관없어?”

시비를 걸어오는 애들을 두들겨 팬 뒤에 내 얼굴에 떠올랐던 것과 비슷한 미소가 김세연의 얼굴에 가득하다.

김세연을 바라보는 남자의 얼굴이 거짓말처럼 일그러진다.

“그게 무슨…… 그럴 시간이……. 노트북 사용하지도 못하게 했고…… 서버실에 접근할 수도……. 거짓말이야."

"나는 그럴 시간이 없었지. 그럴 수도 없었고. 하지만 영이는 가능했거든."

김세연이 나를 가리키며 미소 짓는다. 김세연의 말뜻을 이해한 건 아니지만, 이제껏 본 적이 없는 남자의 당황한 표정이 아주 마음에 들어 덩달아 내 입꼬리도 올라간다.

"……."

"처음에는 당신이 분산 서버에 퍼트려 놓은 모든 관계망을 찾는 로봇을 만들려고 했어. 시간이 촉박해서 알고리즘의 효율이 형편없는 게 문제였지만 그건 더 많은 컴퓨팅 파워를 쏟아부으면 해결되는 거잖아? 당신의 말대로 나는 돈이 많으니까. 내가 빌릴 수 있는 모든 병렬 컴퓨팅 파워를 빌렸어. 문제는 당신의 협박 때문에 컴파일 시간이 빠듯하다는 것과 서버실에 접근할 방법이 없다는 거였지만. 하지만…… 영이라면 가능할 거라고 생각했지. 얘는 어떤 상황에 부딪히든 어떻게든 뭔가 해내거든. 그 와중에 쓸데없이 호기심도 많아서 알지도 못하면서 이것저것 건드릴 거라고 생각했고."

김세연의 노트북에 설치되어 있던 뜻 모를 프로그램이 떠오른다. 어떤 반응도 없이 진행 그래프 하나만 덩그러니 나오던…….

아니, 잠깐. 김세연 재가 지금 나를 계속 '영이'라고 부르고 있는 거야?

"이래도 여전히 내게 가르침을 주고 싶어? 선생?"

남자가 석궁을 땅으로 내리더니 깊은 숨을 들이마시며 눈을 감는다. 깊게 감긴 남자의 두 눈에 반응해 내 몸이 반사적으로 앞으로 튀어나간다. 김세연이 뛰쳐나가는 내 어깨를 붙잡아 세운다.

어느새 눈을 뜬 남자가 무섭게 우리를 노려본다.

"……자네에 대한 찬탄이 더해지는 것 말고는 아무것도 달라지는 건 없군, 김세연 군."

여태까지와는 달리 냉랭한 목소리다.

"자네에게 길을 보여 주고 가르침을 주지. 자네의 본성을 일깨워 주겠어. 내 지도를 따르기만 하면 자네와 자네가 아끼는 이영 군과 어쩌면 이영 군의 삼촌까지 무사히 여기를 벗어날 수 있을 거야."

"……."

"동호회 메신저를 열고 박동훈 회원에게 개인 메시지를 보내. 자네 어머니가 입원한 병원의 의사이니 병실에 드나드는 건 일도 아닐 테지. 지금 당장 자네 어머니를 살해하라고 지시해. 물론 가장 안락하고 편안한 방법으로."

김세연의 표정이 무섭게 굳어진다.

"자네 스스로 자네에게 채워진 족쇄를 풀어 버릴 기회를 제공해 주겠다는 의미야. 물론 자네를 존중하는 의미에서 선택권을 줄 거야. 꼭 내 말을 따를 필요는 없지. 어찌 되었건 자네는 무사히, 어떤 해도 입지 않고 이곳을 벗어날 수 있을 거야. 하지만 자네가 내 말을 따르지 않는다면 이영 군과 이영 군의 삼촌은 이곳에서 저 시체 더미에 합류하겠지. 그리고 자네 어머니는 시간과 공을 들여서 내가 직접 죽여 주도록 하지. 이 머저리들의 동호회를 운영하면서 배운 온갖 고문수단을 다 동원해서 최대한의 고통을 주겠어. 죽어 가는 매분, 매초마다 자네의 어머니에게 딸의 선택으로 이런 고통을 겪는다는 걸 똑똑히 느끼고 알게 해 주지."

무표정하게 나를 노려보는 화살 끝뿐만이 아니라 돌변한 남자의 말투와 태도가 온몸을 옥죄어 온다.

김세연이 내게 손을 뻗는다.

"이영, 노트북 줘."

남자의 얼굴에 만족스러운 미소가 맴돈다.

"김세연…… 그거……."

"노트북!"

김세연의 기세에 밀려 말없이 노트북을 건넨다.

"당신 말대로 할 테니 뒤로 물러나. 당신이 또 무슨 짓을 할지 모르니."

남자가 상처받았다는 듯 불쌍한 표정을 지어 보이더니 순순히 몸을 일으켜 캐비닛이 있던 위치까지 뒷걸음질을 친다.

"더 뒤로 가. 아예 입구까지. 메시지 보내고 당신한테 화면 보여 주고 우린 바로 갈 거야."

"김세연 군. 이럴 필요까지는 없는데. 나는 약속은 중히 여기거든."

말과는 달리 남자는 석궁을 겨눈 채 비닐하우스의 입구까지 뒷걸음쳐 간다. 입구에 있는 시쳇더미들을 발로 굴려 치우더니 비닐하우스 문에 등을 기대고 선다.

"이 정도면 자네도 안심이 될까?"

남자가 고함치듯 목소리를 높여 말한다. 김세연은 대꾸 없이 노트북을 열고 바탕화면을 띄운다.

남자가 어깨를 으쓱해 보이며 팔의 힘을 푼다.

김세연이 여는 폴더는 'Messenger'가 아니라 'SDA Remote'다. 익숙한 지도 화면이 나오자 김세연의 손이 바쁘게 움직인다. 좀처럼 노트북의 화면에서 눈을 못 떼는 나를 바라보며 김세연이 짓궂은 미소를 지어 보인다.

"선생!"

고개를 들고 입구에 기대어 있는 남자를 향해 김세연이 외친다.

남자가 의아한 표정으로 김세연을 바라본다.

"당신은 이미 나한테 가르침을 줬어! 당신을 꺾을 길을 보여줬어!"

김세연의 말이 끝나는 것과 동시에 요란한 엔진 소리가 비닐하우스 밖에서 들려온다. 비닐하우스 입구의 벽이 무너지고 찢어지며 익숙한 검은색의 무인 자동차가 남자의 등을 덮친다. 쓰러지는 남자의 모습을 마지막으로 어둠이 비닐하우스를 뒤덮는다.

눈이 막 어둠에 익숙해지려 할 무렵 다시 빛이 돌아온다.

김세연이 노트북을 바닥에 내려놓고 벽에 박힌 화살을 뽑아

드는 모습과 함께 다시 어둠이 찾아온다.

규칙적으로 점멸되는 불빛 속에서 쓰러진 남자가 몸을 일으키려 하는 모습이 보인다. 석궁! 아직 장전된 석궁이 남자가 쓰러진 곳 근처에 뒹굴고 있다.

재킷 속의 단검을 오른손으로 꺼내 쥐고 몸을 일으켜 입구 쪽으로 달려간다. 또다시 불이 나간다. 비닐하우스 조명의 점멸 주기는 눈을 뜨고 있기가 벅찰 정도로 빨라졌다.

"이영, 비켜."

김세연이 차갑게 내뱉으며 내 곁을 스쳐 지나간다. 분명 나보다 한참 뒤에서 뛰어 왔는데…….

김세연이 비닐하우스 중앙에 아무렇게 나뒹구는 석궁을 집어 들고 화살을 시위에 건다. 깜빡이는 불빛 사이로 남자가 왼손으로 자동차의 보닛을 짚고 일어서는 게 보인다. 어둠 속에서 톱니바퀴 같은 게 돌아가는 소리가 들려온다. 빛이 돌아오자 완전히 몸을 일으켜 세운 남자를 석궁으로 겨냥하는 김세연의 모습이 보인다.

"야! 뭐하는 거야!"

반사적으로 석궁을 쥔 김세연의 팔을 향해 손을 뻗친다. 퉁 하는 소리와 함께 살이 꿰뚫리는 소리가 뒤따라온다. 이어서 억눌린 신음이 들려온다.

또다시 어둠이 깔린다.

"……머리를 맞혔어야지."

입구에서 들려오는 남자의 목소리에는 힘이 빠져 있지만, 여전히 농담을 건네듯 유쾌함이 가득하다.

좀처럼 빛이 돌아올 생각을 하지 않는다. 김세연이 크게 숨을 몰아 내쉬는 소리와 무인 자동차가 위아래로 삐걱거리는 소리만 들린다.

"너 뭐 하는 짓이야?"

입구에서 들려오던 소리가 사라지자 김세연의 목소리가 채찍처럼 나를 후려친다.

"그 사람 죽이려고 했잖아……."

"당연히 죽였어야지! 네가 방해하지 않았다면 화살 한 발로 모든 게 해결되었을 거야! 방해하지 않았다면 얼굴에 정확히 맞힐 수 있었다고!"

그래……. 나도 김세연이 정확히 맞혔을 거라는 데 조금의 의심은 들지 않는다. 그래도…….

"진짜 선생이 살아 있다면 아무것도 해결되지 않아. 너도 그렇고, 나도…… 엄마도!"

어둠 속에서 타는 듯한 김세연의 눈동자가 나를 노려본다. 양을 노려보는 늑대의 눈동자가 꼭 저럴까?

"그래도……."

몸이 굳고 목이 잠긴다.

김세연이 깊게 숨을 들이마신다.

"지금이라도 쫓아갈게! 아까 어깻죽지에 맞았으니……."

"아니. 선생도 석궁을 들고 갔어. 우리는 어두운 데 있고 선생은 밝은 데 있어. 입구가 비좁아서 밖으로 나가는 순간 손쉽게 맞힐 수 있을 거야."

단 한 번의 심호흡과 함께 김세연의 표정과 냉랭한 말투가 되돌아온다. 냉정함을 되찾은 김세연의 태도에 조금은 안도가 된다.

"그럼 어떻게?"

"기다려. 일단 너희 삼촌 상태 안 좋으니 병원까지 차에 실어 보내자."

"뭐를 기다……."

내 질문에 대답이라도 하듯 비닐하우스 밖에서 엔진 시동이 걸리는 소리가 들려온다. 김세연이 바닥에 버려 둔 노트북 쪽으로 걸어간다. 엔진 소리가 비닐하우스로부터 점점 멀어져 간다.

"따라와, 너희 삼촌 일단 저기에 실어야 하니까."

죽은 짐승처럼 입구를 틀어막고 있던 무인 자동차가 몸을 뒤흔들고 깨어난다. 전조등 불빛이 비닐하우스 안을 비추자 입구에 너부러져 있는 시체 더미들의 모습이 더욱 기괴하게 보인다.

"다리 쪽 잡아."

김세연이 두 개의 노트북을 접어 쓰러진 삼촌의 배 위에 올려놓고 팔 쪽을 붙잡는다. 힘을 합쳐 들어 축 늘어진 삼촌의 몸을 들어 올린다. 시체처럼 꼼짝도 하지 않던 삼촌의 입에서 가느다란 신음이 새어 나오자 한결 마음이 놓인다.

비닐이 두껍게 깔린 바닥은 시체에서 흘러나온 피로 뒤덮여 미끄럽기가 얼음 바닥 같다. 몇 번을 비틀거리며 힘겹게 삼촌의 몸을 무인 자동차의 뒷좌석에 구겨 넣고 차 문을 닫는다. 온갖 통증과 피로가 두꺼운 장막처럼 겹쳐 나를 감싸 안는다.

가쁜 숨을 몰아쉬는 나와 달리 김세연의 호흡은 안정되어 있다. 차 안에서 노트북을 꺼내든 김세연이 조용히 하라는 듯 입술 아래에 손가락을 세운다. 억지로 입술 사이로 새어 나오는 신음을 눌러 참는다. 저 멀리서 은은하게 멀어져 가는 자동차의 배기음이 들려온다.

"너희 삼촌 병원 보내고 바로 뒤따라 갈 테니까 오토바이로 선생 뒤쫓아 가."

"그 사람 무슨 차인지도 모르는데……."

내 질문은 무시하고 김세연이 노트북을 조작한다. 삼촌을 실은 무인 자동차가 후진해서 비닐하우스를 빠져나간다. 비닐하우스의 벽이 지진이라도 맞은 듯 가느다랗게 흔들린다.

"아까 받은 핸드폰 켜서 동호회 메신저 띄워."

김세연이 백팩에 노트북을 집어넣고 비닐하우스 밖으로 나간다. 영문도 모른 채 김세연이 시킨 대로 핸드폰을 조작하며 뒤를 따라 나간다. 수많은 차로 빽빽하던 공터에 이빨이 빠진 빈자리가 눈에 띈다. 김세연이 공터에 세워 둔 차를 한 바퀴 둘러본다.

"역시 6기통 배기음이 맞았어. 여기 빈자리에 세워져 있었던 차는 파란색 BMW 세단. 밤이라서 검은색처럼 보일 거야. 차량 번호는……."

빠르게 내뱉는 김세연의 말을 머릿속에 억지로 구겨 넣는다.

"핸드폰 줘 봐."

"어……. 아까 보니깐 배터리 40%밖에 없던데……."

"그 정도면 40분은 충분히 버텨 줄 거야."

김세연이 핸드폰을 잡고 무언가 조작을 한다.

"네 핸드폰 위치 뒤따라갈 거니깐 계속 바짝 뒤쫓아. 그리고 이것도 가져가."

김세연이 백팩에서 목걸이처럼 생긴 헤드셋을 꺼내어 핸드폰과 함께 내게 건넨다.

"그런데 40분이면…… 금방……."

"40분 넘으면 도심에 들어갈 테니 그 전에 처치해야 해. 헤드셋 켜 놓고. 시간 없으니 빨리 뒤쫓아."

"너는?"

짜증스러운 듯 김세연이 입술을 깨물며 나를 노려본다.

그래, 어련히 알아서 하겠지.

대답을 기다리지 않고 뒤틀리고 덜그럭거리며 부서질 것 같은 몸을 이끌고 오토바이로 걸어간다. 핸드폰을 재킷 안주머니에 쑤셔 넣고 헤드셋의 전원을 켜고 목에 걸고 오토바이의 시동을 건다.

마지막으로 고개를 돌려 김세연을 바라보았지만, 또다시 노트북을 꺼내 들고 무언가에 열중하고 있다.

되도록 중지에 힘을 주지 않으려 애쓰며 스로틀을 당긴다. 흙길을 후벼 파며 위태롭게 튀어나가는 오토바이에서 힘겹게 균형을 잡는다. 미끄러운 농로를 한참이나 달려도 BMW의 모습은 보이지 않는다. '사유지 출입금지' 팻말을 다시 만날 때까지도 어떤 자동차의 흔적도 찾아볼 수가 없다. 저 멀리 도로에서 들려오는 소리에 집중해 보려 해도 요란한 오토바이의 엔진 소리 덕분에 쉽지가 않다.

어차피 포장된 큰길까지는 일방통행이나 마찬가지다. 좀 전보다 더 속도를 높여 포장되지 않는 흙투성이 길 위를 위태롭게 달려나간다.

그런데 만약에…… 만약에 남자가 시동을 끄고 전조등도 끈 채로 어딘가에 숨어서 내가 지나가기를 기다리는 거라면? 혼자 남은 김세연을 노리고 있는 거라면?

애써 머리를 흔들어 잡념을 떨쳐낸다. 혼자만 남았다고 하더라도 김세연이라면 충분히 알아서 대처할 수 있을 거다.

어두운 산길에서 갑작스럽게 떠오른 자동차의 후미등에 반가움과 놀라움이 함께 밀려온다. 생각보다 너무 느리게 달리는 거 같은데?

오토바이의 전조등을 비춰 번호판을 확인해 보자 실망이 밀려온다. 삼촌을 태워 보낸 무인 자동차다. 저것보다 좀 더 빨리 달릴 수 없나?

자꾸만 차 안에 누워 있는 삼촌에게 향하는 시선을 억누른다. 좁은 도로 틈을 비집고 무인 자동차를 추월해서 속도를 한층 더 올린다. 구불구불한 길을 한참이나 지나쳐 가자 눈앞에 잘 포장된 도로와 맞닿은 교차로가 보인다.

그런데 왼쪽? 오른쪽? 표지판 하나 없는 교차로다.

김세연은 남자가 '도심'으로 향할 거라고 말했다. 아까 내가 이곳으로부터 올 때 분명히 큰 도시를 지나쳐 왔다.

잠깐의 망설임 끝에 왼쪽으로 방향을 틀고 스로틀을 확 감는다. 미끄러운 흙길에 뒷바퀴가 미끄러지며 오토바이가 술 취한 사람처럼 좌우로 흔들거린다. 왼 다리로 땅을 지탱하는 와중에 스스로 균형을 되찾은 오토바이가 앞으로 확 튀어 나간다. 눈앞에선 완만히 휘어진 경사로가 아래로 한참이나 이어진다.

오토바이의 속도는 어느새 시속 150킬로를 넘어서 있다. 불빛 하나 없는 도로에 두텁게 내리깔린 어둠을 오토바이의 전조등이 칼처럼 베어 나가며 길을 밝혀 준다.

언덕의 경사가 점점 심해진다. 뒷바퀴가 떠오르며 좀처럼 오토바이의 속도를 내기가 힘들다. 이쪽으로 갔으면 그 새끼는 벌써 평지에 들어서서 한참 신나서 달리고 있을 텐데.

내 속마음을 읽기라도 한 듯 저 앞에서 바퀴가 도로에 미끄러지는 소리가 요란하게 들려온다. 두 개의 짧은 코너를 돌아 나가자 눈앞에 커다란 세단의 모습이 보인다.

전조등을 상향등으로 바꾸고 번호판을 읽어 본다. 그 남자다. 오토바이의 경적을 길게 울리면서 상향등을 연달아 점멸한다.

BMW의 후미등 불빛이 붉게 타오른다. 네 개의 타이어가 도로를 움켜잡는 소리가 요란하게 들려온다. 도로에서 자동차들이 뒤에 따라붙은 오토바이를 위협하기 위한 뻔히 부리는 수작이다. 네가 그렇게 나올 거라고 나도 예상했다!

급제동하며 중앙선을 넘어 좁은 차선을 가로막고 멈추어서는 세단을 앞지른다. 오토바이를 완전히 세운 채 고개를 돌려 뒤를 바라본다. BMW의 전조등이 상향등으로 바뀌며 내 눈을 태울 듯 쏟아져 내려온다. 진하게 틴팅이 된 창문 너머로 흐릿한 사람의 형상이 보인다.

기어를 중립으로 넣고 오른발로 뒷 브레이크를 밟은 채 몸을 뒤로 돌린다. 왼손 중지를 똑바로 세워 BMW의 앞창문을 향해 들이민다.

BMW의 뒷타이어가 요란하게 연기를 내뿜으며 제자리에서 회전한다. 도로를 꽉 움켜쥔 앞타이어는 언제라도 튀어나올 듯 움찔거린다.

나 역시 오토바이의 기어를 넣고 오른손으로 엔진 회전수를 조금씩 높인다. 앞바퀴를 잠그고 있는 브레이크가 풀리며 BMW가 양 떼를 습격하는 늑대처럼 내 쪽을 덮친다.

순간적으로 확 가속하며 반대쪽 차선으로 오토바이를 몰아 피한다. 거대한 쇳덩어리가 사이드미러를 스쳐지나 언덕 아래로 내달려 간다. 왼쪽 다리를 내뻗어 바로 오토바이의 균형을 잡으며 뒤를 따른다.

아니, 그런데…… 뒤를 쫓는 건 좋은데 이래서는 저 새끼 어떻게 해 볼 방법이 없잖아?

또다시 내 생각을 읽기라도 한 듯 목에 건 헤드셋이 요란하게 울린다. 스로틀을 감고 있는 오른손에 힘을 주어 핸들을 돌린 채 왼손으로 전화를 받으려 시도해 본다. 핸들에서 왼손을 뗄 때마다 균형을 잃은 오토바이가 절벽 쪽으로 내달린다. 몇 번의 시도 끝에 헤드셋의 버튼들을 모조리 누르고 나서야 전화가 연결된다.

"이영! 그 핸드폰 GPS 해상도는 3미터 정도야. 최대한 3미터 안으로 따라붙어!"

귀를 찢을 듯 요란한 바람 소리에 김세연이 말하는 걸 좀처럼 알아듣기 힘들다.

"알았어! 그런데 내가 따라잡은 거 어떻게 안 거야?"

바람 소리에 대항하듯 고함치며 말한다.

"……."

의식하지도 못한 사이에 튀어나온 내 질문을 질책하듯 바람 소리에 실린 김세연의 한숨 소리가 귓가를 때린다.

그래……. 또 쓸데없는 질문을 했다…….

"너 이동속도 변화되는 거만 봐도 바로 알 수 있어. 그보다 선생이 탄 차 어느 정도 앞에 있어?"

3미터면 어느 정도 거리이지? 삼촌 오토바이 길이가 2미터 정도일 테니 한 대 반 정도 차이인가?

"한 5미터 정도 앞이야!"

"언덕 아래쪽에서 올라오는 불빛 보여?"

김세연의 말을 따라 고개를 빼 언덕 아래를 내려다본다. 아직 한참이나 남은 언덕 아래 도로에서 몇 대나 되는 자동차의 전조등이 이쪽으로 올라오는 모습이 보인다.

"어, 보여!"

"지금 속도 대로라면 30초면 맞부딪칠 거야. 바짝 붙어 가다가 10초 정도 남겨두고 눈치 못 채게 뒤로 빠져."

30초? 뭘 하려는 거지? 김세연의 지시대로 머릿속으로 숫자를 센다.

BMW는 아슬아슬할 정도로 속도를 높여 구불구불한 언덕길을 달려 내려간다. 애써 뒤로 빠지려 하지 않아도 이렇게 급격한 커브가 많은 도로에서 오토바이로는 뒤를 쫓기 벅찬 속도다. 아무리 힘을 주어 오토바이를 기울여 보려 해도 완만한 코너를 돌아나가는 궤적은 점점 크게 부풀어 오른다.

몇 초 정도 남았지? 10초!

완만한 커브를 지나고 나니 길게 뻗은 직선 도로가 나타난다. 천천히 브레이크를 밟으며 속도를 줄인다. 직선 구간에서 나를 떨구어 내려는 듯 BMW 속도는 한층 더 빨라진다. 직선도로의 끝 왼쪽 커브에서 양쪽 차선을 가득 메운 두 쌍의 전조등 불빛이 튀어나온다.

이런……. 김세연은 날 이동하는 과녁판으로 써먹고 있는 거다! 반사적으로 앞뒤 브레이크를 밟으며 오토바이를 멈추어 세운다.

안정적으로 멈추어 선 나와 달리 BMW의 거대한 차체는 요란하게 좌우로 흔들린다. 차가운 새벽 공기에 식은 도로를 달구어진 타이어가 움켜쥔다. 굉음을 내며 내리막길에 내리꽂

히듯 속도를 줄여가는 BMW를 두 쌍의 전조등이 덮친다. 3대의 쇳덩어리들이 한데 뒤엉키며 금속들이 비명을 내지른다. BMW의 거대한 보닛이 우그러들며 두 차선을 나란히 가로막고 올라오던 무인 자동차들의 보닛 사이로 파고든다.

"어떻게 됐어?"

바람 소리가 없으니 김세연의 목소리가 귀를 후려치듯 요란하게 들려온다.

"일단 충돌해서 멈췄어! 잠깐만."

한동안 멈추어 서 있던 BMW의 뒷바퀴가 다시 움찔거리며 회전한다.

"다시 움직이려 하는데?"

헤드셋 너머로 김세연이 키보드를 두드리는 소리가 요란하게 들려온다. BMW의 뒷바퀴에 맞서듯 무인 자동차의 앞바퀴들도 회전하기 시작한다. 무인 자동차들의 뒷바퀴가 미끄러지며 차체가 도로 가장자리로 회전한다.

온통 우그러진 BMW의 보닛이 그 사이로 비집고 빠져나간다. 두 대의 무인 자동차가 요란하게 서로 충돌한다.

"빠져나갔어! 네 차들이 길 막고 있어! 어서 치워 줘!"

헤드셋 너머로 김세연이 투덜거리는 소리에 뒤이어 또다시 키보드 두드리는 소리가 들려온다. 무인 자동차들이 후진하며 도로에 작은 틈을 낸다. 스로틀을 확 감아서 그 사이를 빠져나간다.

"따라잡았어?"

"아직! 너무 빨라서 쫓아갈 수가 없어!"

"얼마나 앞섰는데?"

타이트한 U자를 그리며 오른쪽으로 휘어진 커브 아래로 BMW의 불빛이 달려나가는 모습이 보인다.

"코너 하나만큼 앞서가고 있어!"

"다음 교차로에서 잡자! 네 위치랑 이동속도 고려해서 보정한다고 해도 거리 벌어지면 지연시간 때문에 정확하게 잡기 어려워. 최대한 가까이! 어떡하든 따라잡아!"

전화기 너머로 이래라저래라 말하는 거야 쉽지. 그때 그 골목길에서처럼 오토바이를 몰고 있는 건 난데.

요란한 키보드 소리 뒤에서 미약한 엔진음이 들려오는 걸로 봐서 김세연도 무인 자동차를 타고 나를 뒤따라 오는 것 같다.

스로틀을 더 힘껏 감아 돌린다. 오토바이의 속도는 순식간에 시속 130킬로까지 올라간다. 오른쪽으로 급격히 꺾인 코너 입구에서 앞뒤 브레이크를 동시에 힘껏 밟으며 기어 단수를 몇 단이나 떨어트린다.

양 무릎과 양팔에 내 체중의 몇 배나 되는 무게가 실려 온다. 온통 찢어지고, 해지고, 부어오른 온몸의 상처들이 일제히 비명을 지른다.

오토바이의 속도는 시속 50킬로까지 줄어든다. 양손에 힘을 주어 핸들을 꺾으며 몸을 최대한 오른쪽으로 기울인다. 오른쪽 발 받침대가 도로를 긁자 요란한 소리가 나고 불꽃이 튄다. 삼촌이 이걸 봤으면 시체처럼 쓰러져 있다가도 그 자리에서 벌떡 일어나 날 죽이려 들겠지…….

양 차선에 걸쳐 크게 부풀어 오른 U자를 그리며 코너를 틀자마자 다시 스로틀을 끝까지 감아 가속한다. 뒷바퀴 쪽에 힘이 실리며 오른쪽으로 기울어져 있던 오토바이가 벌떡 일어선다. 쭉 뻗은 직선도로 끝에서 BMW의 후미등이 왼쪽 코너로 흘러 사라지는 게 보인다. 오토바이의 속도는 시속 180킬로를 넘어서 있다.

직선도로의 끝은 순식간에 다가온다. 오른손과 오른발에 힘을 주어 또다시 급브레이크를 밟는다. 속도를 주체 못한 오토바이의 뒷바퀴에서 불쾌한 흔들림이 느껴진다. 급격한 속도 변화에 좀 전보다 훨씬 더 큰 힘이 팔다리에 실려 온다.

미리 대비하고 있어서 통증이 덜할 거라고 생각했지만 크나큰 오산이었다. 머릿속이 하얗게 변하며 주행풍에 바짝 마른 눈가로 눈물이 줄줄 흘러내린다.

"씨발! 진짜!"

의식하지도 못하는 사이에 입에서 욕설이 흘러나온다.

"뭐라고?"

"……아무것도 아니야!"

또다시 오토바이를 왼쪽으로 크게 기울인다. 이번에는 왼쪽 발 받침대가 도로에 깎여 나가며 오토바이를 불안정하게 뒤흔든다. 그래, 좌우 균형은 맞춰야지…….

코너를 돌아나가니 BMW의 후미등이 아까보다 한결 가까운 위치에서 보인다.

다시 스로틀을 끝까지 감는다. 불안정하게 비틀거리던 오토바이가 우뚝 서며 힘차게 가속해 나간다. 쭉 뻗은 직선도로 저 멀리 교차로가 보인다. 순식간에 BMW의 후미등이 눈앞으로 다가온다.

"바짝 붙었어!"

"지금 속도대로라면 15초! 5초 뒤에 뒤로 빠져!"

김세연의 말대로 머릿속으로 숫자를 세기 시작하는데 BMW의 후미등이 내 눈을 태울 듯 밝아진다.

반사적으로 앞뒤 브레이크를 힘주어 잡는다. 힘주어 레버를 당기는 오른손 중지 끝에서부터 거대한 지네가 살을 파먹으며 팔을 따라 올라오는 느낌이 든다.

멈추어 선 4개의 바퀴와 두 개의 바퀴가 함께 도로를 움켜잡는다. BMW의 오른쪽 뒷바퀴가 옆으로 흐르며 거대한 차체를 시계 반대 방향으로 회전시킨다. 내 오토바이와 남자의 BMW가 도로에 거대한 T자를 만들며 교차로로 흘러간다. 교차로 직전에 멈추어선 BMW의 옆을 무인 자동차가 총알처럼 스쳐 지나간다. 죽어라 힘겹게 쫓아 왔는데 빗맞혔네…….

내 오토바이는 옆으로 돌아간 BMW의 운전석 바로 앞에 멈추어 선다.

"씨……."

스르륵 내려간 운전석 창문으로 튀어나온 물체가 내 입을 틀어막는다. 선생이 피가 흘러내리는 오른손으로 핸들을 붙잡은 채 왼손으로 석궁을 들고 나를 겨냥한다. 도로를 막아선

BMW 너머로 눈을 태워 버릴 듯한 전조등 불빛이 다가온다.

반사적으로 오토바이를 버리고 도로 옆으로 몸을 날린다. 머리 위로 화살이 스쳐 지나간다.

무인 자동차가 달려오는 속도를 늦추지 않고 BMW의 조수석을 들이받는다. BMW의 거대한 차체가 팽이처럼 회전하며 방향을 튼다.

창문 밖으로 튀어나온 남자의 왼팔이 망가진 봉제 인형의 그것처럼 제멋대로 흔들거린다.

튼튼한 가죽 재킷 너머로 둔탁한 아스팔트 바닥이 내 몸을 압박해 온다. 아물어 가던 왼팔의 상처에서 피가 배어 나온다. 피를 머금은 셔츠가 피부를 할퀴듯 조여 온다.

밤이슬을 머금은 도로에 머리를 누인다. 그냥 이대로 잠들어 버렸으면 좋겠다.

"이영!"

오토바이에서 떨어질 때 스피커가 고장 났는지 목 근처에서 흘러나오는 김세연의 말소리가 간헐적인 잡음처럼 들려온다.

BMW의 창문 밖으로 튀어나와 있던 남자의 왼팔이 경련한다. 이어서 천천히 BMW의 운전석 쪽 문이 열린다. 안전벨트를 푸는 것 같은 소리가 들리더니 검은 구두를 신은 남자의 발이 운전석 옆으로 튀어나온다. 비틀거리며 차 밖으로 나온 남자가 왼팔로 피가 흘러내리는 오른쪽 어깨를 짚어 본다. 고개를 들어 밤하늘을 바라보고 깊게 숨을 들이마시자 비틀거리던 남자의 몸이 바로 안정을 되찾는다. 저 새끼는…… 그렇게 당하고도 왜 저리 멀쩡해 보이냐…….

목에서 흘러나오던 김세연의 목소리가 더 이상은 들리지 않는다.

남자가 고개를 돌려 나를 바라본다. 남자의 눈빛이 비닐하우스 안에서 나를 바라보던 김세연의 눈빛과 너무나 비슷하다. 흠칫 정신이 들어 팔에 힘을 주고 상체를 일으켜 세운다.

"씨발……."

온몸을 뒤흔드는 통증에 절로 신음이 새어 나온다. 힘을 주고 몸을 일으켜 세우려 해도 지진을 만난 듯 후들거리는 다리 때문에 쉽지가 않다.

남자가 안 주머니에 손을 집어넣고 무언가를 찾는 듯하더니 작은 한숨을 내쉰다. 내게서 눈길을 거둔 남자가 도로에 쓰러진 삼촌의 오토바이를 일으켜 세운다.

"손 떼……."

남자가 의아한 표정으로 나를 돌아본다.

"그거…… 삼촌 거라고! 손 떼! 씨발 새끼야!"

스스로 내지른 고함에 채찍질 당하듯 내 양다리가 굳건하게 땅을 디디고 일어선다.

비웃음을 지우지도 않은 채 남자가 오토바이의 사이드 스탠드를 내려 도로에 고정한다.

"이영 군, 뭔가 착각하고 있는 것 같은데. 내가 자네가 무서워 도망쳤던 건 아닌데……."

내가 재킷 안에서 꺼내든 단검을 보고 남자의 말문이 잠깐

막힌다.

“딱 봐도 이영 군은 오른손잡이인데 단검을 오른손으로 쥐었어야지. 왜? 부어오른 손가락이 아파서 힘들어?”

남자의 말은 무시하고 단검을 쥔 왼손바닥에 힘을 준다. 단검의 가죽 손잡이가 피에 젖은 손바닥을 질척하게 파고들어 온다. 남자가 어깨를 으쓱하더니 고개를 돌려 오토바이의 시동을 건다. 몇 번이나 시동 버튼을 잡아당겨 보지만, 오토바이는 꿈쩍할 생각을 하지 않는다.

“병신 새끼……. 잘난 척하더니 시동 걸 줄도 모르나 보네?”

남자가 어깨를 으쓱하더니 나를 바라본다.

“그래. 이영 군에게 가르침을 청해야겠는데? 시동 어떻게 걸어야 하는 건지 가르쳐 주겠어?”

“내가 널 곱게 보내 줄 거 같아?”

말을 내뱉으면서 오토바이를 빠르게 훑어본다. 기어……. 아까 내가 기어 넣은 채로 뛰어내려서 시동이 안 걸리는 거구나.

남자가 내 시선을 쫓는다.

“그렇군. 이영 군이 마지막으로 기어를 중립으로 안 한 채 내려서 시동이 안 걸리는 거였어!”

남자가 왼손으로 클러치를 잡고 기어를 조작한다.

“개새끼야! 손 떼!”

왼손으로 힘주어 단검을 잡고 남자에게 달려든다. 몇 걸음만에 휘청거리던 다리가 안정을 되찾는다. 달려가는 속도를 늦추지 않은 채 몇 발자국 앞에서 자세를 낮추고 남자의 다리를 향해 단검을 휘두른다.

단검이 노렸던 남자의 허벅지가 뒤로 빠지는 듯하더니 억센 두 손이 내 목 뒤를 붙잡는다. 손목남과는 비교도 안 될 정도로 억센 손아귀다.

"이거……."

벌어진 내 입술을 남자의 무릎이 찍어 올린다. 입안 가득한 상처들이 터지면서 비릿한 피가 목과 코로 흘러들어 온다. 최초의 타격에서 회복되기도 전에 또다시 남자의 무릎이 얼굴로 올라온다. 고개를 돌려 보려 했지만 내 목을 붙잡은 손은 꼼짝을 하지 않는다.

작은 뼈가 부러져 나가는 듯 으적 하는 불쾌한 소리와 함께 코피가 터져 나온다. 쉴 틈을 주지 않고 또다시 올라오는 무릎을 향해 단검을 휘두른다.

목을 압박하던 두 손이 갑작스럽게 풀리고 나를 뒤로 밀친다. 균형을 잃고 볼썽사납게 뒷걸음질을 치는 내 손을 노리고 남자의 구두가 날아온다. 채찍 끝에 맞은 듯 날카로운 통증과 함께 내 손끝에서 단검이 날아간다.

저거…… 놓치면…… 어디 간 거지? 뇌진탕이라도 생긴 건지 세상이 나를 중심으로 빠르게 회전하는 것 같다.

남자가 단검이 떨어진 도로로 걸어가며 나를 향해 뭐라고 말을 건네온다.

단검! 뺏기면 안 돼! 비틀거리는 몸의 균형을 잡는 건 포기하고 양팔과 다리를 바쁘게 놀려 기듯이 단검 쪽으로 달려간다. 남자가 상처 입은 개처럼 기어가는 내 옆에서 보조를 맞추듯 여유롭게 걸어간다.

"잘 사용하지도 못하는 무기에 왜 집착하지? 이영 군. 그냥 날 보내줬어야지."

그냥 보낸다고? 지금 남자가 오토바이를 타고 떠난다면 김세연도 도저히 쫓을 방법이 없을 거다. 하지만 나랑 상대가 되지 않잖아. 굳이 더 싸워 볼 필요도 없다.

김세연과 마찬가지로 이 남자도 내가 아무리 애를 써 봐야 실력의 차이를 극복할 수 없는 사람이다.

"난 이영 군 딱히 죽이고 싶은 마음 없는데? 자네는 나한테 전혀 위협이 되지도 않는데 내가 무엇 때문에 자네를 죽이는데 시간을 낭비하겠어?"

뭐? 날 죽일 생각이 없다고? 그럼 그냥 보내야 하나? 어차피 상대도 되지 않는데.

문득 쓰레기 더미에 처박혀 있던 이름도 모르는 여자애의 시체가 떠오른다. 몸이 안 좋은 할머니와 같이 살았고 떠돌이 고양이들에게 사료를 챙겨 주었다던……. 내 손을 잡고 가족들에게 말하지 말라 애원하던 관리자의 얼굴도 떠오른다. 정육점의 고깃덩어리처럼 바닥을 나뒹굴던 삼촌의 몸이, 순식간에 시체로 변해 버린 비닐하우스 안의 살인자들이, 무엇보다 엄마에 관해 이야기하며 무섭게 나를 노려보던 김세연의 얼굴이 떠오른다.

어쩌면…… 아니, 애초부터 김세연이 남자를 쏘는 걸 막는 게 아니었어.

"내가 방해하지 않으면…… 그냥 못 본 체하면 나 살려 줄 거야?"

바삐 놀리던 발걸음을 멈춘 채 질문을 던지자 남자도 도로에 우뚝 멈추어 선다. 내 질문을 재고해 보는지 남자의 묘한 시선이 내게 내리꽂힌다.

"이영 군 정도야 김세연 군이 도착하기 전에 충분히 해치우고 떠날 수 있겠지만……. 자네한테는 빚진 것도 있는 셈이니 방해하지 않겠다면 내가 굳이 이영 군을 죽일 이유는 없지."

남자의 시선을 피해 고개를 땅끝으로 떨군다.

"……그럼 가. 삼촌 오토바이 타고."

실망의 한숨인지 비웃음인지 모를 소리가 남자의 입 밖으로 새어 나온다. 나를 바라보는 듯 한동안 멈추어 서 있던 남자가 발길을 돌려 다시 오토바이 쪽으로 걸어간다. 나에 대한 조금의 경계도 없이 걸어가는 남자의 뒷모습을 바라보고 있으니 한숨이 흘러나온다.

암만 해 봐야 난 저 사람 못 이겨. 잘 알고 있잖아. 그래도…… 그래도…… 그냥 보낼 수는 없잖아…….

오른손으로 재킷 위를 더듬어 본다. 주머니 안에 놓인 손바닥만 한 크기의 네모난 형체가 만져진다.

그래. 혼자서라면 어림도 없겠지. 혼자서라면. 일단은…… 어떡하든 엉겨 붙기라도 해 봐야지.

소리 없이 몸을 일으켜 세우고 조심스럽게 발걸음을 남자

쪽으로 옮겨 간다. 거리가 충분히 가까워지자 양팔을 벌리고 남자의 종아리를 노린 채 순간적으로 땅을 박차고 튀어나간다. 손끝이 남자의 다리에 닿기도 전에 딱딱한 구두 뒤축이 내 얼굴에 내리꽂힌다.

"씹……."

비명을 내지르며 볼썽사납게 땅바닥에 쓰러진 나를 보며 남자가 유쾌한 웃음을 터트린다. 틈을 주지 않고 공격하려는 듯 남자의 다리가 움찔한다. 아까의 통증이 각인된 듯 반사적으로 몸을 웅크리게 된다.

"피하고 싶으면…… 다리를 보는 게 아니라 눈을 봐야지! 아까…… 오토바이 바라보는…… 뭐가 문제인지 알았잖아? 눈을 보라고! ……쓰러진 듯 ……멀쩡히 ……나를 노리고 있던 ……눈!"

골이 뒤흔들리며 지독한 이명이 귓가에 맴돈다. 남자가 하는 말이 군데군데 끊겨 들려 좀처럼 이해되지 않는다. 몸을 일으켜 세우고 양팔을 얼굴 위로 들어 올린다. 구두 밑창에 찢어진 듯 왼눈 위에서 뜨끈한 피가 흘러내려 눈이 따갑다.

빠르게 내 쪽으로 다가오는 남자의 피 묻은 오른쪽 어깨로 왼팔을 내지른다. 남자가 왼손으로 내 팔을 가볍게 쳐낸다. 남자의 팔꿈치가 둔중하게 내 배에 내리꽂힌다. 내장이 뒤틀리는 충격에 입에서 피가 섞인 토사물이 흘러 내린다.

"처음부터 거길 노렸어야지! 왼손이 아니라 오른손으로!"

남자의 구둣발이 도로에 엉덩방아를 찧은 내 오른손 중지를 찍어 내린다.

"씨발!"

목이 터지라 내지르는 비명 속에 피와 토사물의 냄새가 섞여 나온다. 남자가 체중을 실어 구둣발로 내 중지를 짓눌러 댄다. 머릿속에서 수천 개의 폭죽이 동시에 터지는 기분이다. 아득히 날아가려는 정신을 억지로 붙잡고 입을 크게 벌려 남자의 종아리에 이빨을 들이댄다.

"양인 줄 알았는데 이영 군도 늑대였군!"

남자가 크게 웃음을 터트리면서 다리를 뒤로 잡아 뺀다. 덜렁거리는 중지는 무시하고 양손을 주먹 쥐며 바로 몸을 일으켜 세운다. 빈정거리며 몸을 뒤로 빼는 남자의 얼굴로 오른 주먹을 날린다.

"이제서야! 쓸모없는 시도이긴 하지만 멋지네!"

남자가 어깨를 돌려 주먹을 흘리고 왼손을 뻗어 내 팔을 붙든다. 이어서 날린 왼 주먹도 가볍게 흘리더니 부어오른 내 중지를 붙잡고 사정없이 꺾는다.

"……!"

말이 되지 않는 절규의 단어들이 입 밖으로 터져 나온다. 눈가에 고여 있던 피에 눈물이 뒤섞여 흘러내린다.

"그래, 이영 군. 박호영 사장 찔러 죽일 때 재미있었지? 생전 처음 저질러 본 살인에 어떤 기분이 들었어? 이제야 내가 누구인지, 무엇인지 알 거 같다는 생각이 들지 않았어?"

남자가 중지를 잡은 손가락에 힘을 가하며 질문을 던진다.

"……아냐!"

내지르던 절규에 뒤섞어 파편적인 대답을 한다.

"뭐라고 하는지 잘 못 들었는데?"

"……나도! 김세연도! 늑대 따위가 아니라고!"

"그건 자네가 찔러 죽인 박호영 사장의 가족들이 들으면 화날 만한 이야기인데?"

고통에 익숙해진 것인지 어깨가 흔들리며 입에서 웃음이 터져 나온다.

"오토바이 시동도 제대로 못 걸던 바보 같은 새끼가…… 네가 세상 모든 걸 다 아는 거 같지? 3미터! 3미터 안에서 나랑 뒤엉켜 있으니 무서울 게 없지?"

목에 걸린 스피커로부터 미약한 잡음이 들려온다.

"이해할 수가 없군. 고통 때문에 정신이 나간 건가? 난 이영군이 도대체 무슨 이야기를 하는지 모르겠는데?"

남자의 뒤편 저 멀리서 BMW를 스쳐 지나갔던 무인 자동차의 시동은 아직 켜져 있는 채일 거다.

"박호영 사장 내가 죽인 거 아냐! 그 사람이 나 도와주려고! 그리고 자기 가족 지키려고 자살한 거야! 개새끼야! 네가 무슨 신이라도 되는 거 같아? 원한다면 사람 멋대로 살인마로 만들고 뭐든지 뜻대로 할 수 있고 세상 모든 걸 다 알고 있는 거 같아? 어차피 너는 나랑 3미터 밖으로 떨어지는 순간 죽을 목숨이야."

또다시 스피커로부터 짧은 잡음이 들려온다. 남자의 얼굴에 짜증인지 분노인지 해석하기 어려운 표정이 스쳐 지나간다.

"이거…… 내가 할 일이 많겠는데? 먼저 김세연 군의 어머니, 어쩌면 자네의 삼촌, 거기다 박호영 사장의 가족까지 찾아가야 한다니. 무척이나 바쁘겠어?"

일제히 터져 나온 감정들이 머릿속에 불꽃을 피어 올린다. 거대한 감정의 불꽃이 내 몸을 쥐고 흔드는 모든 통증을 집어삼킨다. 남자에게 붙들린 오른쪽 어깨에 힘이 들어간다. 남자가 권태로운 표정으로 힘을 주어 내 중지를 더 거세게 꺾는다.

상관없다. 남자가 꺾는 방향으로 중지를 강하게 들이민다. 뼈가 으스러지고 근육이 꼬이고 인대가 찢어지는 소리가 들리며 오른손이 자유를 되찾는다.

몸을 사로잡고 있는 모든 통증이 거세게 날뛰며 아직 내가 살아 있음을 되새겨 준다. 피가 배이도록 꽉 움켜쥔 내 오른손 주먹이 남자의 턱에 들이박힌다. 둔중한 느낌과 함께 온몸의 상처들이 환희와 고통의 비명을 질러 댄다. 멈추지 않고 거듭 주먹을 날린다.

두 번째 주먹질에 남자의 코뼈가 주저앉는다. 입가로 흘러내리는 피 맛에 깨어나듯 어리둥절하던 남자의 눈빛이 되살아난다. 먹잇감을 기다리는 늑대처럼 매섭게 내 주먹을 노려본다.

그래. 눈을 보라고 했지? 좋은 거 가르쳐 줘서 고맙다! 개새끼야!

내지르던 주먹을 멈추고 안주머니에서 핸드폰을 꺼내든다. 아직도 몸의 균형을 못 잡는 남자의 셔츠 안으로 핸드폰을 쑤셔 넣는다.

"이게 무슨?"

몸을 돌려 전속력으로 남자에게서 멀어진다.

"3미터 밖이야! 그냥 들이받아!"

남자가 어리둥절한 표정으로 몸을 일으키려 한다. 요란한 엔진 소리와 전조등 불빛이 순식간에 가까워진다. 다가오는 불빛을 피해 몸을 던지는 남자의 다리를 무인 자동차가 치고 지나간다.

환한 전조등 불빛 속에서 남자의 다리뼈가 부러지며 기괴하게 뒤틀리는 게 보인다.

바닥에 나뒹구는 남자가 나를 바라본다. 신기한 건지 재미난 것을 보는 건지 알 수 없는 눈빛이다.

"아직! 아직이야, 계속!"

무인 자동차가 후진으로 남자를 덮친다. 덜컹 하는 소리와 함께 남자의 몸이 쇳덩어리 아래에 깔린다.

'재미있었지?'

남자가 마지막으로 던진 질문이 귓가에 맴돈다.

대답을 생각해 보려 하지만 모든 고통과 감정을 뒤덮으며 잠이 쏟아진다.

그래…… 이제는 잠들어도 된다. 늑대는 죽었다.

* * *

영화에서처럼 눈을 감고 깊은 잠에 빠졌다가 깨어 보니 푹신한 병원 침대에 누워 있는 일 같은 건 일어나지 않는다.

깜빡.

그래, 깜빡에 가깝다.

차 아래 깔린 남자의 모습을 바라보다 깜빡 정신을 차려 보니 나는 김세연과 알 수 없는 대화를 나누고 있다. 김세연이 도로 바닥에 누워 있는 내게 손을 내민다.

깜빡.

나는 차 뒷좌석에 누운 것도 앉은 것도 아닌 자세로 엉거주춤 처박혀 있다. 무엇 때문인지 여전히 김세연의 손을 잡고 있다. 그리고…… 왜 처 울고 있는 거지? 쪽팔리게……. 무슨 말하는 거야?

깜박.

벽에 붙은 기다란 장의자에 등을 기대고 앉아 있다. 손에는 커다란 햄버거를 든 채다. 몸이 제멋대로 햄버거를 입에 쑤셔 넣는다. 잘게 부서진 음식 조각들이 입안에 굴러다닐 때마다 상처가 쓸려나간다. 뱃속에서 요란한 소리가 들려온다.

깜박.

착하게 생긴 간호사가 흰색 종이와 볼펜을 내민다. 종이에 쓰인 말들이 무슨 의미인지 제대로 알지도 못하겠는데 내 손은 제멋대로 빈칸을 채워 넣는다. 연락처? 아…… 나 핸드폰

잃어버렸지. 삼촌이 또 지랄하겠는데……. 삼촌은 괜찮나?

깜박.

김세연이 내게 무언가를 말해 주고 있다. 열렬하게 내 고개가 위아래로 끄덕인다. 다행이다. 뭐가?

깜빡.

김세연이 흰 옷을 입은 남자와 복도에서 대화하고 있다. 표정이 너무 무서워 보인다. 남자의 얼굴이 기묘하게 김세연과 닮은 것 같다.

깜빡.

"입 조금만 더 크게 벌리자."

마스크를 쓴 의사의 지시에 크게 입을 벌린다. 입에서 풍기는 온갖 악취에 비위가 상한다. 볼 안쪽이 얼얼하다. 실 같은 게 내 살을 팽팽하게 당기며 지나간다.

깜박.

이번에는 눈이다. 아까와는 다른 의사가 전등을 내 눈에 비춘다.

"깊게는 안 패였네. 몇 땀만 꿰매면 되겠다."

제발 그러세요……. 알아서 좀……. 제발 자고 싶어…….

깜박.

김세연의 뒤를 따라 끝도 없이 이어진 복도를 따라 걷는다.

깜박.

씨발! 아파! 아프다고…….

"어, 그래, 아프구나. 이 지경이 되었으니 엄청 아프겠지."

의사는 내 고함은 신경도 쓰지 않는다. 무신경하게 오른손 중지를 누르고 당긴다.

깜박.

"난 간다."

김세연의 말에 반사적으로 고개를 끄덕인다.

김세연한테 하고 싶은 말이 있는데. 꼭 해야 하는데. 나중에 하자……. 그런데 걔 전화번호……. 난 핸드폰도 없고.

필사적으로 11개의 숫자를 떠올려 본다. 몇 시간 전까지만 해도 낙인처럼 머릿속에 새겨져 있던 번호가 까맣게 지워져 기억나지 않는다.

괜히 서글퍼져 또다시 눈물이 흘러내린다.

깜박.

푹신하지는 않지만 적어도 맨바닥은 아닌 침대 위다. 깨끗한 이불이 덮여 있다. 안도감에 입 밖으로 한숨이 새어 나온다.

다시 눈을 감고 잠을 청해 본다.

* * *

3일 동안이나 삼촌과 같은 병실을 쓰는 건 곤욕스러운 일이었다. 틈만 나면 튀어나오는 삼촌의 병원비 걱정에 시달리는 것도, 온종일 뉴스 채널만 틀어놓은 4인 병실 TV를 지켜보는 것도 짜증스러웠다.

눈길을 잡아끄는 뉴스도 있었다. 주요 시간 뉴스의 헤드라인은 내가 발견한 여자애(이제는 이름을 안다.) 살인의 유력 용의자가 수의사라는 것과 현재 도피 중이라는 내용으로 도배가 되었다. 그보다는 작은 비중이지만 직원들을 퇴근시키고 홀로 사무실에서 자살한 기업체 사장에 대한 뉴스도 스치듯 흘러 지나갔다. 자살한 기업체 사장과 사무실에 같이 있었던 고등학생에 관한 이야기는 나오지 않았다.

당연히 보도되었어야 할 뉴스가 뜨지 않는 것도 내 마음을 초조하게 만들었다. 대 학살극이 펼쳐진 비닐하우스에 대한 뉴스도, 폭주해 사고를 내고 부서진 무인 자동차에 대한 뉴스도 나오지 않았다.

골절된 손가락의 치료를 위해 정형외과를 갈 때마다 손목에 깁스를 한 사람들을 보고 흠칫흠칫 놀라기도 했다.

좋은 소식이라 해야 할지는 모르겠지만 3일 뒤 퇴원할 무렵 원무과로부터 익명의 독지가가 나와 삼촌의 병원비를 모두 부담하기로 했다는 소식을 전해 들었다. 그 소식에 신난 것인지 삼촌은 내게 생활비 겸 용돈을 두둑하게 챙겨 주었다.

그때부터 한 달이 지난 지금까지도 삼촌은 병원에 속 편히 눌러앉아 있다. 재활 치료 받으러 병원에 들를 때 가끔 용돈이라도 뜯어내려 병실에 찾아가 보면 어지간히 나아진 것도 같은데 매번 어디 부위가 새롭게 아프다고 하며 도통 퇴원할 생각을 하지 않는다. 생활비만 제대로 챙겨 준다면 나야 상관없는 일이다.

다들 뉴스를 보기라도 한 것인지 4일 뒤 교실에 돌아갔을 때 나를 반겨 준 건 아이들의 무관심이었다. 그 역시 나로서는 좋을 일이었다.

반면 텅 빈 김세연의 자리는 아이들의 이목을 잡아끌었다. 온갖 소문이 나돌았지만, 김세연이 왜 학교에 안 오는 것인지 아무도 모르는 모양이었다.

그건 나도 마찬가지였다. 직접 물어보고 싶었지만 아무리 노력해 봐도 김세연의 전화번호가 기억나지 않았다. 전화번호를 적어 두었던 메모지는 바지 주머니 속에서 피와 땀에 더럽혀져 알아볼 수가 없었다. 김세연의 오피스텔에 직접 찾아가 볼까 생각도 해 봤다. 그런데 말도 없이 불쑥 찾아가는 것도 이상하고, 간다고 해서 거기에 김세연이 있을 거란 보장도 없었다. 걔 집이 그 두 개뿐일 거라는 생각도 들지 않고…….

결국엔 김세연이 아예 학교에 나오지 않기야 하겠나 싶어서 기다려 보기로 했다.

내 생각은 정확히 들어맞았다.

* * *

김세연을 다시 만난 건 한 달 뒤 겨울 방학식이 끝난 후, 우리가 처음 함께 시체를 발견했던 골목 근처다.

“네가 그런 거야?”

나와는 달리 사복을 입은 김세연이 의아한 표정으로 나를 바라본다.

"뭘 말하는 거야?"

"방학식 교감 훈화. 음향 장비 고장 나서 금방 끝났잖아."

"아니, 내가 안 했어. 넌 뭐든 이상한 일만 일어나면 내가 한 거라고 생각하는구나?"

"음……. 한평생 남한테 이쁨받을 짓을 한 적이 없는 우리 삼촌한테 익명의 독지가가 병원비를 전액 부담해 주겠다고 한 거 같은 이상한 일 말이지?"

두툼한 패딩 잠바 주머니에서 손을 끄집어내며 김세연이 피식 웃음을 날린다.

"집에 가는 거야?"

그건 내 질문에 대한 대답이 아니잖아.

"……아니. 좀 쉬었다가 밤에 배달 알바."

"배달 알바?"

"응, 원동기 면허 땄거든. 삼촌이 생활비 주긴 하는데……."

"그래? 그럼 난 간다."

표정 변화 하나 없이 작별 인사를 날리는 김세연의 태도에 마음이 초조해진다.

"아…… 아니. 밤에 한다니까. 오후에 시간 많아. 오랜만에 봤는데 이야기나 하자. 물어볼 것도 많고."

내 말이 뭐가 그리 우스운지 김세연이 하하 크게 웃는다.

"왜? 뭐가 그리 웃겨?"

"아니, 이영 너처럼 호기심 많은 애가 왜 질문을 여태 안 했나 나도 궁금했거든."

김세연이 내 연락을 기다린 거였을까? 피가 빠르게 돌며 얼굴이 화끈거려 온다.

"그건…… 나 핸드폰 빼앗겼잖아. 네 전화번호 그때는 외웠는데 병원에서 정신 차리고 보니 하나도 기억이 안 나더라고. 넌 학교에 오지도 않고……."

김세연이 야릇한 표정으로 천천히 고개를 끄덕인다.

"그랬구나."

저걸 안도의 표정이라고 해석하면 너무 나 좋을 대로 생각하는 걸까?

"그때 죽은 사람 핸드폰도 있었잖아? 거기에 나랑 통화한 내용 남아 있는데, 왜?"

태연하게 던지는 김세연의 질문에 마음이 씁쓸해진다.

"그건 보니까 그 사람 가족사진들도 찍혀 있고……. 그냥 가지고 있으면 안 될 거 같더라고. 퇴원하면서 바로 가족들한테 보냈어. 너랑 그걸로 통화한 것도 깜빡했네……."

바보 같은 내 행동을 질책할 거라 생각했는데 김세연은 말없이 고개만 끄덕인다.

"아 그래서! 며칠 전에 알바비 받자마자 핸드폰 하나 샀다. 나도 이제 스마트폰 쓸 수 있어! 그러니까……."

"물어보려 했던 건 뭔데? 그때 선생이 이야기했던 거? 내가 네 자료 가지고 있었던 거 물어보려는 거야?"

갑작스러운 김세연의 질문에 한동안 말문이 막힌다.

병원에서도, 수업 시간에도, 때때로 스쿠터를 타고 배달하는 와중에도 '선생'이 내게 말해 주었던 이야기를 곱씹어 보았다.

"그건…… 나 혼자서 생각을 많이 해 봤는데. 그 남자가…… 선생이…… 말하는 방식…… 사람들을 혼란시키는 방식 같은 걸, 그걸 좀 알겠더라고. 네가 그때 그 사건…… 사진이랑 자료들을 가지고 있는 게 사실이라 하더라도 그게 꼭 네가 내 소문을 퍼트린 거라는 증거는 아니잖아?"

김세연은 대꾸 없이 나를 바라만 본다. 심호흡을 크게 하며 김세연을 마주 바라본다. 김세연의 눈동자는 깊이를 가늠하기 힘들 정도로 깊다.

"진짜로 네가 내 소문을 퍼트린 거였다고 하더라도 상관없어. 그때 나 도와준 거. 너 아니었다면 난 더 최악의 소문 하나 더 달고 이미 죽었겠지. 삼촌도 같이……. 아무리 김세연 네가 대단한 애라고 해도 나 도와주는 게 쉽지도 않은 거였고. 그리고 바로 네가 아니었다면 세상 누구도 나 도와줄 수 없었겠지. 그래서…… 혹시라도 나한테 안 좋은 일을 했다고 하더라도 난 널 원망할 수 없을 거 같아."

김세연의 입이 작게 열린다.

"잠깐만! 나 말 마저 할게."

김세연이 급히 말을 틀어막는 내 모습을 말없이 바라보면서 고개만 끄덕인다.

"그런데 난 네가 안 그랬을 거란 거 알고 있어. 이건…… 네가 안 그랬으면 좋겠다는 바람이나 믿음 같은 게 아니라…… 그냥 네가 그런 짓 할 애가 아니라는 걸, 그 남자가 말했던 거 같은 그런 사람이 아니라는 걸 확신하는 거야. 그냥…… 알고 있는 거야. 그래서…….”

생각이 복잡해서 조리 정연하게 말을 잇기가 힘들다. 내 눈에서 시선을 뗄 생각을 하지 않는 김세연의 눈동자가 부담스럽다. 괜히 마른침을 삼키며 시선을 돌린다.

“할 말 다 했어?”

“어…….”

갑자기 김세연이 발걸음을 떼어 놓는다. 바보처럼 멈추어 서서 구불구불한 골목길을 성큼성큼 걸어가는 김세연의 뒷모습만 바라본다.

“뭐해? 같이 가자. 어차피 너랑 나랑 같은 방향이잖아. 이야기할 것도 물어볼 것도 많다며?”

얼뜬 웃음이 입 밖으로 터진다.

“좀 천천히 걸어. 너 걸음 진짜 빠르다.”

김세연의 발걸음이 한결 여유로워진다.

“중학생 때 엄마가 내 생물학적 생부가 있는 병원에 입원했었어.”

갑작스러운 김세연의 말에 대꾸할 말이 떠오르지 않아 고개만 끄덕인다.

“머리 안쪽에 종양이 생겼거든. 그때까지만 해도 병실에 찾아가면 엄마랑 이야기도 나누고 했어. 오늘은 뭐 배웠냐? 친구들은 좀 사귀었냐? 학교에서는 뭐했냐?”

김세연이 누군가와 저런 일상적인 대화를 나누는 게 잘 상상이 가지 않는다.

"좀 신경이 많이 쓰이더라. 병실을 자주 찾아가기는 힘들고. 필요할 거 같아서 그때 처음 프로그래밍 배워서 CCTV 모니터링하는 시스템 구축했어. 엄마나 생부 모습 보이면 노티 발생시켜서 자동으로 동선이나 상태 기록해서 나중에라도 지켜볼 수 있게."

또다시 알 수 없는 단어들이 김세연의 입 밖으로 쏟아져 나온다.

"그런데 생부가……. 흠, 간호사였는지 동료 의사였는지는 기억 안 난다. 엄마가 입원해 있는 병원에서 말이지……. 아무튼, 엄마도 생부가 무슨 짓을 하는지, 어떤 사람인지 알아야 한다고 생각했어. 병원 안뿐만 아니라 둘이 모텔 들어가는 거, 차 안에서, 식당에서, 사무실에서 대화 나누는 것까지 모두 다 녹화하고 음성도 따서 생부랑 엄마가 같이 있는 자리에서 보여줬거든."

김세연의 발걸음이 느려진다.

"그때는 그게 옳은 일이라고…… 내가 해야 할 일, 해야만 하는 일이라고 생각했어. 사실…… 지금도 잘 모르겠다. 아무튼…… 생부랑 병원장 자리 놓고 라이벌 관계였던 의사가 그걸 안 거야. 권력 게임에서 추문은 훌륭한 무기잖아? 생부도 있고 소문으로 둘러싸인 병원에 엄마 혼자 그대로 둘 수는 없었어. 엄마 병원은 너 자고 갔던 오피스텔 앞 병원으로 옮겼어. 나도 집 나왔고. 그런데 엄마는 그때부터 나랑 말 안 해……."

위로의 말도 동감의 말도 딱히 떠오르지 않아 계속 고개만 끄덕이게 된다.

"소문을 퍼트렸던 사람은 내 방식으로……. 뭐, 이건 딱히 할 필요는 없는 이야기겠다. 그러고 한 몇 달 뒤에 이영 너한테 불행한…… 일 벌어지고 넷상에 사진 돌기 시작하더라. 이상한 이야기들이랑. 그런 게 대단한 동기나 대단한 악의에서 시작된 건 아니었을 거야. 아마 누군가의 부주의와 할 수 있는 사람들의 경박함이 합쳐져서 나온 결과겠지."

그리고 불구덩이 속에서 살아나온 나는 그로 인해 사회에서 죽어 버렸고.

"그거 보고 뭔가 해야겠다고, 해야만 한다고 생각했어. 어쩌면 엄마 생각이 나서 그랬을지도 모르겠고, 어쩌면…… 그냥 내가 그 소문 막을 수 있어서 그런 거였는지도 모르겠고. 인터넷 모니터링 하면서 특정 이미지 파일이랑 특정 키워드 나오면 자동으로 삭제하는 로봇 만들었어. 매칭하기 위해서 해당하는 이미지들은 너도 알다시피 내 개인 서버에 잘 숨겨져 있었고. 선생이 그걸 뚫을지는 몰랐지만……. 뭐, 더 이상 이영네 소문이 돌 거 같지는 않으니까 원한다면 시스템 내려 버릴게. 사진들도 다 지우고."

감격 때문인지 안도감 때문인지 모르겠지만 저절로 긴 한숨이 새어 나온다.

김세연은 한동안 말이 없다.

"야, 그런데…… 그럼 너 나한테 거짓말 한 거다?"

김세연이 말없이 고개를 갸웃한다.

"그때 나 누군지 모른다며? 그런데 네 말대로라면 옛날부터 나 알고 있었던 거잖아?"

미소를 되찾은 내 얼굴을 바라보며 김세연도 마주 웃는다.

"난 별로 중요하지 않다 싶으면 금방 잘 잊어. 어차피 시스템이 잘 작동하고 있는데 더 이상 신경 쓸 이유는 없잖아? 진짜로 네가 누구인지 그때는 몰랐었어."

그래, 누구인지도 몰랐던 날 위해서 넌…….

"김세연. 이 이야기는 그때 진즉에 했었어야 했는데……."

"뭔데?"

"……고맙다고. 나 도와주고…… 구해 줘서. 살려 줘서. 병원비도……."

김세연이 또다시 피식 코웃음을 날린다.

"했어."

"어?"

"그때 너 무인 자동차에서 계속 내 손 붙잡고 몇 번이나 고맙다고 했어. 엉엉 울었던 거 기억 안 나?"

잠깐 머릿속을 스쳐 지나가는 민망한 장면들 때문에 얼굴이 벌겋게 달아오른다.

"그거 말고 딴소리…… 이상한 소리는 안 했어?"

"그거 말고는…… 배고파 죽을 거 같다고 한 거랑……."

아……. 그때 그 햄버거…….

사실 내가 김세연에게 하고 싶은 말은 따로 있다. 하지만 도저히 입 밖에 꺼낼 용기가 나지 않는다.

"그런데 나한테 물어볼 거 많지 않아?"

김세연이 짓궂은 표정으로 나를 바라본다.

"음……. 그거 비닐하우스…… 왜 뉴스에 안 나올까 궁금했는데……. 생각해 보니깐 네가 동호회 사람들 그 난장판 처리하라고 불렀겠더라고."

잊고 싶은 기억을 떠올리니 지독한 불쾌감이 밀려온다.

"아……. 그런데 진짜 그때 일은 생각하고 싶지 않다. 세상에 그런 사람들이 100명 가까이 있다는 것도. 그거 경찰에 신고하든가 해야 하지 않아?"

"선생의 데이터베이스를 다 날려 버리면서 동호회 회원들 신상 알 방법도 없어졌어. 사실 메신저 이용해서 어떡하든 해 보려 했는데, 다들 금방 눈치채더라. 아마 말투의 미묘한 변화도 눈치챘을 거고 지시가 내려오는 방식도 이전과는 다르다는 걸 깨달았겠지. 이제 메신저에 응답하는 회원은 아무도 없어."

늑대는 죽었다. 늑대의 통제를 받던 검은 양들은 자유를 얻어 세상을 활보하고 있다.

"뭐…… 다른 방법을 생각 중이야. 그 사람들 추적할 수 있을 만한 시스템 몇 개 구상해 둔 건 있거든."

"……뭘 한다고? 아니, 김세연 네가 왜……."

대답은 필요 없다. 김세연은 할 수 있는 일을 할 수 있어서 하는 거다.

"그럼 학교 나오지 않은 것도 그 일들 때문에 그런 거야?"

"그때 비닐하우스에서 선생이 했던 말이 떠오르기도 하더라고. 어차피 대학을 갈 생각은 없었지만 1년 뿐이라도 더 이상 무의미하게 학교에 다닐 필요도 없을 거 같고. 오늘은 자퇴서 내러 온 거야."

그 말은 앞으로 김세연을 볼 수 있는 날이 더는 없다는 이야기다. 지금이라도 말을 해야만 한다. 결의를 굳히니 긴장감에 목이 멘다.

"김세연, 사실 너한테 진짜 하고 싶은 이야기 따로 있어."

갈라지고 떨리는 내 목소리가 의아했는지 김세연이 걸음을 멈추고 나를 똑바로 바라본다. 인적이 없는 골목길에는 김세연과 나 둘뿐이다. 김세연의 눈을 똑바로 마주 보니 가슴이 터져 나갈 것만 같다. 귓가가 달아오르며 심장 뛰는 소리가 요란하게 들린다.

"뭔데?"

"나랑 사귀지 않을래?"

김세연의 얼굴에는 어떤 감정도 드러나지 않는다.

"왜? 내가 너랑 사귀어야 할 이유가 있어?"

"난 그때…… 집에 불이 난 날 이후로 내가 죽었다고 생각했어. 살아서 먹고, 숨 쉬고, 잠을 잤지만 살아 있는 것처럼 느껴졌던 날이 하루도 없었어. 매일매일이 죽는 날이 오기 전까지 참고 견뎌내야만 하는 순간처럼만 느껴졌어. 그런데 그때 골목에서 너를 만나고…… 다시는 되돌리기 싫은 기억이지만 너랑 같이…… 우리가…… 우리가 같이 겪고 헤쳐나갔던 모든 순간에…… 처음으로 느꼈어. 나는 살아 있구나……. 이게 사는 거구나……라는 걸. 그래서 김세연 너한테…….”

“아니.”

가차 없는 김세연의 단답형 대답에 말문이 막힌다. 온몸이 덜덜 떨리고 눈가가 빠근해진다. 그래, 괜히 이상한 표정 짓지 마. 너무 실망하거나.

“지금 네가 말한 건 다 이영 네가 나랑 사귀어야 할 이유잖아. 난 내가 너랑 사귀어야 할 이유가 있냐고 물은 건데?”

다시 한번 심호흡을 한다.

“난 널 즐겁게 해 줄 수 있어. 아까도 말했듯 난 김세연 네가 어떤 사람인지, 뭘 좋아하는지 알고 있어. 너도 그때…… 사실 좀 이상한 이야기지만, 우리가 함께했던 순간들이 재미있었잖아? 그러니까…….”

“재미있었고…… 너랑 있으면 즐겁기도 한데.”

김세연이 또다시 내 말을 가로막는다.

“사귀고 싶지는 않아.”

또다시 심호흡.

“아. 그렇구나. 어…… 알았어. 그럼…….”

머릿속에서 온갖 감정이 동시에 날뛴다. 애써 웃음을 띠며 말하려 해도 쉽지가 않다.

“영이 너는 내가 처음 사귄 친구야. 어쩌면 너랑 조금 더 친구로 지내고 싶은 마음이 큰 것도 지금은 사귀고 싶지 않은 이유이고.”

조금 더? 지금은?

"어……. 그럼 지금은 아니더라도 나중에는 어떻게 될지……?"

"뭐, 그건 그때 가 보면 알지 않겠어?"

기묘한 웃음이 입 밖으로 새어 나온다.

김세연이 표정을 찌푸리며 나를 바라본다.

"왜?"

"아…… 아냐. 조금은 다행이다 싶어서."

고개를 끄덕이고 김세연이 발걸음을 옮긴다.

"거의 다 와 간다. 너희 집은 저쪽이지?"

계속 웃음이 터져 나올 것만 같다.

"김세연, 그러지 말고 나랑 밥이나 먹으러 가자. 나 시간 많다고 했잖아."

"그것도 네 사정이지. 너는 시간 많을지 몰라도 나도 시간이 많다고는 안 했는데?"

"너 어차피 학교도 나오지 않잖아. 지금 딱히 할 일 있어?"

"아니, 그런 건 아닌데……."

김세연의 발걸음이 멈추어 선다. 또다시 나를 뚫어지게 바라보는 김세연의 눈동자가 장난스럽게 좌우로 움직인다.

"그래, 먹으러 가자. 또 햄버거?"

"아니, 햄버거 말고 비싼 거 먹으러 가자. 피자라든가. 오늘은 네가 쏴."

"그건 또 왜?"

“핸드폰 사느라고 돈 다 썼어. 그리고 너 엄청 부자잖아. 다음 달에 월급 나오면 그때는 내가 쏠게.”

내 제안을 생각해 보는 듯 김세연이 고개를 들어 올리고 나를 내려다본다.

“뭐, 그래. 그럼 그러자.”

입 밖으로 새어 나오는 웃음을 애써 감출 생각도 들지 않는다. 패딩 주머니 속 새 핸드폰을 꺼내 김세연에게 내민다.

“그리고 너 전화번호 찍어 주라.”

핸드폰을 건네받은 김세연이 말없이 11개의 숫자를 누른다. 돌려받은 핸드폰을 잡고 삼촌의 번호만 등록된 연락처에 김세연의 이름을 추가해 넣는다.

- 끝 -

작가의 말

글을 쓰기 전의 일이지만 언제나 책 끝 작가의 말을 읽을 때마다 가졌었던 의문이 있다.

'글은 혼자 쓰는 것인데 무엇 때문에 작가란 사람들은 항상 누군가에게 감사를 표하고 있냐?'는 것이었는데 몇 개의 긴 이야기를 완성하고 난 지금은 나 역시 그저 수많은 사람에게 감사를 표하고 싶은 마음뿐이다.

이를테면 이런 식으로 말이지…….

나는 한결같이 속도와 지속적인 변화에 빠진 사람이다.

'과외활동'에서 중요하게 활용된 소재들 역시 속도와 변화에 연관된 것들이다.

프로그래밍이 특히나 매력적인 것은 반년 전에 막 익힌 지식과 기술이라도 금세 낡고 유효하지 않은 것이 된다는 건데 특히나 '프로그래밍의 어두운 영역'에서 한동안 손을 놓고 있었기에 근래의 것에 대한 많은 조언과 검증들이 절실했었다.

내 아이디어를 검토하고 비판하고 때로는 같이 구현하며 실험까지 도와주었던 많은 업의 동료들(누굴 말하는지 본인들은 아실 거라 믿는다.)에게 감사를 표하고 싶다. 특히 내게는 완전히 생소한 영역이었던 '디지털 포렌식(digital forensic)'에 대한 지식과 많은 에피소드를 공유해 주었던 친구 주현이에게 감사의 말을 전한다.

그다지 유쾌하지 않은 사건의 무대로 쓰였음에도 흔쾌히 상호의 사용을 허락해 주신 단골 커피숍(함께 마신 커피보다 함께 마신 술이 훨씬 많기에 단골이란 단어가 적절한 표현인지는 모르겠다.) '분당 오리역 부엉이 다방'의 사장님에게도 감사드린다.

늘 찬탄하고 즐거워하고 질투를 할 수 있는 글을 쓰는 친구들이 있다는 것만큼 복에 겨운 일도 없는 것 같다. 같은 길을 함께 걷는 동료 작가분들은 그 존재만으로도 든든한 지지가 되어 주었다.(특히 밀/Jihu 작가님이 소설 속 캐릭터를 그려 주신 것은 정말이지 놀라운 경험이었다.)

마지막으로 내 글을 읽어 주고, 놀라고, 두려워하고, 슬퍼해 주었던 독자 여러분에게 끝없는 감사를 드린다. 여러분이 없었다면 이 글은 세상에 절대 나오지 못했을 것이다.

과외활동

1판 1쇄 펴냄 2020년 9월 17일
1판 2쇄 펴냄 2021년 8월 26일

지은이 | 이시우
발행인 | 박근섭
편집인 | 김준혁
펴낸곳 | 황금가지

출판등록 | 2009. 10. 8 (제2009-000273호)
주소 | 06027 서울 강남구 도산대로 1길 62 강남출판문화센터 5층
전화 | **영업부** 515-2000 **편집부** 3446-8774 **팩시밀리** 515-2007
홈페이지 | www.goldenbough.co.kr

도서 파본 등의 이유로 반송이 필요할 경우에는 구매처에서 교환하시고
출판사 교환이 필요할 경우에는 아래 주소로 반송 사유를 적어 도서와 함께 보내주세요.
06027 서울 강남구 도산대로 1길 62 강남출판문화센터 6층 민음인 마케팅부

ISBN 979-11-5888-750-6 03810

㈜민음인은 민음사 출판 그룹의 자회사입니다.
황금가지는 ㈜민음인의 픽션 전문 출간 브랜드입니다.